*Chère lectrice,*

Les cigales stridulent, la brise vous rafraîchit délicieusement, votre corps couleur pain d'épice s'alanguit dans le transat à l'ombre bienfaisante du parasol... Voilà, vous êtes parfaitement installée pour savourer les huit romans proposés ce mois-ci dans votre collection Blanche. Et en ne bougeant paresseusement que votre index pour feuilleter les pages, vous pénétrerez aux urgences du St. Stephen's Hospital à Londres — deux romans qui sont mes coups de cœur ! — puis au Highfield Hospital, pour continuer vers l'hôpital de Langbury et le centre médical de St. David. La visite se poursuivra au Medical Center de Pittsburgh, puis dans un dispensaire du Hampshire...

Ouf ! je suis d'accord avec vous, une sieste sera la bienvenue après pareil périple, mais, franchement, ces quelques heures de rêve et d'évasion en compagnie de vos héros préférés n'en valaient-elles pas la peine ?

Ce que je vous promets encore pour le mois prochain, d'autant qu'une surprise vous attend — un volume double de Meredith Webber qui vous conduira en plein bush australien, auprès de Tom et Grant Hudson. Jumeaux craquants et médecins hors pair, ils sont sur le point de faire une grande découverte : que la médecine n'est pas tout dans la vie !

*La responsable de collection*

# Le bébé d’une autre

*

# Un ami médecin

BARBARA HART

# Le bébé d'une autre

HARLEQUIN

COLLECTION BLANCHE

**Si vous achetez ce livre privé de tout ou partie de sa couverture, nous vous signalons qu'il est en vente irrégulière. Il est considéré comme « invendu » et l'éditeur comme l'auteur n'ont reçu aucun paiement pour ce livre « détérioré ».**

*Cet ouvrage a été publié en langue anglaise sous le titre :*
A FATHER FOR HER CHILD



*Illustration de couverture*
© THE STOCK MARKET / JOSE LUIS PELAEZ INC.


83-85, boulevard Vincent-Auriol, 75013 Paris — Tél. : 01 42 16 63 63
Service Lectrices — Tél : 01 45 82 47 47
ISBN 2-280-03459-X

# 1.

Perchée sur un tabouret de cuisine, Tiffany sentit venir une nouvelle contraction. Elle posa ses deux mains sur son ventre et se balança doucement d'avant en arrière, comme si, par ce geste, elle espérait naïvement atténuer la douleur. Puis une autre contraction arriva, si forte, cette fois, qu'elle en eut le souffle coupé. Ce bébé n'allait pas tarder à apparaître, se dit-elle en essayant de reprendre sa respiration.

Voilà neuf mois qu'elle le portait, ce bébé. Neuf mois durant lesquels elle s'était efforcée de ne pas penser au petit être qui se développait en elle. Elle ne voulait pas s'y attacher. Et, pendant sept mois, elle y avait à peu près réussi. Comme elle était grande et svelte, sa grossesse était restée pendant longtemps invisible, ce qui lui avait permis de continuer à s'habiller avec ses vêtements habituels. Mais au cours des huit dernières semaines, son ventre s'était brusquement arrondi. Et, curieusement, cette transformation physique semblait avoir modifié son attitude envers l'enfant. Des bouffées de tendresse la submergeaient souvent, surtout lorsqu'elle le sentait bouger et donner des coups de pied.

Les paroles d'Annie lui étaient alors revenues à la mémoire. Annie était sa meilleure amie, ce qui ne l'avait pas empêchée de lui dire sans ménagement ce qu'elle pensait.

— Comment peux-tu faire une chose pareille, Tiffany ? Comment *peux*-tu abandonner ton bébé ?

Profitant d'une pause, elles étaient allées s'asseoir à la cafétéria de l'hôpital. Et Tiffany, alors enceinte de quelques semaines, avait révélé à son amie qu'elle avait accepté d'être mère porteuse pour sa sœur. La réaction d'Annie lui avait fait regretter cet aveu et, ce jour-là, elle avait décidé de quitter le Mayside General Hospital dans les plus brefs délais. Elle chercherait un poste dans un autre établissement, le plus loin possible de sa ville natale.

— Abandonner ton bébé ! avait répété Annie d'un air incrédule.

— Il ne s'agit pas d'un abandon ! avait-elle protesté. Je sais exactement ce que je fais, et pourquoi je le fais. Je me suis préparée à cette séparation. Ma sœur et mon beau-frère se désespéraient de ne pouvoir avoir d'enfant. J'ai été vraiment inquiète de les voir si déprimés... Surtout ma sœur.

Annie n'avait rien répondu. Elle ne semblait pas convaincue.

— Ecoute, Annie, peux-tu imaginer ce que cela signifie d'avoir trente ans et de s'entendre dire qu'on doit subir une hystérectomie ? Après avoir essayé en vain, pendant des années, d'avoir un bébé, après avoir suivi des traitements contre la stérilité, apprendre brutalement qu'on va se retrouver privée de son utérus... Quelle femme résisterait à une telle épreuve ?

— Je sais tout cela, Tiffany. J'étais aussi bouleversée que toi quand tu m'as parlé de l'opération de Jane, l'année dernière.

— Ne dis pas de bêtises, Annie. Tu ne pouvais pas être aussi bouleversée que moi ! Elle est ma sœur, pas la tienne. Tu n'as jamais eu de sœur. Tu n'as aucune idée des liens qui nous unissent, Jane et moi. Nous ferions n'importe quoi l'une pour l'autre.

— Je persiste à penser que faire un bébé pour une autre femme, fût-ce quelqu'un de très proche, c'est pousser les choses trop loin. Parce que c'est contre nature... Tu seras incapable d'abandonner ton bébé une fois qu'il sera né. Je sais que beaucoup de couples font appel à des mères porteuses ; j'ai lu quantité d'articles là-dessus. Mais jamais je n'aurais pensé que, toi, tu le ferais. A vrai dire, je ne crois pas que tu en *seras* capable. Tu garderas ton enfant parce qu'il te sera impossible de renoncer à lui !

— Je regrette sincèrement de t'en avoir parlé.

L'attitude d'Annie la rendait malade. Si sa meilleure amie réagissait ainsi, que pouvait-elle attendre des autres — de ses collègues, de ses relations ?

Au moins la famille ne poserait-elle pas de problème car il ne lui restait plus que de vagues cousins. Sa sœur et elle avaient été envoyées très tôt en pension. Leurs parents — des aristocrates qui menaient grand train — leur avaient expliqué que « ce serait très amusant ». Ils avaient seulement oublié de préciser que ce serait surtout amusant pour eux. Débarrassés de leurs filles, ils avaient eu le champ libre pour mener la vie mondaine, futile et égoïste, qu'ils aimaient.

Tiffany et Jane venaient à peine de terminer leurs études au pensionnat lorsqu'elles apprirent le décès brutal de leurs parents, victimes d'un accident de bateau. Leur père savait qu'il allait être mis en faillite, et sans doute avait-il voulu s'offrir une dernière fois des vacances somptueuses avec sa femme, juste avant l'arrivée des huissiers.

L'honorable Jane et l'honorable Tiffany Younghouse s'étaient ainsi retrouvées non seulement orphelines, mais obligées de gagner rapidement leur vie car leur père ne leur avait laissé que des dettes. L'adversité avait encore rapproché davantage les deux sœurs.

— C'est tout de même étrange, avait insisté Annie.

Comment peut-on mettre un bébé au monde et le laisser à quelqu'un d'autre ? J'imagine que ce doit être horrible à vivre ! Au fait, le père...

— Mon beau-frère, Rob, bien sûr. Et avant que tu me poses la question, je tiens à te rassurer tout de suite : nous avons eu recours à l'insémination artificielle !

Incapable de retenir plus longtemps son émotion, elle s'était levée et avait tourné les talons pour cacher à Annie les larmes qui se pressaient sous ses paupières.

Et voilà que sept mois plus tard, au moment où le bébé s'annonçait, elle se demandait si la prédiction d'Annie allait se réaliser.

*Il te sera impossible de renoncer à ton enfant.*

Au cours des huit dernières semaines, ces paroles n'avaient cessé de la hanter. Serait-elle capable de donner le bébé à sa sœur ? A en juger par la fréquence et l'intensité des contractions qui la faisaient se tordre de douleur, elle ne tarderait pas à connaître la réponse.

Elle prit le téléphone et composa le numéro de Jane. Celle-ci avait insisté pour l'emmener elle-même à l'hôpital, le moment venu, car elle voulait rester auprès d'elle et assister à la naissance.

Au bout de quatre sonneries, le répondeur se déclencha.

— Pas de chance ! murmura Tiffany. Jane, c'est Tiffany. Il est 16 heures et je suis certaine que le bébé est en route... Comme tu n'es pas là, je vais appeler une ambulance. Je vous verrai à l'hôpital, Rob et toi.

Sur une échelle d'évaluation en dix points, Tiffany situait son accouchement sur l'échelon six. Les choses auraient pu être pires, bien sûr, mais ce n'était tout de même pas une partie de plaisir. Le plus pénible, c'était de penser que Jane n'avait pas reçu son message sinon, elle aurait aussitôt accouru à l'hôpital. Elle tenait tant à être là pour accueillir le bébé !

— Est-ce que ma sœur est arrivée ? s'enquit-elle dans la salle de travail.

— Non, pas encore, répondit la sage-femme. Dès qu'elle se manifestera, quelqu'un la conduira jusqu'ici. Maintenant, quand je vous dirai : « Poussez ! », allez-y de toutes vos forces.

Au moment où Tiffany commençait à croire que le bébé ne se déciderait jamais à sortir, elle donna une dernière poussée et mit au monde sa petite fille. Et lorsque la sage-femme lui plaça l'enfant dans les bras, elle connut le moment le plus délicieux et le plus précieux de toute son existence.

Les larmes aux yeux, elle sentit son cœur se gonfler d'amour pour ce petit être cramoisi qu'elle pressait contre sa poitrine. Etaient-ce des larmes de joie ? De bonheur ? De tristesse ? De désespoir ? Elle ne devait pas s'attacher à ce bébé qui, désormais, serait, non pas sa fille, mais sa nièce.

Les mots d'Annie résonnèrent encore une fois à ses oreilles.

*Il te sera impossible de renoncer à ton enfant !*

— Oh ! vous pleurez, ma petite ! dit gentiment la sage-femme. Vous vouliez peut-être un garçon ? Ne vous inquiétez pas, ce sera pour la prochaine fois. Pour ma part, j'ai eu trois garçons et j'adorerais avoir une belle petite fille comme la vôtre.

Tiffany secoua la tête.

— Nous voulions une fille, ma sœur et moi.

— Et le papa ? demanda la sage-femme d'un air quelque peu surpris. Il voulait une fille, lui aussi ?

— Oh oui ! Rob aussi. Il sera ravi ! ajouta-t-elle en posant un baiser sur le petit crâne couvert d'un fin duvet roux.

Le jeune médecin qui avait procédé à l'accouchement lui reprit doucement l'enfant.

— Je vais l'examiner pour vérifier que tout va bien, expliqua-t-il en souriant.

Soudain, des voix résonnèrent dans le couloir. La sage-femme sortit et, par l'entrebâillement de la porte, Tiffany aperçut deux policiers en uniforme — un homme et une femme. Elle crut les entendre prononcer son nom et fut saisie d'une angoisse subite.

— Que se passe-t-il ? demanda-t-elle tout en essayant de s'asseoir.

— Tout va bien, répondit le médecin. Tâchez de vous détendre un peu. Vous venez de fournir un gros effort et votre bébé se porte comme un charme. Vous n'avez rien à craindre.

La sage-femme revint dans la salle de travail, le visage fermé. Après avoir murmuré quelques mots à l'oreille du médecin, elle se tourna vers Tiffany.

— J'ai de mauvaises nouvelles à vous annoncer concernant votre sœur, ma petite.

— Jane ? Il lui est arrivé quelque chose ?

— Oui, hélas ! Mais il faut que vous restiez calme. Elle a eu un accident de la route. Apparemment, cela s'est produit pendant qu'elle se rendait à l'hôpital.

— Un accident ? Est-ce grave ? Comment va Jane ? Et Rob ?

— Eh bien...

La sage-femme hésita, cherchant ses mots.

— Comment vont-ils ? insista Tiffany.

— Il va vous falloir beaucoup de courage... Ils ont été tués sur le coup tous les deux, à cinq cents mètres d'ici.

Dan Donovan, le nouveau pédo-cardiologue de Highfield Hospital, était un homme satisfait. Son plan de carrière se déroulait comme il l'avait souhaité. Il occupait un poste enviable dans un grand hôpital pour enfants alors qu'il n'avait pas encore soufflé les bougies de son trente-cinquième anniversaire qu'il fêterait dans deux semaines.

Ce n'était pas si mal pour un garçon issu d'un milieu ouvrier !

Depuis son plus jeune âge, il avait été animé d'une ambition dévorante. Il voulait réussir et s'en donnait les moyens : excellent élève, il passait tout son temps libre à étudier et rapportait de la bibliothèque municipale des tonnes de livres destinés à étancher sa soif de connaissance — mais tout cela dans le plus grand secret car il ne voulait pas que ses camarades de classe le traitent de « bûcheur » — insulte suprême pour n'importe quel écolier du Yorkshire !

Ses parents étaient des gens extraordinaires. De condition modeste, ils avaient travaillé dur pour offrir à leurs enfants les meilleures chances dans la vie. Ils s'étaient montrés si fiers de lui quand il était entré à la faculté et qu'il était devenu médecin ! Sa sœur avait choisi, elle aussi, d'embrasser une carrière médicale. Elle était infirmière ici même, à Highfield Hospital — du moins quand ses maternités successives lui en laissaient le temps. Ayant mis au monde trois enfants en quatre ans, elle avait enchaîné les congés de maternité. Maintenant que la petite dernière avait atteint ses six mois, Claire pouvait profiter de la superbe crèche que l'établissement mettait à la disposition du personnel ; elle avait repris son travail, mais à temps partiel.

La sonnerie de l'Interphone arracha Dan à sa rêverie. Le moment était venu de commencer les consultations.

La porte s'ouvrit, laissant passer une infirmière qui apportait les dossiers des patients.

— La première sur la liste est Grace Younghouse, dit-elle. Dois-je la faire entrer ?

— Oui, s'il vous plaît.

Un instant plus tard, il sourit à la jeune femme qui pénétrait dans son bureau, un bébé dans les bras.

— Bonjour, madame Younghouse, dit-il. Accordez-moi quelques instants, le temps de consulter le dossier de votre fille Grace.

Tiffany trouva qu'il avait une voix agréable. Chaude et rassurante, avec une touche d'accent du nord — sans doute était-il originaire du Lancashire ou du Yorkshire.

Lc physique du pédiatre était aussi agréable que sa voix, se dit-elle alors qu'elle l'observait lisant ses notes. Des traits rudes mais harmonieux, une épaisse chevelure noire, de grands yeux marron et une puissante carrure faisaient de Dan Donovan un homme fort séduisant.

— Je vois que votre médecin généraliste craint que votre fille ne souffre d'un souffle au cœur, dit-il enfin. C'est bien ça ?

Levant les yeux vers sa visiteuse, Dan remarqua à quel point elle était jolie avec sa courte chevelure auburn et son teint crémeux parsemé de taches de rousseur. Elle semblait nerveuse et fixait sur lui un regard anxieux.

— Hier, j'ai emmené mon bébé à la consultation pour effectuer une visite de contrôle, et le jeune médecin qui l'a examinée a cru détecter chez elle un souffle au cœur. J'ai si peur qu'elle n'ait quelque chose de grave ! ajouta-t-elle en essayant de refouler ses larmes.

L'excellente élocution de Mme Younghouse et la douceur de sa voix indiquaient qu'elle venait d'un milieu aisé, songea Dan. Ce genre d'accent lui faisait toujours beaucoup d'effet — il le trouvait irrésistible. Cela lui rappelait... Bon, ce n'était pas le moment de penser à ça.

— Je suis convaincu que vous vous inquiétez pour rien, dit-il d'un ton serein. Il arrive souvent qu'on se trompe en croyant déceler un souffle au cœur chez de très jeunes enfants. Et même si c'était le cas, il n'y aurait pas lieu de s'alarmer. Le problème se règle souvent tout seul.

Il se leva pour aller se laver les mains au lavabo avant d'examiner Grace, et Tiffany remarqua qu'il était grand — au moins un mètre quatre-vingt-cinq — avec de longues jambes et des épaules larges.

— Vous dites que vous avez vu le médecin hier? demanda-t-il. Je m'étonne que vous ayez pu obtenir un rendez-vous avec moi ce matin. D'habitude, dans nos hôpitaux, l'attente est plus longue...

— A vrai dire, j'ai fait jouer mes relations pour accélérer les choses.

— Ah! je vois...

« Elle a dû se rappeler au bon souvenir de quelque personne haut placée qui s'est empressée d'intervenir en sa faveur, se dit-il. C'est l'un des privilèges des gens appartenant à la bonne société : ils disposent d'un réseau qui leur permet d'échapper à la loi commune. Voilà à quoi servent les cocktails et les dîners en ville! »

— Ce n'est pas ce que vous croyez, reprit la jeune femme d'un air gêné. En réalité, je suis infirmière. Avant la naissance de Grace, je travaillais pour une agence intérimaire et il se trouve que j'ai été engagée ici, à Highfield, pendant quelques mois. C'est pourquoi hier, quand le médecin m'a parlé de souffle au cœur, j'ai appelé une de mes anciennes collègues de l'hôpital afin qu'elle m'inscrive en priorité sur la liste d'attente.

— Je comprends.

Ainsi, cette belle jeune femme qui semblait faire partie des nantis de ce monde exerçait un métier... Il avait du mal à le croire!

Elle était vraiment magnifique, se dit-il en l'examinant discrètement du coin de l'œil.

— Bon, dit-il en caressant gentiment la joue de Grace, si nous nous occupions de cette petite fille? Quel âge a-t-elle?

— Quatre mois. Voulez-vous que je la garde sur mes genoux ou bien que je la mette sur la table d'examen?

— Si elle reste calme, je préfère qu'elle soit allongée sur la table. Je l'ausculterai plus facilement dans cette position.

Tiffany installa sa fille sur la couchette et releva le minuscule T-shirt.

— Tu m'as l'air d'une enfant très paisible..., déclara Dan en plaçant le stéthoscope sur la poitrine de Grace qui accueillit le compliment avec un sourire béat.

Dan écouta les battements cardiaques puis, posant la main sur le thorax du bébé, il vérifia la puissance et la fréquence du rythme respiratoire.

— Voilà, c'est fini. Vous pouvez la rhabiller, madame Younghouse. Je vous rassure : je n'ai rien détecté d'anormal chez votre fille. Son cœur fonctionne parfaitement.

Tiffany le gratifia d'un sourire éclatant.

— Oh ! vous ne pouvez pas savoir comme je me sens soulagée ! C'est la meilleure nouvelle que j'aie jamais entendue de toute ma vie !

Le bonheur l'avait transformée. La jeune femme pâle et tendue s'était métamorphosée en une créature de rêve au teint resplendissant et au regard brillant. Dan en resta cloué sur place — jamais il n'avait vu un changement s'opérer aussi vite et de manière aussi spectaculaire !

Lui qui, d'habitude, se hâtait d'enchaîner les consultations afin de ne pas faire attendre ses patients, eut soudain envie d'en savoir plus sur sa visiteuse.

— Alors, vous dites que vous avez travaillé ici comme infirmière ?

— Oui, avant la naissance de Grace. Je ne me rappelle pas vous avoir rencontré dans les couloirs... mais l'établissement est si grand !

— Je viens juste d'arriver. Avant, j'exerçais dans un hôpital de Londres. En fait, je ne suis là que depuis quelques jours.

— Voilà qui explique que je ne vous aie jamais vu.

Toute à sa joie de savoir que Grace ne courait aucun danger, Tiffany n'avait nulle envie de se lever de sa chaise et se sentait prête à bavarder des heures avec Dan Donovan.

— Pensez-vous reprendre votre poste quand votre congé de maternité sera terminé ?

— Oui, certainement.

— Et ce sera vers quelle date ?

— Dans huit semaines environ, je pense.

Elle n'avait pas eu de conversation aussi intime depuis des mois — depuis le jour où elle s'était confiée à Annie. Echaudée par la réaction de celle qu'elle avait jusque-là considérée comme sa meilleure amie, elle avait ensuite évité soigneusement toute question trop personnelle. Et pourtant, aujourd'hui, l'interrogatoire du Dr Donovan ne la choquait pas. Elle lui répondait volontiers, ajoutant même un luxe de détails qu'il ne réclamait pas !

— Je me suis arrangée pour que Grace puisse fréquenter la crèche de l'hôpital dès qu'elle aura six mois. Je crois que cela lui fera le plus grand bien. C'est l'une des raisons pour lesquelles j'ai choisi de venir travailler ici ; je voulais avoir ma fille près de moi.

— Ma sœur aussi utilise la crèche de l'établissement. Vous la rencontrerez sûrement. Elle s'appelle Claire. Actuellement, elle travaille à temps partiel pour le laboratoire de l'hôpital — elle recueille les échantillons de sang. Auparavant, elle avait un poste de surveillante, mais maintenant qu'elle est mère de famille, elle préfère bénéficier d'horaires plus souples. Je suppose que vous ne reprendrez qu'à mi-temps, vous aussi ?

— Non, je compte avoir un temps plein. A vrai dire, je n'ai pas le choix.

Soudain, elle n'eut plus envie de parler d'elle, ni de sa vie privée. Elle ne voulait pas que cet homme charmant et séduisant découvre son passé et les raisons qui l'avaient poussée à quitter le petit hôpital de Mayside pour intégrer cet établissement beaucoup plus important où personne ne connaissait son histoire. Où personne ne savait qu'elle avait été mère porteuse. Où personne ne pouvait la critiquer comme Annie s'était permis de le faire.

Et, surtout, elle ne voulait parler à personne de cet accident de voiture qui avait bouleversé sa vie. A présent, elle était une maman célibataire qui élevait seule son bébé — un bébé qui aurait dû faire la joie de sa sœur et de son beau-frère.

Elle se leva brusquement, serrant Grace dans ses bras.

— Encore merci de m'avoir rassurée, docteur Donovan. Peut-être nous reverrons-nous dans quelques semaines, lorsque j'aurai repris mon poste ici.

Tout en prononçant ces mots, elle sentit les battements de son cœur s'accélérer. Dan Donovan était extrêmement séduisant et elle était troublée à l'idée que, très prochainement, ils seraient sans doute amenés à travailler ensemble. Certes, elle ignorait tout de lui. Peut-être était-ce un homme sans intérêt, ou même un individu peu recommandable... Son propre père lui avait laissé une image si peu flatteuse des hommes : il s'était conduit en égoïste et en irresponsable, à la fois mauvais mari et mauvais père.

Dan se leva à son tour.

— Oui, nous aurons certainement l'occasion de nous rencontrer. Au revoir, madame Younghouse. Au revoir, Grace !

Dan les regarda quitter la pièce. Cette jeune femme lui rappelait une petite amie qu'il avait eue autrefois — elle avait le même accent raffiné, signe distinctif de sa caste, et la même assurance transmise par des générations de gens habitués à tenir le haut du pavé. Mais il émanait de la mère de Grace une chaleur humaine et une sincérité que Jasmine n'avait jamais possédées. Quel dommage que cette *Mme* Younghouse ne fût pas plutôt une *Mlle* Younghouse ! En tout cas, son mari avait bien de la chance.

— Oui, c'est un sacré veinard ! murmura-t-il en laissant échapper un soupir.

# 2.

— Je prends cinq jours de congé à partir du quinze, déclara Karen d'un ton péremptoire.

— Mais j'ai déjà réservé ces dates-là..., rétorqua vivement Shelly. Et tu sais bien que nous ne pouvons pas nous absenter toutes les deux en même temps !

— C'est vraiment incroyable ! protesta Karen, rouge de colère. Tu demandes des vacances alors que tu savais pourtant que je devais partir avec Kev !

Shelly pointa son index vers le planning accroché derrière le bureau de Tiffany.

— Excuse-moi, Karen, dit-elle d'une voix suave, mais j'ai déjà inscrit mon nom sur la liste. Le tien n'y figure pas.

— J'ai commis l'erreur de te parler de ce rallye à moto que nous voulons faire, Kev et moi, à l'île de Man. Et, bien sûr, tu t'es empressée de t'inscrire la première sur le tableau pour m'empêcher de partir !

Tiffany jugea urgent d'intervenir avant que les deux jeunes infirmières en viennent aux mains.

— Maintenant, ça suffit ! dit-elle avec fermeté. Taisez-vous ! Autant vous prévenir tout de suite : ce n'est pas parce que je suis nouvelle ici que je vous laisserai vous comporter de cette manière devant moi.

Elle se retourna pour consulter le tableau.

— Shelly a bien marqué son nom, mais je ne vois pas le vôtre, Karen.

Comme celle-ci ouvrait la bouche pour protester, Tiffany lui lança un regard noir qui la réduisit au silence.

— A l'avenir, Karen, je vous suggère de noter vos jours de congé sur cette liste avant de révéler vos plans avec Kev. D'accord ? A présent, retournez au travail. Les patients attendent.

— Oui, Tiffany, répondirent en chœur les deux infirmières avant de se diriger vers la porte.

Restée seule, Tiffany se frotta le front et respira profondément. Elle n'exerçait que depuis deux jours ses nouvelles fonctions de surveillante dans le service des consultations externes de Highfield Hospital et elle était déjà à cran ! Et ce non pas à cause du travail lui-même, mais à cause des tensions qui existaient au sein de l'équipe. En grande partie à cause de Shelly — une redoutable faiseuse d'histoires. Une jolie fille vindicative et rancunière que Tiffany avait rapidement percée à jour. Elle devrait garder un œil sur cette jeune personne si elle ne voulait pas la voir semer la pagaille dans tout le service.

En fait, elle détestait gérer le personnel. Ce qu'elle aimait, c'était s'occuper des malades. Son rêve aurait été d'aller à la faculté et d'essayer d'obtenir son diplôme de médecin. Au lieu de quoi, elle se retrouvait confinée dans ce service de consultations. Et tout ça parce que...

Seigneur ! Elle n'avait pas le droit de se plaindre. C'était une chance qu'on lui ait offert ce poste à Highfield. Elle travaillait de 9 heures à 17 heures, ce qui lui permettait de conserver un rythme de vie normal et de s'organiser facilement pour faire garder Grace.

Mais son avenir lui paraissait aujourd'hui si différent de ce qu'elle avait imaginé ! En six mois, tout avait basculé.

Avant ce tragique accident au cours duquel sa sœur et son beau-frère avaient péri, elle était décidée à entreprendre des études de médecine. Alors qu'elle était enceinte de huit mois, elle avait envoyé ses formulaires d'inscription à la faculté de médecine huit jours avant la naissance de Grace.

En donnant un nouveau tournant à sa vie, elle espérait rendre les choses plus faciles. Obsédée par la prédiction d'Annie, elle redoutait de s'attacher au bébé qui allait naître... Elle s'était dit qu'en s'investissant dans des études longues et difficiles, elle aurait l'esprit assez occupé pour ne plus penser à cet enfant qu'elle offrait à sa sœur.

Mais le destin en avait décidé autrement. Elle s'était trouvée dans l'obligation d'élever un bébé tout en gagnant sa vie. Avec le peu d'argent que sa sœur lui avait laissé en héritage, elle avait eu juste de quoi acheter une petite maison, et il lui fallait travailler pour subvenir à ses besoins et à ceux de sa fille.

Comme elle avait préféré mener sa grossesse loin de sa ville natale afin d'échapper aux critiques et aux remarques désobligeantes, elle avait connu une grande solitude après la mort de Jane et de Rob. Elle n'avait auprès d'elle ni ami ni soutien pour l'aider à affronter cette épreuve. Mais il lui restait Grace, son enfant... le seul élément positif au milieu de tout ce chaos. A son grand regret, elle devait reconnaître qu'Annie ne s'était pas trompée. Il lui aurait été très pénible de donner Grace à sa sœur.

Un jour, peut-être, elle essayerait de renouer avec Annie car leur amitié lui manquait.

Shelly fit irruption dans le bureau, la tirant de sa rêverie.

— Ce matin, nous recevons les patients qui viennent pour la consultation de cardiologie, et la secrétaire du Dr Donovan ne nous a pas encore apporté leurs dossiers. Dois-je lui téléphoner et lui dire que vous êtes très contrariée de ce contretemps ?

Décidément, pensa Tiffany, cette Shelly était incorrigible ! Elle ne ratait pas une occasion de semer la zizanie autour d'elle.

— Je ne crois pas que ce soit une bonne idée, répondit-elle avec calme. Je vais m'en occuper moi-même. Donnez-moi le numéro de poste du secrétariat du Dr Donovan, je vous prie.

— Tous les numéros des spécialistes sont enregistrés dans l'ordinateur. Voulez-vous que je vous montre comment les consulter ? ajouta-t-elle d'un air suffisant.

— Oui, merci. Et pendant que vous y êtes, pourriez-vous me les sortir sur un listing ? Ainsi, je les aurai sous la main en attendant que je me familiarise avec le système.

— Oh ! la liste est déjà faite...

Shelly ouvrit un tiroir et en sortit une feuille qu'elle tendit à Tiffany.

— Merci, Shelly.

— C'est à moi de vous remercier pour avoir réglé ce problème de planning..., répliqua la jeune femme en se dirigeant vers la porte. Vous aurez l'occasion de le constater, Karen est comme ça. Je veux dire qu'elle est assez tête en l'air.

Quelle peste ! songea Tiffany. Il y avait gros à parier qu'elle lui donnerait du fil à retordre.

A peine avait-elle composé le numéro du secrétariat que Shelly revint en brandissant une liasse de fiches qu'elle jeta sur le bureau.

— C'est Karen qui les avait ! Vous voyez comment elle est...

Et, comme pour bien enfoncer le clou, elle haussa les épaules et soupira en levant les yeux au ciel.

Dan se rendait à sa consultation lorsqu'il aperçut dans le couloir un visage qui lui parut vaguement familier. Mais oui ! C'était bien cette jeune femme qui était venue le voir avec sa petite fille, deux mois auparavant, alors qu'il prenait tout juste ses fonctions à Highfield. Elle lui avait fait forte impression, alors — il n'avait pas oublié les élégantes intonations de sa voix. Et, aujourd'hui, il la trouvait encore plus séduisante, sanglée dans son uniforme bleu.

— Bonjour ! Il était dit que nous devions nous revoir.

En croisant le regard charmeur du médecin, Tiffany sentit ses jambes se dérober sous elle. Le magnétisme qui se dégageait du Dr Donovan agissait sur elle avec une telle force qu'elle en perdait tous ses moyens.

— Oh ! je... Bonjour, docteur Donovan.

— Je vous en prie, appelez-moi Dan. Dans ce service, tous les enfants m'appellent par mon prénom.

— D'accord, Dan. Moi, c'est Tiffany.

Le sourire dont il la gratifia lui fit oublier instantanément tous ses soucis. Shelly et ses manigances semblaient soudain appartenir à une autre planète.

La consultation se déroulait sans encombre, comme une machine bien huilée. Shelly et Karen accompagnaient les petits patients et les préparaient avant que Dan les examine. Tiffany, elle, assistait le médecin, s'occupant des électrocardiogrammes et convenant avec le radiologue des clichés qui devaient être pris.

Les enfants qui arrivaient le plus souvent avec une mine consternée repartaient le sourire aux lèvres, agitant la main en signe d'adieu. Même les bébés s'en allaient de bien meilleure humeur qu'ils n'étaient venus.

Un jeune garçon, pourtant, fit exception.

Jason Farquahar, âgé d'une dizaine d'années, était le dernier patient figurant sur la liste. Il arborait un air renfrogné tandis qu'il attendait avec sa mère d'être reçu par le médecin. Tiffany se souvint d'avoir croisé Mme Farquahar dans l'un des magasins du village — elle lui était apparue comme une femme impatiente et autoritaire. Aujourd'hui, elle semblait excédée. Adressant à peine la parole à son fils, elle manifestait par ses soupirs et les fréquents coups d'œil qu'elle jetait sur sa montre combien cette attente lui pesait.

L'enfant avisa le distributeur de boissons installé près du bureau de Tiffany et réclama un soda. Ayant obtenu de sa mère quelques pièces de monnaie, il s'approcha de l'appareil. En passant devant Tiffany, son regard rencontra celui de la jeune femme qui lui adressa un sourire. Le visage blême du petit garçon s'illumina alors d'un sourire irrésistible qui le métamorphosa. Dans quelques années, songea Tiffany, ce petit fera des ravages ! Ce sera un vrai bourreau des cœurs.

Jason ouvrit sa canette et, tout en avalant une gorgée de soda, s'avança vers le bureau.

— C'est bien, ici, dit-il. En tout cas, les sodas sont bons.

— Est-ce la première fois que tu viens ? demanda Tiffany.

— Oui. Avant, je n'avais jamais mis les pieds dans un hôpital. Mais je suis déjà allé dans une clinique vétérinaire... ce n'est pas tellement différent, au fond.

Tiffany, qui se demanda comment elle devait prendre cette remarque, sourit.

— Tu as sans doute raison...

— Bien sûr, poursuivit le petit garçon, chez le vétérinaire, on voit surtout des animaux, et non pas des bébés et des enfants comme ici. Et puis aussi, c'est plus petit.

Tiffany s'étonnait de le voir bavarder avec entrain tout en dégustant son soda. Il semblait si morose, tout à l'heure, assis à côté de sa mère !

— Il y a encore une autre différence, c'est l'odeur, continua Jason.

— J'espère bien ! s'exclama-t-elle en riant.

— Je m'appelle Jason. Et vous ?

— Tiffany.

L'enfant reprit soudain son air sombre et anxieux.

— Dites, vous m'accompagnerez dans le bureau du médecin ?

— Bien entendu, si tu le souhaites. Mais tu n'as rien à craindre. Le spécialiste qui va te recevoir s'appelle Dan et il est très gentil.

Quand le tour de Jason arriva enfin, Tiffany l'escorta avec sa mère jusqu'au cabinet de consultation. Dan, qui avait déjà pris connaissance de la fiche médicale de l'enfant, commença aussitôt son interrogatoire.

— Tu te plains d'avoir des engourdissements dans la jambe. C'est bien cela, n'est-ce pas, Jason ? Quand cela a-t-il commencé ?

— Il y a environ un an. Au début, ce n'était pas trop gênant, mais après, cela n'a fait qu'empirer.

— As-tu mal ailleurs ? Souffres-tu de maux de tête ?

— Oui. Et, quelquefois, j'ai des vertiges.

— Et à l'école, comment cela se passe-t-il ? Est-ce que tu peux jouer avec les autres ? Au football, par exemple ?

Une expression de tristesse se peignit sur le petit visage blême de Jason.

— Non, plus maintenant, murmura-t-il.

— Bon, je vais t'examiner et voir comment on peut remédier à cela. J'essaye toujours d'aider mes patients à refaire du sport et je suis sûr que tu ne feras pas exception : tu pourras bientôt taper dans un ballon.

Le regard plein d'espoir, Jason s'empressa de grimper sur la table d'examen, et Dan commença à l'ausculter. Au bout d'un moment, Mme Farquahar, silencieuse dans son fauteuil, s'approcha de Tiffany.

— Est-ce qu'il y en a encore pour longtemps ? demanda-t-elle. Je ne peux pas passer toute la journée ici, vous savez. J'ai rendez-vous chez mon coiffeur. Pourquoi est-ce si long ?

— Le cardiologue doit procéder à un examen approfondi pour essayer de comprendre ce qui provoque cette faiblesse des jambes chez votre fils. Votre généraliste soupçonne sans doute que c'est lié à un problème cardiaque.

Dan avait terminé ses premières investigations. Laissant Jason reboutonner sa chemise, il s'approcha de Mme Farquahar qui trépignait d'impatience.

— Voilà, j'ai fini, mais d'autres examens sont nécessaires. J'ai notamment besoin d'un électrocardiogramme. Pour vous éviter de revenir, Mme Younghouse va faire cet ECG maintenant. Il me faut aussi une radio du thorax et...

Mme Farquahar se leva instantanément, serrant son sac à main contre sa poitrine.

— C'est impossible, je n'ai pas le temps ! Viens, Jason, on s'en va.

Dan lui barra le passage.

— Madame Farquahar, commença-t-il d'un ton calme mais ferme, je crains que votre fils ne souffre d'une coarctation, c'est-à-dire d'un rétrécissement de l'aorte. Si c'est le cas, nous pourrons probablement y remédier, aussi il n'y a pas lieu de vous inquiéter pour le moment. Mais nous devons savoir à quoi nous en tenir, et le plus tôt possible.

Il l'entraîna vers un grand poster accroché au mur, représentant une coupe transversale du cœur.

— Si, comme je le pense, Jason présente une coarctation, nous trouverons un rétrécissement dans cette zone, dit-il en montrant un point situé entre l'aorte et l'artère pulmonaire. Cette malformation congénitale est plus fréquente chez les garçons que chez les filles. Bien souvent, elle n'est pas détectée à la naissance ; les symptômes apparaissent plus tard, quand l'enfant grandit.

— Je n'ai jamais entendu parler de ce... de cette... comment dites-vous ?

— Coarctation.

— C'est la première fois que j'entends ce mot-là ! commenta-t-elle avec dédain, comme si elle doutait de l'existence même de cette anomalie.

Elle consulta de nouveau sa montre et, ignorant Dan, se dirigea vers la table d'examen où Jason attendait patiemment, les jambes ballantes.

— Dépêche-toi de remettre ton jean, Jason, nous sommes pressés.

— Je vous conseille vivement de laisser votre fils passer un ECG et une radio, madame Farquahar, insista Dan. Sinon, il risque d'avoir de gros ennuis de santé.

Mais il parlait en pure perte. Quelques secondes plus tard, la mère et l'enfant sortaient du bureau en coup de vent sous le regard consterné d'un Dan Donovan qui paraissait hors de lui.

— Ce petit doit subir ces examens au plus vite, dit-il en refermant le dossier de Jason d'un geste brusque. S'il souffre réellement d'une coarctation, il risque à tout moment une crise cardiaque.

Au bout d'une semaine, Tiffany commença à se sentir à l'aise dans ses nouvelles fonctions. Elle avait réussi à créer une bonne ambiance au sein de l'équipe — même Shelly paraissait avoir compris le message ! —, et elle entretenait d'excellentes relations avec les consultants et leurs secrétaires.

Grace s'était adaptée sans difficulté à la crèche, au grand soulagement de sa mère, et c'était un souci de moins, songea-t-elle en allant récupérer sa fille, le vendredi soir.

Elle arriva en même temps qu'une autre maman qui avait deux de ses enfants à la crèche de l'hôpital.

— Quel âge ont-ils ? s'enquit-elle.

— Vingt mois et neuf mois.

La jeune femme éclata de rire en voyant l'air surpris de Tiffany.

— Je sais ! Et j'en ai encore un autre, un garçon de trois ans qui va à la maternelle. Mais, croyez-moi, j'en resterai là ! Mon mari a pris les grands moyens : la semaine dernière, il s'est fait opérer.

— Opérer ?

— Il a subi une vasectomie. Il a été aussi étonné que moi de se retrouver avec trois enfants en quatre ans ! Maintenant que nous avons nos trois petits garçons, nous sommes ravis. Seulement, il faut savoir s'arrêter un jour !

Elle sourit puis ajouta :

— Je m'appelle Claire. Je vous ai vue avec votre bébé, il y a quelques jours. C'est un amour ! Quel est son nom ?

— Grace. Et moi, c'est Tiffany. Ravie de vous connaître, Claire.

— Ah ! s'exclama la jeune femme d'un air entendu. Je parie que vous êtes la Tiffany dont mon frère m'a parlé. Vous travaillez bien dans le service des consultations externes, n'est-ce pas ?

— Oui, en effet. Mais qui est votre frère ?

— Dan Donovan, le cardiologue.

— Il vous a parlé de moi ?

— Oui, à deux reprises, précisa Claire d'un ton amusé.

— Je trouve cela très étrange.

Et assez flatteur, pensa-t-elle. Dan Donovan était à ses yeux l'homme le plus séduisant de tout l'hôpital. Tout en lui l'attirait. Chaque fois qu'elle le voyait ou qu'elle lui parlait — que ce soit au téléphone ou face à face —, elle sentait un frisson étrange la parcourir.

— La première fois où il m'a parlé de vous, c'était le jour où vous lui aviez amené votre bébé pour qu'il l'examine.

— Oui, je suis allée le voir, en effet.

Elle n'avait pas oublié cette consultation, ni la façon dont Dan l'avait bombardée de questions. Sur le moment, elle s'était demandé s'il se comportait ainsi avec toutes les mamans de ses petits patients ou bien s'il s'intéressait réellement à elle. Ce n'était pas un sujet sur lequel elle aimait s'attarder — les hommes qui semblaient s'intéresser à elle... Sa situation ne lui permettait pas d'envisager une relation sérieuse avec Dan, ni avec qui que ce soit d'autre, en fait. A présent, elle était mère célibataire — une mère célibataire qui tenait à garder le secret sur son passé. Et puis, elle se sentait encore si fragile après la mort brutale de sa sœur...

Le rire malicieux de Claire la tira de ses réflexions.

— Vous avez fait un gros effet sur Dan, je vous assure ! dit-elle tandis qu'elles regagnaient le parking avec leur progéniture.

Tiffany se sentit rougir. Pourquoi Claire se permettait-elle des remarques de ce genre ? Etait-elle une faiseuse d'histoires, comme Shelly ?

— Mon frère est un célibataire endurci. Il s'est tellement dépensé pour sa carrière qu'il en a oublié de se marier ! Il dit toujours : « Quand je rencontrerai la fille qu'il me faut, je ne la laisserai pas s'échapper ! ». Mais, franchement, Tiffany, il travaille tellement que je ne vois pas où ni comment il aurait l'occasion de rencontrer l'âme sœur ! N'est-ce pas votre avis ?

— Oui, sans doute...

— C'est bien d'avoir de l'ambition, mais il devrait aussi penser un peu plus à sa vie privée. Ne serait-ce que pour sa santé... Il est pourtant bien placé pour le savoir, lui qui est cardiologue ! Je n'arrête pas de le lui dire : « Se tuer au travail en ne s'accordant aucune détente est très mauvais pour les artères ». Mais il ne m'écoute pas ! Il y a quelques mois, il a eu une liaison qui semblait sérieuse, mais cela n'a pas duré, malheureusement.

Le tour que prenait la conversation intriguait de plus en plus Tiffany.

— Comment en est-il venu à vous parler de moi ?

— Eh bien, un soir où il dînait chez nous, il nous a annoncé qu'il avait rencontré le jour même une ravissante jeune femme qui allait bientôt travailler à Highfield. Et comme je le taquinais en lui demandant si, cette fois, il songeait au mariage, il a souri en disant : « Elle est déjà mariée ! Je n'ai vraiment pas de chance. » Je lui en ai voulu d'avoir fait naître en moi de faux espoirs, je vous assure... Mes fils auraient été si mignons en garçons d'honneur !

Tiffany n'en revenait pas. L'idée que Dan avait parlé d'elle à sa sœur après cette première rencontre, et qu'il l'avait trouvée « ravissante »... Mais sans doute ne devait-elle pas y attacher trop d'importance. Il avait dû dire cela pour rassurer Claire et lui montrer qu'il s'intéressait aux femmes.

— Et puis, poursuivit Claire, au début de la semaine, il est arrivé chez nous, le regard brillant. La première chose qu'il nous a dite, c'était que vous aviez pris vos fonctions à l'hôpital, au service des consultations externes. « Elle s'appelle Tiffany », a-t-il ajouté. Je crois qu'il m'a reparlé de vous pour que je le laisse tranquille avec cette histoire de mariage. En me faisant savoir que la seule femme qui l'intéressait n'était pas libre, il espérait probablement me réduire au silence !

Elles étaient arrivées près de la voiture de Claire qui se mit à fouiller dans son sac, à la recherche de ses clés.

— Vous pensez donc que Dan s'est servi de notre rencontre pour avoir la paix ? dit Tiffany, vaguement désappointée

— Cela en a tout l'air, vous ne croyez pas ? Ah ! les voilà, s'écria-t-elle en brandissant son trousseau de clés. Mais il vaut mieux ne pas en parler à votre mari ! Il risque de ne pas apprécier.

— Je ne suis pas mariée, répondit-elle, comme malgré elle.

Claire la fixa d'un air surpris, puis son regard glissa vers Grace.

— Je suis désolée, Tiffany, je croyais... Vous comprenez...

Cette conversation l'entraînait sur un terrain qu'elle préférait éviter. Mais elle avait une réponse toute prête qu'elle servait à tous ceux qui l'interrogeaient sur ce sujet.

— Je ne suis *plus* mariée, corrigea-t-elle en hâte. Le père de Grace est mort avant qu'elle soit née.

— Je suis désolée, répéta Claire en lui posant la main sur l'épaule. Je m'en veux tellement... Voilà ce que c'est que de parler à tort et à travers ! Ecoutez, oubliez tout ce que je vous ai dit sur Dan... J'ai vraiment honte !

— Il n'y a aucune raison.

Elle n'avait plus qu'une envie : regagner au plus vite sa voiture et s'en aller. Si Claire continuait de lui témoigner autant de sympathie, elle avait peur de se laisser aller à lui raconter toute son histoire. Et elle commettrait là une erreur fatale. Fatale pour sa nouvelle vie et son nouvel emploi. Elle avait dressé autour d'elle et de son bébé une muraille protectrice que personne n'avait le droit de franchir. Elle ne le permettrait pas.

— A bientôt, Claire, dit-elle en s'éloignant rapidement.

Le week-end passa beaucoup trop vite au goût de Tiffany. Les moments qu'elle partageait avec Grace lui paraissaient encore plus précieux, maintenant que sa fille allait à la crèche. Les puéricultrices lui avaient chanté les louanges de l'enfant qui s'était adaptée très facilement à son nouvel environnement.

— C'est un bébé heureux, épanoui, avaient-elles dit. Elle est si souriante qu'elle est devenue un peu notre chouchou !

Comme beaucoup de mères obligées de gagner leur vie, Tiffany souffrait de devoir confier à d'autres le soin de veiller sur sa petite fille. Seulement, elle n'avait pas le choix.

Mais était-elle vraiment en droit de se plaindre ? Par certains côtés, elle se considérait comme une privilégiée. N'était-elle pas propriétaire de sa maison ? Grâce à l'argent que lui avaient laissé Jane et Rob, elle avait pu acheter un petit cottage dans un village coquet, situé à quelques kilomètres seulement du centre-ville où elle travaillait.

Le dimanche, voyant que le temps était au beau fixe, Tiffany décida d'emmener Grace faire une grande promenade en poussette dans la campagne. Pour se sentir en sécurité, elle emmena Bonzo, le gros chien de sa voisine.

— Nous allons capturer des coccinelles, expliqua-t-elle à Grace en rangeant dans le filet une boîte en carton percée de petits trous d'aération. Nous les ramènerons chez nous et nous les lâcherons dans le jardin pour qu'elles nous débarrassent des pucerons.

Confortablement installée dans sa poussette, Grace accueillit l'information avec un grand sourire.

— J'ai parfois l'impression que tu comprends tout ce que je te dis, mon ange. Ce qui n'est pas ton cas, Bonzo ! Arrête de tirer sur ta laisse. Je veux bien te détacher, mais à condition que tu te tiennes comme un chien bien élevé.

A la sortie du village, elle libéra l'animal qui, aussitôt, fonça droit devant lui. Mais, au premier rappel, il fit demi-tour et trottina sagement à côté d'elle.

— Tu n'es pas si mauvais bougre, après tout, dit-elle en lui grattant la tête.

Et, pour le récompenser, elle lança un bout de bois qu'il s'empressa d'aller chercher.

A deux kilomètres du village, le trio arriva devant une belle propriété protégée par une haie épaisse. Curieuse, Tiffany écarta quelques branches pour jeter un coup d'œil à la grande demeure qui se dressait au milieu du parc. La vieille bâtisse avait dû connaître des jours meilleurs, mais c'était exactement le genre de maison où elle aurait adoré vivre... après avoir procédé à quelques travaux de restauration qui lui coûteraient certainement les yeux de la tête.

La pelouse, dont l'herbe haute était émaillée de fleurs sauvages, avait le charme d'une prairie. Au lieu des traditionnelles plates-bandes qu'on aurait pu s'attendre à voir dans un cadre pareil, les propriétaires avaient préféré planter un immense verger et des rangées de légumes des plus variés.

— Aïe ! s'écria Tiffany en sentant sur sa main la griffure d'une ronce. Cela m'apprendra à jouer les indiscrètes ! Oh ! regarde, Grace, il y a plein de coccinelles par ici !

Comme elle se penchait pour attraper l'un des petits insectes, une voix masculine la fit sursauter.

— Que faites-vous ici ?

Elle se retourna et vit au milieu du chemin un homme de haute taille qui l'observait, les sourcils froncés.

Peu rassurée, elle appela son chien à la rescousse.

— Bonzo !

L'animal accourut et, montant la garde au pied de la jeune femme, commença à grogner en fixant l'inconnu.

— Vous ne manquez pas de toupet ! s'exclama l'homme. Vous prétendez lâcher votre chien sur moi, alors que vous êtes sur mes terres ? Si vous voulez jouer à ce petit jeu, je vous préviens que je possède trois dobermans. Il suffit que je les siffle...

Son ton hautain et son accent aristocratique indiquaient qu'il n'était pas homme à se laisser ennuyer par des importuns.

— Je vous en prie, n'en faites rien ! C'est que... j'ai eu un peu peur, ne vous ayant pas entendu approcher.

— Je ne cherchais pas à vous effrayer ! Il se trouve que j'habite ici. Et j'aimerais savoir ce que vous faites près de cette haie, sur ma propriété. Et ce qu'il y a dans la boîte que vous tenez à la main.

— Je voulais seulement... ramasser des coccinelles.

— Pour quelle raison ?

— Pour pour les mettre dans mon jardin. Il est infesté

de pucerons et je ne veux pas utiliser de produits chimiques. Je préfère utiliser des coccinelles.

Loin de se moquer d'elle ou de se fâcher, l'homme hocha la tête d'un air convaincu.

— Oui, vous avez raison. Toutes ces saletés chimiques détruisent la planète. Nous empoisonnons la terre... elle finira par devenir stérile. Nous détruisons la nature. N'est-ce pas votre avis ?

Son brusque changement d'attitude prit Tiffany au dépourvu.

— Oui, je le pense aussi, dit-elle en reculant pour s'en aller.

— Non, ne partez pas, dit l'inconnu en arborant un large sourire. Vous pouvez ramasser toutes les coccinelles que vous voulez. Allez-y !

Une petite voix s'éleva de l'autre côté de la haie.

— Papa, à qui parles-tu ?

— A quelqu'un qui cherche des coccinelles, Jason, répondit l'homme.

Tiffany comprit alors à qui elle avait affaire.

— Oh ! ne seriez-vous pas le père de Jason Farquahar ?

— Oui, c'est exact. Et vous, qui êtes-vous ?

— Tiffany Younghouse. Je travaille à l'hôpital pour enfants de Highfield. J'ai rencontré Jason et sa mère mardi dernier, à la consultation de cardiologie.

— C'est vous, Tiffany ? cria Jason par-dessus la haie.

— Oui. Comment vas-tu, Jason ? Comment vont tes jambes ?

— Pas trop mal. Juste un peu faibles. Papa dit que ce n'est pas grave.

— Il n'y a pas lieu de s'inquiéter, en effet, renchérit M. Farquahar.

Saisissant l'occasion au vol, Tiffany décida de tenter le tout pour le tout.

— Est-ce que vous nous amènerez Jason à la consultation pour qu'il passe ces examens dont nous avons parlé à votre femme, monsieur Farquahar ?

— Mais il va très bien !

— C'est ce dont il faut s'assurer, insista-t-elle. Je vous en prie, laissez-le passer ces examens.

— Contentez-vous de ramasser ces coccinelles et, ensuite, sortez de ma propriété. D'accord ?

Après lui avoir lancé un regard glacial, le père de Jason s'éclipsa par un passage aménagé dans la haie dont Tiffany n'avait pas décelé l'existence.

Elle s'empressa de quitter les lieux et ne ralentit le pas qu'en arrivant sur la grand-route.

Ces Farquahar étaient incroyables ! songea-t-elle. Le père comme la mère semblaient inconscients du danger encouru par Jason. N'attachaient-ils donc aucune importance à la vie de leur enfant ? Le mot de « maltraitance » lui traversa l'esprit. Des enfants maltraités, il y en avait partout — pas seulement dans les milieux défavorisés. Elle était bien placée pour le savoir.

Les paroles de Dan lui revinrent à la mémoire. « Cet enfant risque à tout moment une crise cardiaque ». Mais que pouvait-elle y faire ? Comment Dan ou elle pouvaient-ils empêcher un drame de se produire ?

Ce fut quand Grace commença à pleurnicher qu'elle s'aperçut que, plongée dans ses pensées, elle avait marché sans prêter attention au chemin qu'elle suivait. Peut-être sa fille avait-elle faim ? Tiffany consulta sa montre et prit conscience, stupéfaite, qu'elle était sortie depuis plus de deux heures. Pas étonnant que l'estomac de son bébé crie famine !

Elle allongea le pas et arriva en vue d'un village... qui n'était pas le sien ! Préoccupée par sa conversation avec M. Farquahar, elle s'était trompée de direction. Qu'importe ! Elle attendrait le bus qui les ramènerait à la maison, sa fille et elle.

Comme elle se dirigeait vers l'arrêt de bus situé près du bureau de poste et d'une supérette, elle vit quelqu'un sortir du magasin et lui faire de grands signes.

Dan ! Il vint à sa rencontre, le sourire aux lèvres.

— Bonjour, Tiffany ! Et voilà bébé Grace... Mais qui est ce gros monstre poilu ? ajouta-t-il en regardant Bonzo qui grognait déjà en montrant les crocs. Dites-moi, vous êtes bien gardée ! Comment s'appelle-t-il ?

— Bonzo.

Dan rejeta la tête en arrière et partit d'un grand éclat de rire.

— Je n'en crois pas mes oreilles ! Vous avez appelé votre chien Bonzo ? Mais c'est un nom impossible !

Tiffany sourit.

— A vrai dire, il n'est pas à moi, mais à ma voisine. Il a peut-être un nom ridicule, mais c'est un excellent gardien. Si vous faisiez mine de m'attaquer, il vous arracherait le fond de votre pantalon !

— Charmant !

— Au fait, qu'est-ce qui vous amène par ici ?

— J'allais justement vous poser la même question. En ce qui me concerne, je suis venu voir ma sœur qui habite dans ce village. Et vous ?

— Je vis dans le village à côté. Enfin, je crois... La vérité, c'est que j'étais partie me promener dans la campagne et je me suis perdue en route. Je ne connais pas encore très bien le coin. Il ne me reste plus qu'à prendre le bus pour qu'il me ramène chez moi.

— Vous l'avez raté, j'en ai peur.

— Oh non ! gémit-elle. Quand est-il passé ?

— Vendredi.

— Quoi ? Oh ! j'aurais dû y penser ! Il n'y a pas de service de bus le dimanche.

— Ni le samedi. Il ne roule qu'en semaine et ne fait qu'un seul aller et retour : il part à 9 heures du matin et revient à 5 heures du soir. Heureusement, poursuivit Dan d'un ton taquin, votre preux chevalier est là pour vous sauver !

— Je vous demande pardon ?

— Croyez-vous réellement que je vous laisserais vous débrouiller avec un bébé et un gros chien alors que ma voiture est garée là, juste en face ?

# 3.

Tiffany accepta l'offre avec soulagement.

— Je ne sais pas ce que j'aurais fait si je n'étais pas tombée sur vous par hasard ! dit-elle regardant Dan replier la poussette pour la mettre dans le cofffre.

Puis elle s'installa sur la banquette arrière avec Grace dans ses bras et Bonzo à ses pieds.

— Oh ! je suis certain que vous auriez trouvé une solution ! Par exemple, vous auriez pu téléphoner de la supérette pour appeler un taxi.

— C'est vrai, vous avez raison. J'avoue que je n'y ai même pas pensé, mais j'avais encore l'esprit troublé par une rencontre que j'ai faite en me promenant dans la campagne. Je me suis trouvée nez à nez avec M. Farquahar, le père de Jason. Vous vous rappelez ? C'est ce petit garçon qui devait passer un ECG et une radio du thorax.

Quand elle lui eut raconté en détail les circonstances de sa rencontre avec M. Farquahar, Dan lui apprit qu'il avait parlé de Jason avec sa sœur.

— Claire m'a livré quelques informations sur la famille... Elle en a entendu parler parce que son fils aîné fréquente l'école du village, comme Jason. Et les enfants de ses voisins sont dans la même classe que le petit Farquahar — ils le trouvent tous très sympathique. En revanche, ses parents ne sont guère appréciés. Ils ont beaucoup d'argent, mais pas beaucoup de jugeote. Et ils ne s'occupent guère de leur fils. Ils n'assistent jamais aux réunions de parents d'élèves ni aux fêtes de l'école.

— Pauvre Jason ! Claire le connaît-elle ?

— Seulement de vue. Et elle a remarqué combien il était pâle ces derniers temps. S'il présente réellement une coarctation, il a de la chance d'avoir atteint ses dix ans sans connaître de problèmes cardiaques majeurs. Au cas où il lui arriverait malheur, ses parents auraient des comptes à rendre.

— C'est terrible... Face à une telle situation, je nous sens si impuissants ! On n'imaginerait pas rencontrer des cas de ce genre chez des gens riches. Les travailleurs sociaux interviennent plus facilement quand les enfants maltraités appartiennent à des milieux défavorisés. Et, pourtant, Jason est bien un enfant maltraité, lui aussi.

De même que sa sœur et elle, eut-elle envie d'ajouter. Elles avaient tant souffert de la négligence de leurs parents à leur égard ! Tout aristocrates qu'ils fussent, ils s'étaient comportés de manière indigne avec elles.

— Je suis bien de votre avis, commenta Dan. Mais parlons d'autre chose. A part cette rencontre, avez-vous apprécié votre promenade ?

— Enormément ! J'adore la campagne. C'est tellement agréable de se retrouver au milieu de la verdure quand on a travaillé toute la semaine en ville ! Et vous, où habitez-vous ?

— J'ai un appartement près de l'hôpital. Mais je suis comme vous : j'aime beaucoup la campagne et la vie au grand air. Même à l'époque où je vivais à Londres, j'essayais de m'en échapper le plus souvent possible pour marcher, faire de la voile...

— Ah, vous naviguez ?

— Je possède un petit bateau que je sors de temps en temps. En fait, je viens de m'inscrire dans un club nautique, non loin d'ici, à Windmill Mere. Mon beau-frère m'a promis de venir avec moi pour me servir d'équipier.

— Vous parlez de celui qui a subi une vasectomie? demanda Tiffany en se rappelant sa conversation avec Claire. Ah! tournez ici... Ma maison est la dernière à droite.

Dan vira si vite qu'il faillit monter sur le trottoir.

— Excusez-moi, reprit-elle. Je vous ai prévenu trop tard.

— Ce n'est pas ça, dit Dan en riant. Mais vous entendre parler de cette vasectomie... Vous êtes une femme surprenante, Tiffany! Comment avez-vous appris que Jim s'était fait opérer?

— Claire me l'a dit quand nous nous sommes rencontrées à la crèche. Mais notre conversation ne s'est pas limitée à ça, bien sûr!

« Nous avons aussi parlé de l'intérêt que vous me portiez », aurait-elle pu ajouter. Naturellement, elle n'en fit rien.

Dan ralentit en arrivant devant le cottage.

— Est-ce là que vous habitez?

— Oui.

Dès que la portière arrière fut ouverte, Bonzo bondit de la voiture et disparut au coin de la maison voisine.

— Où court-il ainsi? s'inquiéta Dan.

— Il rentre chez lui. Je crois qu'il est pressé de manger! Comme mon petit bout de chou, d'ailleurs.

Elle installa Grace dans sa poussette et emprunta la courte allée qui menait au cottage.

— Merci, Dan, dit-elle en glissant la clé dans la serrure. Vous m'avez rendu un fier service. Je vous aurais bien offert un café, mais je dois préparer le biberon de Grace.

— Oui, j'avoue qu'un café serait le bienvenu... Je m'en occupe pendant que vous nourrissez cette jeune personne.

C'était étrange d'avoir un homme dans la maison, se dit-elle en le voyant s'affairer dans la cuisine, puis s'asseoir en face d'elle tandis qu'elle donnait son biberon à Grace. D'autant plus qu'il ne la quittait pas des yeux... Chaque fois qu'elle levait la tête, leurs regards se croisaient, ce qui finit par la mettre mal à l'aise.

Dan s'en aperçut.

— Est-ce que je vous gêne ?

Elle préféra mentir.

— Non, mais je n'ai pas l'habitude de voir un homme ici — ou qui que ce soit d'autre, d'ailleurs.

— Excusez-moi, Tiffany. Je suis impardonnable ! J'aurais dû me souvenir de ce qui est arrivé à votre mari. Claire m'a tout raconté... Elle m'a expliqué qu'il était mort avant la naissance de Grace. Je vais m'en aller... C'est le mieux, n'est-ce pas ? Je me suis conduit comme un grossier personnage en vous imposant ma présence dans cette maison alors que vous n'êtes pas encore remise de cette terrible perte.

— Non, vous n'avez aucune raison de partir, Dan. En tout cas, pas *cette* raison-là. Je vais bien, je vous assure.

« Mon Dieu, faites qu'il parle d'autre chose ! » songea-t-elle.

— Votre mari était-il médecin ?

— Non.

— Je pensais seulement que cela vous ferait du bien d'en parler, dit-il doucement, comme s'il avait compris que ses questions l'importunaient. Cela fait partie du travail de deuil.

— Pas en ce qui me concerne. Je ne veux pas en parler, ni avec vous ni avec personne d'autre. D'accord ?

Il reposa lentement sa tasse de café sur la table en pin.

— J'ai abordé ce sujet parce que...

Dan se tut, incapable d'exprimer à haute voix des pensées qui restaient encore trop confuses. Pourquoi s'intéressait-il tellement à elle ? Parce qu'il savait qu'elle était veuve... et donc libre ?

Vu sous cet angle, son interrogatoire pouvait paraître

cruel, grossier... et calculateur. Mais il n'en était rien. Ce qu'il ressentait pour Tiffany était étrange. Elle éveillait en lui des sentiments et des émotions qu'il n'avait jamais ressentis auparavant. Il avait envie de la protéger, de veiller sur elle. Elle lui semblait si vulnérable... une femme seule. Une femme seule extrêmement séduisante.

Il se leva, craignant de la déranger.

— Je vous en prie, Dan, restez.

— Je dois m'en aller, car j'ai rendez-vous... avec la laverie automatique.

Tiffany laissa échapper un rire qui fit naître en lui un élan de tendresse. Plus il la connaissait et plus il se rendait compte à quel point elle était différente de Jasmine. Certes, elles possédaient toutes deux la même silhouette élancée, le même coprs désirable... Mais il y avait chez Jasmine quelque chose d'artificiel, une sorte de fausseté dont Tiffany semblait totalement dépourvue. A moins qu'il soit aveugle, elle lui donnait l'impression de respirer la franchise et le naturel.

— Bon, je m'en vais. On se reverra à l'hôpital.

Au moment de franchir le seuil de la cuisine, il se retourna pour la contempler une dernière fois. Elle était penchée sur son bébé qu'elle berçait doucement dans les bras, le visage à demi masqué par ses cheveux.

Enfin, il s'éclipsa, emportant cette image qui ne le quitta pas durant tout le trajet du retour.

« Ne la bouscule pas, se dit-il. Prends ton temps, Dan. »

Mais il savait qu'il ne suivrait pas ce sage conseil. Comme la plupart des médecins, il se gardait bien d'écouter les excellentes recommandations qu'il se donnait à lui-même.

Le lundi matin, Tiffany reprit le travail avec son cortège de soucis. Elle s'était imaginé que le début de sa deuxième semaine se révélerait plus facile que la première, mais il n'en fut rien.

La situation semblait même pire : tout allait de travers, on ne retrouvait plus les dossiers de certains patients et l'équipe — en particulier Shelly — paraissait prendre un malin plaisir à compliquer encore les choses.

Comme si cela ne suffisait pas, Tiffany reçut un coup de téléphone fort désagréable de Mme Duncan, la secrétaire du service de chirurgie générale.

— L'une de vos infirmières s'est montrée très impertinente avec moi, ce matin.

Tiffany réussit à comprendre que Shelly avait répondu de façon assez cavalière à Mme Duncan. Or, le lundi était le jour réservé aux consultations du Dr Davis, le chirurgien, ou de son assistant, le Dr Phil Porter. Maintenant que Mme Duncan avait pris la mouche, la journée risquait d'être orageuse. Il était donc urgent de calmer la secrétaire, personnage très influent au sein de l'hôpital. Tiffany s'y employa de son mieux, sans pour autant paraître critiquer l'un des membres de son service.

Quand elle eut raccroché l'appareil, elle appela Shelly.

— Ecoutez, je pense qu'à l'avenir il vaut mieux me laisser régler les problèmes avec Mme Duncan. Si quelque chose ne va pas, venez m'en parler d'abord.

— Je suppose que cette vieille bique s'est plainte de moi ?

De toute évidence, Shelly n'éprouvait pas le moindre remords ! Mais Tiffany n'avait plus le temps de lui faire la leçon : une longue file de patients attendait et le Dr Porter venait d'annoncer dans l'Interphone qu'il était prêt à commencer ses consultations.

A 11 h 30, alors qu'elle s'accordait une pause café rapide, elle eut la surprise de voir Dan apparaître dans son bureau.

— La consultation de cardiologie a bien lieu demain, n'est-ce pas ? s'enquit-elle.

Peut-être en avait-on changé le jour et omis de la prévenir... Ou bien Shelly avait-elle gardé l'information pour elle, trop heureuse de jeter la confusion dans le service ?

— Ma visite n'a rien à voir avec ça, répondit Dan. Quoique, dans un certain sens... Voilà ce qui m'amène : je viens de recevoir un coup de téléphone du généraliste qui suit le jeune Jason. Il voulait connaître le résultat de la consultation de la semaine dernière. Quand il a su que nous n'avions pas pu faire passer d'ECG ni de radio à Jason, il s'est montré assez mécontent.

— Mais Mme Farquahar a emmené son fils sans nous laisser le temps de faire le nécessaire ! protesta Tiffany.

— C'est ce que je lui ai dit. Il m'a alors annoncé que l'institutrice de Jason l'avait appelé ce matin pour l'avertir qu'elle avait renvoyé l'enfant chez lui tant elle le trouvait mal en point. D'après elle, il pouvait à peine marcher.

— Mon Dieu, que faire ? Ce généraliste devrait peut-être prévenir la police ou les services sociaux ?

Dan réfléchit quelques instants.

— Je ne crois pas que nous soyons obligés d'en arriver là... De toute façon, le médecin de Jason est maintenant plus ou moins hors du coup puisqu'il nous a adressé l'enfant. C'est à nous de jouer, à présent. Je lui avais écrit pour lui expliquer la situation, mais la lettre a dû s'égarer.

— Où se trouve Jason en ce moment ?

— Sa mère est venue le chercher à l'école, visiblement de mauvaise grâce, d'après l'institutrice ; c'est pourquoi celle-ci, inquiète, a jugé bon de téléphoner au médecin. J'ai l'impression d'avoir laissé tomber cet enfant, ajouta-t-il d'un air abattu. Et je n'en suis pas fier...

— Mais qu'aurions-nous pu faire d'autre ?

— Je vais aller chez les Farquahar et discuter avec eux. Si j'arrive à leur faire comprendre que leur fils court un réel danger, ils me laisseront peut-être l'emmener à l'hôpital pour qu'il y subisse des examens.

Il consulta sa montre.

— J'irai à l'heure du déjeuner. Voulez-vous m'accompagner là-bas ? Votre aide me serait précieuse...

— Bien volontiers ! répondit aussitôt Tiffany, ravie qu'il lui ait fait cette proposition. Moi aussi, je me sens coupable vis-à-vis de Jason.

— Alors, je vous donne rendez-vous devant l'entrée du service à 13 heures.

— Croyez-vous que je devrais mettre un manteau par-dessus ma blouse ? demanda Tiffany en se glissant sur le siège du passager.

Dan, déjà au volant, lui jeta un regard appréciateur.

— Non... Cela donnera un caractère plus officiel à notre visite surprise chez les Farquahar. Avec mon costume, je pourrais être n'importe qui, alors que vous, dans votre tenue d'infirmière, vous incarnez à la perfection l'image de l'autorité médicale.

Durant le trajet, Tiffany prit conscience que c'était la première fois qu'elle se trouvait seule avec Dan. Jusqu'à présent, il y avait toujours eu quelqu'un d'autre avec eux, même s'il ne s'agissait parfois que de Grace.

Elle le regarda à la dérobée. C'était vraiment un très bel homme : un nez aquilin, des pommettes hautes, un menton volontaire, des cheveux d'un noir profond... Le tout formait un tableau des plus séduisants.

Les hommes n'avaient pas occupé une grande place dans sa vie au cours des deux dernières années, songea-t-elle. Elle avait presque oublié à quoi cela ressemblait de se retrouver seule avec l'un d'entre eux... qui plus est, avec un homme qu'elle trouvait extrêmement attirant.

Elle avait eu peu d'amants. A deux reprises, elle avait cru rencontrer le grand amour, mais elle s'était trompée. Chaque fois, la rupture lui avait causé du chagrin, même en sachant que cette liaison aurait été de toute façon sans avenir. Aucun de ces deux hommes n'aurait été capable de lui apporter ce dont elle rêvait.

Quand elle avait décidé de faire un bébé pour sa sœur, elle venait de rompre avec son dernier amant. Jane et Rob avaient toujours désapprouvé sa liaison avec Simon. Ils ne voyaient pas ce qu'elle pouvait bien lui trouver. Et maintenant, à bien y réfléchir, elle-même ne comprenait pas ce qui l'avait séduite chez lui.

Simon était un homme très seul. Peut-être était-ce ce qui l'avait attirée, au début. Il avait su l'émouvoir et profiter de son âme sensible pour exercer sur elle une sorte de chantage affectif. Elle s'était sentie obligée de l'aider. Comment aurait-elle pu l'abandonner à ses démons intérieurs ? Le soutien qu'elle lui avait apporté n'était pas seulement psychologique, mais aussi financier. Simon s'était montré de plus en plus exigeant, affirmant que ces sommes d'argent qu'il lui réclamait n'étaient que des « emprunts ».

Soupçonnant qu'il avait un problème avec l'alcool, elle lui avait suggéré de se faire soigner. Et, à sa grande surprise, elle n'avait pas eu trop de mal à le convaincre. Le seul obstacle, avait-il observé, c'était l'argent : « les cures de désintoxication coûtent cher », avait-il commenté en soupirant. Tiffany, une fois de plus, avait proposé de participer aux frais, ce que Simon avait accepté aussitôt. Mais elle n'avait pas pu lui fournir les mille livres qu'il lui demandait ; elle lui avait donné seulement cinq cents livres, c'est-à-dire la totalité de ses économies. Il avait pris l'argent... et s'était volatilisé.

— Tu lui as donné *cinq cents* livres ? s'était écriée Jane, incrédule. J'ai toujours su que c'était un escroc ! Maintenant, nous en avons la preuve.

Tiffany avait eu du mal à se remettre de cette trahison. Jamais elle n'aurait imaginé qu'un homme qu'elle avait aimé serait capable d'abuser d'elle ainsi. Comment avait-elle pu être assez naïve pour se laisser prendre à un piège aussi grossier ?

— A quoi pensez-vous ? demanda Dan. Vous êtes bien silencieuse. Etes-vous en train de réfléchir à ce que nous allons dire aux Farquahar ?

Tiffany fit un effort pour s'arracher à ses sombres souvenirs.

— Qu'allons-nous leur dire, en effet ?

— Ne vous inquiétez pas, j'ai ma petite idée.

Il y avait chez lui quelque chose de rassurant qui la réconfortait. Non seulement elle se sentait attirée par son physique et son charme, mais elle appréciait tout autant sa personnalité. En fait, tout lui plaisait chez lui !

C'était bien là le problème. Car elle était convaincue que s'il découvrait ses mensonges à propos de la naissance de Grace et de l'existence d'un prétendu mari, il ne se montrerait plus aussi empressé à rechercher son amitié.

Peut-être que, tout comme Annie, qui avait dit que « c'était contre nature », il jugerait très étrange la décision qu'elle avait prise de porter un enfant pour le donner ensuite à sa sœur.

Mais à quoi bon revenir sur le passé ? Les choses étaient ainsi. Grace et elle devraient affronter la vie seules. Mais elles n'avaient besoin de personne... surtout si cela les exposait à la critique ou au ridicule. En tout cas, elle était sûre d'une chose : elle ne dirait rien à Dan. Son amitié lui était trop précieuse pour qu'elle coure le risque de la perdre.

Ils arrivèrent devant une haute grille, envahie par les ronces, qui donnait sur l'allée menant au manoir des Farquahar. Au moment où Dan s'apprêtait à descendre de voiture, Tiffany l'arrêta en posant une main sur son bras.

— Attention, Dan ! M. Farquahar a des dobermans. Ils sont peut-être en liberté.

Ils s'approchèrent de la grille et Dan jeta un coup d'œil à travers les barreaux, inspectant le parc.

— Je ne vois aucun chien à l'horizon... Comme la

grille n'est pas verrouillée, je vais la pousser et nous irons en voiture jusqu'au perron. Si les chiens arrivent, nous battrons en retraite.

Arrivés à la porte, ils sonnèrent plusieurs fois sans succès. Dan allait frapper contre l'épais panneau de chêne lorsque des aboiements furieux se firent entendre de l'autre côté de la porte.

— Au moins, nous savons où se trouvent les dobermans... Restez derrière moi, Tiffany, au cas où ces molosses fonceraient sur nous.

— Vous plaisantez ! Je crois que nous ferions mieux de nous réfugier dans la voiture.

Au même moment, une voix masculine s'éleva, ordonnant aux chiens de se taire. Puis il y eut un bruit de verrou et la porte s'ouvrit enfin. M. Farquahar apparut, le visage sévère. Il retenait par leur collier deux énormes chiens qui paraissaient prêts à bondir.

— Oui ? dit-il en leur jetant un regard suspicieux. Que voulez-vous ?

— Monsieur Farquahar, nous nous sommes rencontrés hier, commença Tiffany d'un ton engageant. Vous vous souvenez de moi ? Je capturais des coccinelles pour mon jardin.

— Oui, je me rappelle parfaitement. Mais vous, qui êtes-vous ? ajouta-t-il en se tournant vers Dan.

— Je m'appelle Dan Donovan.

— Etes-vous venus chercher des légumes bio ? Vous avez peut-être vu notre annonce publicitaire ? En ce moment, nous avons des carottes, des choux et des haricots.

Tiffany s'empressa d'acquiescer avec enthousiasme.

— Magnifique ! s'exclama-t-elle. Pouvons-nous les voir ?

M. Farquahar s'effaça pour les laisser entrer dans le grand hall lambrissé de chêne, puis il les invita à le suivre dans la cuisine. Mais Tiffany avait eu le temps d'apercevoir la mère de Jason qui s'engouffrait dans une autre pièce. Elle courut aussitôt derrière elle.

— Madame Farquahar ! Madame Farquahar !

Dan lui avait emboîté le pas. Après s'être consultés du regard, ils poussèrent la porte et pénétrèrent dans une vaste salle de séjour où ils découvrirent Jason, allongé sur un canapé. Mme Farquahar, alertée par le bruit, se retourna et tressaillit en les voyant — visiblement, elle les avait reconnus.

— Que faites-vous dans cette maison ? demanda-t-elle d'un ton agressif.

Le père de Jason, qui les avait suivis, intervint.

— Ils sont venus chercher un cageot de légumes. Je vais leur préparer ça.

— Mais je les connais ! s'écria Mme Farquahar en pointant un index manucuré vers Dan et Tiffany. Cette femme est infirmière à l'hôpital et lui, il est médecin.

Son mari eut l'air déconcerté.

— Vous voulez des légumes, oui ou non ?

— Oui, s'il vous plaît, répondit aussitôt Tiffany.

— Nous sommes également venus pour voir Jason, ajouta Dan d'une voix calme. Votre médecin nous a téléphoné après avoir appris de l'institutrice qu'elle avait dû renvoyer l'enfant chez lui. Votre fils est sans doute beaucoup plus malade que vous ne le pensez. Me permettez-vous de l'examiner ?

— Si vous voulez, répondit Mme Farquahar du bout des lèvres tandis qu'elle débouchait un flacon de vernis à ongles. Je trouve qu'on fait beaucoup d'histoires pour rien. Jason a toujours eu le teint pâle, mais il est sûrement en bonne santé car il mange très sainement : nous sommes des adeptes de la culture biologique. Examinez-le si vous y tenez, mais faites vite. Je ne veux pas que cela dure une éternité comme l'autre jour, à l'hôpital... J'ai failli manquer mon rendez-vous chez le coiffeur. Et, ce soir, je reçois ; j'ai un dîner à organiser. Alors, dépêchez-vous !

— J'ai l'impression que Jason a besoin d'autre chose que de légumes bio, rétorqua Dan. Regardez-le... Il semble à peine conscient !

Il s'approcha du canapé où gisait l'enfant.

— Bonjour, Jason. Comment te sens-tu ?

— Oh ! ça va ! répondit le garçonnet d'une voix faible.

— Vous voyez, intervint sèchement M. Farquahar, nous vous avions bien dit qu'il n'avait rien de grave.

Dan s'agenouilla près du canapé et examina rapidement le petit malade. Après avoir vérifié le pouls et écouté son rythme cardiaque, il se redressa, le visage sombre, et fit signe au père et à la mère de le rejoindre dans un coin de la pièce, loin des oreilles de Jason.

— Votre fils est au plus mal, dit-il à mi-voix. Je veux le faire hospitaliser immédiatement. Il n'y a plus une minute à perdre... si vous tenez à la vie de votre enfant, naturellement.

Mme Farquahar parut ne pas prendre cet avertissement au sérieux car elle resta impassible. En revanche, son mari fronça les sourcils.

— Eh bien, je crois qu'il vaut mieux que vous l'emmeniez avec vous et que vous fassiez le nécessaire, dit-il. Je vous accompagne.

— Mais tu seras rentré à temps pour le dîner, j'espère ? lança Mme Farquahar d'un ton pincé.

Personne ne prit la peine de lui répondre. Dan souleva Jason dans ses bras et le transporta jusqu'à la voiture, escorté de Tiffany et de M. Farquahar. Celui-ci semblait abasourdi, comme s'il venait seulement de comprendre que son fils était en danger de mort.

# 4.

Tiffany, sa liste de courses à la main, arpentait méthodiquement les allées du grand supermarché situé juste en périphérie de la ville. Elle poussait devant elle le Caddie où Grace occupait le siège réservé aux jeunes enfants. Très éveillée pour ses huit mois, la petite fille suivait avec intérêt tous les gestes de sa mère à mesure que celle-ci remplissait le chariot de provisions diverses — principalement des produits pour bébé.

— Des couches jetables, du talc, du coton hydrophile..., énuméra Tiffany en consultant sa liste. Tu te rends compte, Grace ? Qui aurait cru qu'il fallait tant de choses pour une petite puce comme toi ?

— Bonjour ! lança une voix familière.

Tiffany leva les yeux de son papier et aperçut Dan qui venait à sa rencontre, poussant lui aussi un Caddie.

Deux mois s'étaient écoulés depuis le jour où ils avaient forcé la porte des Farquahar pour emmener Jason en urgence à l'hôpital. Il avait été opéré par le spécialiste en chirurgie cardiothoracique et, aujourd'hui, il était en bonne santé — d'après ce que disait Claire —, partageant les jeux de ses camarades à l'heure de la récréation.

Tiffany voyait Dan chaque semaine, le jour où il faisait ses consultations, mais ils n'étaient alors jamais seuls. A part ces quelques heures passées à travailler ensemble, elle avait eu peu l'occasion de le côtoyer.

Pourtant, elle ne cessait de penser à lui. Cela devenait presque de l'obsession. Elle fantasmait, imaginant ce qui se passerait s'ils étaient mariés, ou même simplement amants. Jamais elle n'avait éprouvé une telle attirance pour un homme. Un simple sourire de sa part la transportait de bonheur.

Comme aujourd'hui, par exemple. Le rencontrer au supermarché suffisait à éveiller en elle un trouble délicieux et transformait cette fastidieuse corvée des courses en un moment privilégié.

— Bonjour, Dan. Alors, même les grands patrons de la médecine doivent faire leur marché ?

— Tous mes domestiques étaient occupés, répondit-il, l'œil rieur.

Il désigna le chariot de Tiffany, plein à craquer.

— Vous vous préparez à soutenir un siège ? Combien de temps ces stocks vont-ils vous durer ?

— Oh ! deux semaines au maximum ! Mais les achats qu'on doit faire pour un bébé sont toujours terriblement encombrants...

— J'avoue que je manque d'expérience en ce domaine ! Quand j'examine un bébé, il n'a généralement pas grand-chose sur lui... comme cette jeune personne, le jour où vous me l'avez amenée. Vous n'avez plus aucune crainte concernant ce souffle au cœur ?

— Non, Dieu merci. Je crois que le médecin que j'avais vu s'était alarmé un peu trop vite. A cause de lui, je me suis vraiment fait du mauvais sang !

— Si vous voulez, je pourrai vérifier de temps en temps si tout va bien. Est-ce que cela vous rassurerait ?

— Oh oui ! Merci, Dan.

— Bon, je ne veux pas vous retarder davantage. Je vous laisse faire vos courses tranquillement. A bientôt !

Dix minutes plus tard, Tiffany avait presque terminé ses achats.

Il ne lui restait plus qu'à prendre du pain. Elle était en train de le choisir lorsqu'une voix s'éleva derrière elle.

— Je n'en crois pas mes yeux ! C'est pourtant bien toi, Tiffany, n'est-ce pas ?

Elle pivota sur ses talons et eut aussitôt la désagréable impression que son passé lui sautait au visage en reconnaissant l'homme qui se tenait devant elle : Simon.

Cela faisait près de deux ans qu'il avait disparu de sa vie — en emportant toutes ses économies. Elle ne s'attendait certainement pas à le revoir ! Il ne semblait guère avoir changé. Vêtu avec la plus extrême élégance, comme à son habitude... Il se fournissait toujours dans les meilleures boutiques. A condition, bien sûr, que quelqu'un d'autre paye la note.

— Simon ! Que fais-tu ici ?

— J'habite dans le coin. En fait, je suis là depuis un mois environ. Et toi ? Où vis-tu, maintenant ?

Elle se tint aussitôt sur ses gardes. Il était hors de question qu'elle lui révèle son adresse car Simon n'hésiterait pas à la harceler pour lui soutirer de l'argent ou essayer de la reconquérir. Les deux, peut-être.

— J'habite un petit village et je viens faire mes courses ici parce que c'est plus pratique.

Simon regarda fixement la petite Grace qui babillait sur son siège.

— Elle est à toi ? demanda-t-il d'un air incrédule.

— Oui, c'est ma fille.

— Quelle surprise de te voir mariée ! Et déjà maman...

Il saisit la main gauche de Tiffany, vierge de toute alliance, et lui lança un regard narquois.

— Ne me dis pas que tu es mère célibataire ?

— Mais si, c'est la vérité, Simon.

— Rien n'est plus à la mode, d'après ce que j'ai entendu dire.

Elle l'aurait étranglé avec plaisir !

— Je n'élève pas mon bébé toute seule pour être à la mode ! Pour qui me prends-tu ?

Il s'approcha et la prit par la taille.

— Oh ! je n'imagine pas que l'honorable Tiffany Younghouse ait pu se retrouver dans une « situation embarrassànte » ! dit-il d'une voix rauque qu'il jugeait sans doute très sexy. Seules les femmes de basse extraction connaissent ce genre de problème. Et puis, l'avortement n'est pas fait pour les chiens, non ?

Elle se libéra d'un mouvement brusque.

— Je sais où tu veux en venir, Simon. Tu essayes de me mettre en colère et de me perturber, comme à ton habitude. Et après, tu viendras t'excuser, espérant que je te pardonnerai. Mais c'est fini, Simon. J'ai tiré la leçon de ce que j'ai vécu avec toi. Tu n'as plus aucun pouvoir sur moi. Je t'ai rayé de ma vie depuis longtemps.

Il arbora un air de dignité offensée.

— Tiffany, tu te méprends sur mes intentions... Comme tu l'as toujours fait, d'ailleurs. Je voulais seulement savoir comment tu t'en sortais, toute seule avec un enfant. Ce ne doit pas être facile, n'est-ce pas ?

Elle reconnaissait bien là sa technique favorite : il essayait de lui soutirer des informations afin de voir s'il ne pourrait pas tirer parti de la situation. Il se moquait bien d'elle et de ses difficultés éventuelles ! C'était un égoïste qui ne songeait qu'à lui.

— Est-ce que le père de cette petite t'aide un peu ? reprit-il. As-tu mis la main sur un papa-gâteau plein aux as ?

S'il espérait lui extorquer de l'argent, il allait être déçu !

— Il n'y a pas de papa-gâteau. Et, tu as raison, j'ai parfois du mal à joindre les deux bouts. Notamment parce qu'un vaurien s'est envolé avec toutes mes économies, ajouta-t-elle d'un ton méprisant.

— J'espère que ce n'est pas de moi que tu parles, mon cœur. L'une des raisons qui m'ont poussé à revenir était justement de te retrouver pour te rendre ton argent.

— Vraiment ! Tu aurais donc l'intention de me rembourser ?

— Parfaitement ! J'ai essayé de te joindre à ton ancienne adresse, mais on m'a dit que tu étais partie. Et que tu avais aussi quitté Mayside Hospital. Où travailles-tu, à présent ?

— Au Highfield Children's Hospital.

Elle avait répondu sans réfléchir et le regretta aussitôt. Mon Dieu ! Pourquoi lui avait-elle donné cette information ? Mieux valait passer à l'offensive.

— Alors, où étais-tu, durant ces deux années ? Pourquoi es-tu parti sans prévenir ? Je me moque de l'argent, Simon, mais je croyais que notre histoire avait compté pour toi. Tu aurais pu au moins me dire au revoir !

Il eut une moue penaude. Mais ce n'était que pure comédie de sa part, elle en était sûre. Il avait toujours été très bon acteur.

— Je ne pouvais pas, Tiffany. Il fallait que je remette de l'ordre dans mes idées et que je règle mes propres problèmes — j'ai suivi une cure de désintoxication.

— Mais il y a plus de deux ans de cela !

— Cela m'a pris du temps, crois-moi. J'avais derrière moi des années d'alcoolisme. Je ne voulais pas te revoir tant que je n'étais pas sorti de cette dépendance. Autrement, tu me l'aurais violemment reproché et tu aurais eu raison.

Espérait-il réellement lui faire avaler cette histoire ? se dit-elle. Elle était prête à parier qu'il était à court d'argent et ne songeait qu'à lui en demander.

— Tu disais que tu voulais me rendre ce que tu me dois ?

— Exactement. Donne-moi ton adresse et je t'enverrai un chèque par la poste.

— Tu peux tout aussi bien me l'expédier à l'hôpital. Bon, je dois m'en aller, maintenant.

Elle déposa un pain dans son chariot et se dirigea vers les caisses, mais Simon lui emboîta le pas.

— Laisse-moi t'aider, Tiffany.

Avant qu'elle ait pu faire un geste pour l'en empêcher, il commença à vider le Caddie et à entasser les provisions sur le tapis roulant.

— Je peux le faire toute seule, Simon !

— J'aimerais t'aider. En souvenir du bon vieux temps...

Il la prit par les épaules et l'embrassa sur la joue.

— Tu m'aimes encore, n'est-ce pas ? lui murmura-t-il à l'oreille.

A cet instant précis, Tiffany croisa le regard de Dan qui stationnait à la caisse voisine. Il avait donc assisté à toute la scène ! songea-t-elle avec désespoir. Elle le vit baisser les yeux, rassembler en hâte ses achats et quitter le magasin sans se retourner.

Elle attendit d'être dehors pour repousser Simon d'un geste vigoureux.

— Non, je ne t'aime pas. Et maintenant, laisse-moi tranquille, ou bien je vais me mettre à hurler !

Tout ce que Dan avait vu, c'était que Tiffany se laissait embrasser par un homme jeune, vêtu avec élégance, et il était sous le choc. Il avait toujours cru qu'elle était une femme très seule, sans famille ni ami — ni amant. En tout cas, c'était ce qu'elle lui avait laissé entendre chaque fois qu'il avait abordé le sujet. Elle donnait l'image d'une veuve inconsolable. Mais, apparemment, elle *avait* un homme dans sa vie. Comment avait-il pu se montrer aussi stupide ! A présent, il comprenait pourquoi elle ne semblait guère disposée à lui offrir un café lorsqu'il l'avait raccompagnée chez elle, deux mois auparavant. Elle attendait probablement la visite de son amant.

— C'est vraiment génial d'avoir un petit ami qui possède une moto, conclut Karen d'un ton supérieur.

Elle venait de raconter par le menu ses vacances passées avec Kev, n'épargnant aucun détail à ses collègues, et y avait pris, semblait-il, un malin plaisir, sachant qu'en ce moment Shelly n'avait aucun amoureux déclaré.

Celle-ci lui jeta un regard dédaigneux.

— Jamais je ne m'intéresserais à un garçon qui roule uniquement à moto. Un homme qui ne peut même pas s'offrir une voiture... très peu pour moi !

— Oh ! tu dis cela parce que tu es jalouse !

— Jalouse, moi ? De toi et de Kev ? Tu veux rire !

— Mais oui ! Tu es verte de jalousie parce que tu n'as aucun homme dans ta vie... pas plus de motard que d'automobiliste !

A peine avait-elle achevé sa phrase qu'elle jeta un coup d'œil gêné à Tiffany, se rappelant sans doute qu'elle aussi vivait seule.

Mais Tiffany fit mine de ne pas avoir entendu.

— Je vais prendre un sandwich à la cantine, annonça-t-elle en se levant.

Ce lundi matin s'était révélé particulièrement pénible, à cause des chamailleries incessantes auxquelles s'étaient livrées Karen et Shelly. Elle ressentait le besoin de se détendre un peu avant d'attaquer les consultations de l'après-midi.

Plongée dans ses réflexions, elle ne remarqua la présence de Dan qu'en le voyant approcher de sa table, un plateau à la main.

— Vous étiez dans les nuages ! s'exclama-t-il en riant. Puis-je m'asseoir en face de vous ?

— Mais oui, bien sûr ! dit-elle avec empressement.

Il désigna du doigt la tasse vide posée devant elle.

— Me permettez-vous de vous offrir un autre café ?

— Volontiers, Dan.

Elle était heureuse de voir qu'il souhaitait rester un peu plus longtemps en sa compagnie. Et il lui fournissait ainsi l'occasion de lui dire ce qu'elle avait sur le cœur.

Elle attendit qu'il ait attaqué son sandwich pour se jeter à l'eau.

— Vous vous souvenez de ce qui s'est passé l'autre jour, quand nous nous sommes rencontrés au supermarché ?

Dan hocha la tête.

— L'homme que vous avez vu avec moi... C'était quelqu'un que j'ai connu autrefois. Un ancien petit ami.

— Je vois..., dit-il d'un ton neutre.

— Si je vous en parle, continua Tiffany, c'est qu'il a pu donner l'impression de tenir encore une place dans ma vie.

Mon Dieu, comme c'était difficile de s'expliquer ! songea-t-elle. Beaucoup plus dur qu'elle ne l'avait imaginé. Ne commettait-elle pas une folie en abordant ce sujet avec Dan ?

— Je me posais justement la question, murmura-t-il, le regard plein d'espoir.

— Il ne représente plus rien pour moi, aujourd'hui.

— Je comprends.

— Simon appartient au passé, désormais. Et je tiens à ce qu'il y reste.

— Simon ?

— C'est ainsi qu'il s'appelle. Mon ex-boyfriend.

— Votre *ex*...

— Oui. Ce n'est qu'un escroc. Il pensait qu'avec moi, il était tombé sur le pigeon idéal. Une vraie mine d'or...

Elle se tut, craignant déjà d'en avoir trop dit.

— Est-ce que Grace est la fille de Simon ? demanda Dan après un silence.

— Non.

— Ah ! oui, c'est vrai... vous m'aviez dit que le père de Grace était mort.

— C'est exact.

— Alors, à quel moment ce Simon est-il entré dans votre vie ?

Elle réfléchit un instant, choisissant avec soin ce qu'elle allait dire.

— Je l'ai connu avant d'être enceinte.

— Etiez-vous déjà mariée au père de votre fille ?

— Je n'ai jamais été mariée.

Dan hésita. Après tout, Tiffany et Jasmine se ressemblaient peut-être davantage qu'il ne l'avait cru. Jasmine Hartley-Browne, une femme à la carrière éblouissante, désirait avoir un bébé, mais pas de mari. Si elle voulait un enfant, c'était uniquement parce qu'elle trouvait cela du dernier chic.

« Mon Dieu, faites que Tiffany ne soit pas comme elle ! », implora-t-il en silence.

— Parlez-moi du père de Grace, dit-il. Quel genre d'homme était-ce ? Etait-il médecin ?

— Non.

— Pensiez-vous vous marier avec lui après la naissance de l'enfant ?

— Pourquoi me posez-vous toutes ces questions ?

Pourquoi, en effet, se montrait-il si curieux ? Il avala les dernières gouttes de son café.

— J'aimerais mieux vous connaître, c'est tout. J'aimerais savoir ce que vous pensez sur un certain nombre de sujets — comme le mariage, par exemple.

— Le mariage ?

— Oui. Y êtes-vous favorable ou non ? Moi, je suis pour. Notamment quand il y a des enfants. Je sais que ma position peut paraître démodée, de nos jours. Je me demandais simplement si vous partagiez mon opinion là-dessus. De toute évidence, ce n'est pas le cas.

— Vous vous trompez : je crois au mariage !

— Mais pas au point d'épouser le père de Grace ? Ou bien peut-être était-il déjà marié ?

Il regretta aussitôt sa question en voyant le regard désespéré que lui jetait Tiffany, devenue pâle comme un linge.

— Excusez-moi, murmura-t-il en lui prenant la main.

— Oui, il était marié, mais ce n'est pas ce que vous

croyez... Et je refuse de continuer de répondre à ce genre de questions.

Elle fit mine de se lever, mais Dan la retint par le poignet.

— Eh bien, je vais vous en poser une autre, toute différente. Accepteriez-vous de dîner avec moi un de ces soirs ?

— Et que ferai-je de Grace ?

— Prenez une baby-sitter. C'est la solution la plus courante !

Il lui tenait toujours la main et la regardait au fond des yeux, comme pour mieux la convaincre.

— Que diriez-vous de vendredi soir ?

Tiffany lui sourit, heureuse de le voir insister.

— D'accord — à condition que je trouve quelqu'un pour garder ma fille.

— Je passerai vous chercher vers 20 heures.

Comme ils s'apprêtaient à quitter la cantine, Shelly s'approcha de leur table et tendit une enveloppe à Tiffany.

— Etait-ce donc si urgent ? demanda celle-ci.

Elle était contrariée que Shelly l'ait surprise avec Dan. C'était vraiment la dernière personne qu'elle souhaitait voir au courant de sa relation avec lui.

— Regardez ce qui est écrit sur l'enveloppe, dit Shelly. « L'Honorable Tiffany Younghouse ». Est-ce qu'il s'agit vraiment de vous ? Vous auriez donc un titre de noblesse ?

Qu'elle aille au diable ! pensa Tiffany, folle de rage, notant distraitement que Dan s'éclipsait. Elle avait délibérément caché son origine aristocratique à ses collègues de l'hôpital car beaucoup de gens s'imaginaient — comme Simon — que noblesse rimait avec richesse. Et elle ne voulait pas passer pour une riche héritière qui travaillait uniquement pour se distraire.

— Oui, c'est bien moi, murmura-t-elle en s'emparant de l'enveloppe.

A l'intérieur, elle découvrit un chèque de cinq cents livres que lui adressait Simon.

— Le monde est décidément plein de surprises..., dit-elle, étonnée.

Devant l'air intrigué de Shelly, elle crut bon de satisfaire l'insatiable curiosité de la jeune infirmière.

— C'est simplement le remboursement d'une somme d'argent que j'avais prêtée à quelqu'un.

« Mais je parie qu'il s'agit d'un chèque en bois ! » ajouta-t-elle en son for intérieur.

Elle ne s'était pas trompée. Simon lui avait envoyé un chèque sans provision.

Le vendredi suivant, en tout début d'après-midi, Claire fit irruption dans le service des consultations externes et se dirigea droit vers le bureau de Tiffany qui s'étonna de cette visite inopinée. Le travail de Claire consistant à prélever des échantillons de sang chez les petits malades de l'hôpital, elle restait le plus souvent confinée dans les chambres. C'était la première fois que Tiffany la voyait dans son service. Qu'est-ce qui l'amenait ici, l'œil vif et le visage rayonnant ?

— Je suis au courant... pour ce soir, dit Claire d'un ton de conspiratrice.

— Ce soir ?

— Oui ! Je sais que vous avez rendez-vous avec Dan. C'est merveilleux ! Promettez-moi de tout me raconter lundi, quand nous nous verrons à la crèche.

Tiffany ne cacha pas son étonnement.

— Mais comment avez-vous appris ça ?

— Eh bien, Dan a téléphoné à Jim pour lui demander des idées de restaurant car il voulait inviter « quelqu'un »... Il n'est installé ici que depuis peu de temps et il ne connaît pas encore très bien les ressources locales. J'ai deviné que c'était avec vous qu'il comptait sortir. N'ai-je pas raison ?

— Oui, dit Tiffany en soupirant, mais je ne tiens pas à ce que tout l'hôpital en soit averti. Vous savez comme moi que les ragots vont bon train, ici.

— Promis, je ne dirai rien à personne. Je suis la discrétion même !

Tiffany ne put s'empêcher d'éclater de rire.

— Oh, sûrement ! Et le pape est musulman !

— Sérieusement, je serai muette comme une carpe... à condition que vous me racontiez tout lundi prochain !

Puis elle tourna les talons et disparut en agitant la main.

Dan aurait pu tout aussi bien faire paraître une annonce dans le journal ! songea Tiffany, morose.

Ce soir-là, elle donna à manger à Grace et la baigna un peu plus tôt que d'habitude, espérant qu'elle serait endormie avant l'arrivée de la baby-sitter. Trinny, la propriétaire de Bonzo, avait accepté gentiment de venir la garder.

Un peu fébrile, Tiffany mit un soin tout particulier au choix de sa tenue et opta finalement pour une petite robe noire légèrement décolletée, à la fois élégante et discrète.

Dan arriva quelques minutes après la baby-sitter. Tiffany le trouva magnifique dans son costume en lin gris et se réjouit d'avoir fait un effort de toilette.

— On m'a parlé d'un restaurant, à quelques kilomètres d'ici, dit-il tandis qu'ils s'installaient dans la voiture. C'est un ancien pavillon de chasse, réputé autant pour la qualité de sa cuisine que pour le décor : des poutres apparentes, un feu de bois dans la cheminée, des trophées de chasse sur les murs... J'espère seulement le trouver facilement !

— Jim ne vous a-t-il pas expliqué comment y aller ?

— Ce n'est pas lui qui m'a recommandé cet endroit. Je ne tenais pas à le voir débarquer à l'improviste avec Claire... A peine lui avais-je parlé de ce dîner avec une amie que je le regrettais déjà. Mais, dites-moi, comment saviez-vous que j'en avais discuté avec Jim ?

— Claire est passée me voir, cet après-midi. Elle voulait vérifier que c'était bien avec moi que vous sortiez.

— Désolé... J'adore ma sœur, mais parfois, elle se montre vraiment trop indiscrète. Elle s'est mariée très jeune et, depuis des années, elle rêve de me caser ! C'est devenu pour elle une véritable obsession. Elle est animée des meilleures intentions du monde, mais c'est parfois pénible !

L'ancien pavillon de chasse répondait parfaitement à la description que Dan en avait donnée — c'était un endroit plein de charme et de caractère.

Après avoir traversé le grand hall lambrissé de chêne, ils donnèrent leurs noms à l'hôtesse d'accueil qui les confia au maître d'hôtel. Celui-ci les guida jusqu'à leur table, située non loin d'une vaste cheminée où pétillait un feu de bois.

— Cette bâtisse a été construite il y a plus de trois siècles, dit Dan en lisant la notice figurant au dos du menu. Et c'est une demeure hantée...

— Par quel genre de fantômes ? s'enquit Tiffany.

— On parle d'un chevalier sans tête, d'une dame blanche et d'un chien.

— Un chien ?

— Oui, un labrador. D'après la légende, il s'agirait de l'animal favori d'un pilote de bombardier. Il se serait laissé mourir de chagrin après la disparition de son maître.

— N'est-ce pas un peu trop moderne pour une histoire de fantôme ?

Dan esquissa un sourire malicieux.

— Quand on dirige un endroit comme celui-ci, il faut penser à la clientèle. Les chevaliers sans tête ont fait leur temps — ils semblent démodés, de nos jours.

— Je parie que vous ne croyez pas aux fantômes.

— Je me soucie davantage des vivants que des morts. La vie est trop courte pour qu'on se penche constamment sur le passé. Ce qui m'intéresse, c'est le présent.

— Je partage complètement votre point de vue, dit Tiffany avec véhémence, souhaitant qu'il cesse enfin de l'interroger sur son propre passé.

Dan jeta un regard circulaire sur la salle à manger meublée avec un goût parfait.

— Mon père et ma mère n'auraient jamais pu fréquenter un endroit pareil — si ce n'est pour venir y faire le ménage ou nettoyer les tapis. Contrairement à vos parents, qui sont nés avec une cuiller en argent dans la bouche...

Il n'y avait aucune méchanceté ni malice dans ses propos, mais ils atteignirent Tiffany en plein cœur. Si elle ne mentionnait jamais sa noble extraction, c'était justement pour éviter ce genre de réflexion.

— J'ai eu une petite amie qui venait d'un milieu très chic, poursuivit Dan d'un ton taquin. Elle s'appelait Jasmine. Jasmine Hartley-Browne... Elle parlait un peu comme vous.

Tiffany se sentit rougir.

— Est-ce que vous cherchez à vous montrer blessant ?

— Pas du tout ! Son accent était très sexy. Et c'était la seule chose qu'elle avait en commun avec vous. Jasmine était une calculatrice, une mondaine au cœur dur. Elle avait tout, et ce qu'elle attendait de moi n'était à ses yeux qu'un accessoire à la mode : un bébé.

— Ah ! vous croyez qu'on fait un bébé pour suivre la mode ? Vous considérez Grace comme un accessoire ?

— Oh ! mon Dieu, non ! Pensez-vous vraiment que je vous parlerais de Jasmine si j'imaginais un seul instant que vous lui ressembliez ?

— Dites-m'en plus sur elle.

— Je l'ai rencontrée au cours d'une soirée, quand je vivais encore à Londres. Elle m'a ébloui par sa beauté et son assurance. Sans être une aristocrate comme vous, elle appartenait à un milieu bien supérieur au mien, comme elle n'a cessé de me le faire remarquer lorsque nous avons commencé à sortir ensemble. Cela m'irritait, bien sûr, mais comme j'étais subjugué, je ne disais rien. Je n'ai ouvert les yeux que lorsqu'elle m'a demandé de lui faire un enfant et de disparaître ensuite de sa vie. Elle voulait d'un bébé, mais pas de moi. Elle s'est montrée très claire sur ce point : « Tu m'imagines mariée à un homme qui parle avec l'accent du Yorkshire ? Tu es fou ! Que diraient mes parents ? Je ne veux pas que mon enfant hérite de ton accent campagnard ! » Naturellement, je lui ai dit d'aller se faire pendre.

— Comment a-t-elle pu se conduire ainsi avec vous ! s'exclama Tiffany, outrée. Ce devait être une affreuse snob !

— Oh ! ce n'est pas cela qui m'a choqué le plus car je savais que nous n'appartenions pas au même milieu ! Mais qu'elle ose me réclamer un bébé en me priant ensuite de débarrasser le plancher, ça, je ne l'ai pas supporté. Vous vous rendez compte ? Mon enfant aurait grandi sans savoir qui était son père.

Tiffany tressaillit. Grace aurait ignoré, elle aussi, qui était sa vraie mère si l'accident arrivé à Jane n'avait pas modifié le cours des événements.

— Jasmine s'imaginait que je pourrais jouer les étalons et abandonner mon enfant sans aucun remords..., reprit Dan. Quel père serait assez indigne pour agir ainsi ?

Cette fois, Tiffany eut l'impression de recevoir une gifle.

— Excusez-moi, reprit Dan en lui prenant la main. Cette conversation n'a rien de romantique, n'est-ce pas ? Parlons d'autre chose.

Curieusement, le trajet du retour sembla à Dan beaucoup plus long qu'à l'aller.

— Vous n'allez pas me croire, dit-il au bout d'un moment. Je crois bien que nous sommes perdus !

— Pourquoi ne vous croirais-je pas ? Vous venez d'arriver dans la région, tout comme moi.

— Mais vous pourriez penser que je me sers d'un vieux truc éculé... Quelque chose comme le coup de la panne d'essence.

Il se gara sur le bord de la route et alluma le plafonnier pour consulter la carte.

— Bon, je vois où nous sommes...

Après avoir remis la carte dans la boîte à gants, il éteignit le plafonnier et passa son bras autour des épaules de Tiffany.

— Finalement, murmura-t-il, les vieux trucs éculés ont peut-être du bon...

Il se pencha vers elle et contempla ses jolies lèvres sensuelles qui semblaient une invitation au baiser. Depuis le premier jour, il rêvait de l'embrasser. Comment aurait-il pu résister plus longtemps à la tentation ?

Comme elle se blottissait contre lui, les yeux mi-clos, il prit sa bouche avec une avidité fiévreuse, lui arrachant des gémissements de plaisir. Voyant qu'elle s'abandonnait sans réticence, il s'enhardit et se risqua à des caresses de plus en plus intimes.

Pendant près d'une demi-heure, ils se livrèrent à toutes les audaces, comme deux adolescents qui découvrent l'ivresse des sens. Jamais Tiffany n'avait éprouvé de sensations aussi fortes dans les bras d'un homme, et elle voulait que ce moment n'ait pas de fin. Elle voulait faire l'amour avec Dan, là, maintenant.

Mais il ne semblait pas de cet avis.

— Nous ferions mieux d'arrêter, murmura-t-il sans conviction. Si nous continuons, je ne réponds plus de rien. Et j'ai passé l'âge de faire l'amour dans une voiture !

Sans doute avait-il raison, se dit-elle. Malgré l'irrésistible attirance qu'elle éprouvait pour lui, elle hésitait encore à s'engager dans une liaison qui l'obligerait à révéler une partie de ses secrets. Tout la portait à croire qu'il désapprouverait les choix qu'elle avait faits — n'avait-elle pas accepté l'idée de confier son bébé à une autre ?

Au fond, elle était soulagée de savoir qu'il souhaitait en rester là, du moins pour le moment.

— Dès que je vous ai vue, dit-il en lui caressant doucement le visage, j'ai su que vous étiez une femme exceptionnelle. Je ne veux pas tout gâcher en précipitant les choses. Je tiens trop à vous. Il vaut mieux prendre notre temps. N'est-ce pas votre avis ?

Elle acquiesça d'un hochement de tête. Si elle était sûre de son amour pour Dan, elle était beaucoup plus incertaine en ce qui concernait leur avenir. Comment réagirait-il lorsqu'il saurait dans quelles circonstances elle avait décidé d'avoir un enfant ? Elle redoutait le pire.

Dan mit le moteur en marche et, vingt minutes plus tard, il s'arrêtait devant la porte de Tiffany.

— J'espère que la baby-sitter ne va pas m'arracher les yeux ! dit-elle. J'ai plus d'une heure de retard. Voulez-vous entrer ? Je peux vous offrir un café.

— Non, je préfère que vous me donniez un dernier baiser.

Il l'attira contre lui et prit avidement ses lèvres.

— Cette nuit, je rêverai de vous, murmura-t-il d'une voix rauque.

Il attendit qu'elle soit entrée dans la maison pour démarrer et disparaître dans la nuit.

# 5.

— Ah ! je savais bien que je vous trouverais ici ! s'écria Claire en ouvrant sa portière.

Elle s'était garée devant la crèche juste à côté de la voiture de Tiffany qui arrivait, portant Grace dans ses bras.

— Bonjour, Claire.

— Alors ? Comment ça s'est passé, vendredi soir ?

— Oh ! très bien ! Nous sommes allés dîner dans un ancien pavillon de chasse dont j'ai oublié le nom. Le repas était excellent.

— Et ?

— Je n'ai rien de plus à vous raconter. Dan s'est conduit en parfait gentleman... mais cela ne doit pas vous surprendre, j'imagine.

— Vous a-t-il proposé de sortir un autre soir avec lui ? Etes-vous ensemble, maintenant ?

— Non, je ne pense pas.

— Je ne comprendrai jamais mon frère ! dit Claire en soupirant. Mais il vous plaît, n'est-ce pas ? Pour ma part, je le trouve très séduisant, mais peut-être que, étant sa sœur, je manque d'objectivité.

Tiffany ne jugea pas utile de mentir.

— Vous avez raison, c'est un très bel homme. Seulement, nous ne voulons pas presser les choses. Nous avons le temps.

« Et peut-être qu'il ne se passera jamais rien entre nous », aurait-elle pu ajouter.

Alors qu'elle s'apprêtait à monter dans sa voiture, un crissement de pneus attira son attention. Un coupé sport venait de s'arrêter devant l'entrée réservée au personnel de l'hôpital. Shelly, qui avait troqué son uniforme d'infirmière contre une élégante robe de lin ultra-courte, accourut. A peine fut-elle assise que le bolide démarra en trombe.

Mais Tiffany avait eu le temps de reconnaître le conducteur : Simon.

— N'était-ce pas cette fille, assez désagréable d'ailleurs, qui travaille dans votre service ? demanda Claire qui avait suivi la scène des yeux. On dirait qu'elle s'est trouvé un nouveau soupirant. Le pauvre ! Il ne sait pas ce qui l'attend.

Tiffany ne répondit pas. Pour une fois, elle ressentait de la pitié pour Shelly — c'était elle la plus à plaindre, et non pas ce voyou de Simon.

— Au fait, reprit Claire, je vous attendais parce que je voulais vous inviter à une fête, samedi prochain. Nous célébrerons les trente ans de Jim.

— C'est très gentil à vous, Claire. Je vous dirai demain si j'ai réussi à trouver une baby-sitter pour Grace.

— Parfait. Dan doit venir, lui aussi ; il passera vous prendre chez vous.

Le lendemain matin, Tiffany crut de son devoir de mettre Shelly en garde contre Simon, et elle la convoqua dans son bureau.

— Je vous ai vue, hier soir. L'homme qui est venu vous chercher était bien Simon, n'est-ce pas ?

Shelly lui lança un regard soupçonneux et garda le silence.

— Je sais que c'était lui..., reprit Tiffany. Je tiens à vous prévenir, Shelly : soyez très prudente. Ce garçon est un dangereux escroc.

— Vous êtes jalouse, c'est tout ! rétorqua la jeune infirmière d'un air indigné. Il m'avait avertie que vous réagiriez de cette manière. Et je constate qu'il avait vu juste !

— Vous avez donc parlé de moi, tous les deux ?

— Oui, il a cité votre nom une ou deux fois. Cela n'a rien d'étonnant puisque c'est grâce à vous qu'on s'est rencontrés — le jour où il m'a remis ce chèque pour vous, la semaine dernière. Il m'a dit qu'il payait toujours ses dettes.

— Vous a-t-il dit aussi qu'il s'agissait d'un chèque sans provision ?

— Je ne vous crois pas ! Simon m'avait bien dit que vous essayeriez de le salir quand vous sauriez que nous sortons ensemble. Nous nous aimons, et rien ni personne ne viendra se mettre entre nous.

— Très bien. J'espère que vous n'aurez pas à le regretter. Mais laissez-moi vous donner un conseil : ne lui prêtez jamais d'argent.

Shelly lui jeta un regard hautain et sortit du bureau sans dire un mot.

Au moins, je l'aurai prévenue, songea Tiffany.

Le samedi soir, Dan passa la prendre chez elle. Après l'avoir embrassée sur la joue, il recula de quelques pas et la contempla d'un air admiratif.

— Encore une nouvelle toilette, infirmière Younghouse ? J'ai l'impression qu'on vous paye trop bien à l'hôpital !

— Quel toupet ! Comment un riche cardiologue comme vous peut-il reprocher à une modeste infirmière de s'offrir de temps en temps une nouvelle robe ?

Secrètement flattée de le voir sensible à ses efforts d'élégance, elle se garda bien de lui avouer qu'elle possédait ce fourreau de soie bleu nuit depuis plus de deux ans ! N'ayant pas les moyens de renouveler sa garde-robe, elle avait ressorti les vêtements qu'elle portait avant la naissance de Grace. Le fourreau était resté pendu dans son armoire pendant si longtemps qu'elle avait dû le confier au teinturier afin de le rafraîchir. Si elle avait choisi de le mettre ce soir, c'était parce qu'elle savait que son tissu doux et soyeux la moulait comme une seconde peau et mettait en valeur sa silhouette.

Pour se rendre chez Claire et Jim qui habitaient à quelques kilomètres de là, ils empruntèrent des petites routes de campagne que Tiffany reconnut pour s'y être souvent promenée à pied avec Grace et Bonzo.

Lorsqu'ils arrivèrent au village, Dan sourit en passant devant le bureau de poste.

— C'est là que j'ai sauvé une demoiselle en détresse, il y a deux mois.

Tiffany éclata de rire.

— Comme c'est agréable de se faire appeler « demoiselle » ! Surtout quand on est mère de famille.

— Parfois, j'oublie que vous avez un bébé, dit Dan tandis qu'il s'engageait dans un chemin de terre.

— Voilà une remarque bien étrange !

— Quand je vous regarde, je ne vois qu'une très jolie jeune femme. Il m'est difficile d'imaginer qu'un corps aussi svelte ait pu mettre au monde un bébé.

— Vous n'avez pas vu mes vergetures ! riposta-t-elle en riant pour masquer son embarras.

Dan ralentit et se gara derrière une file de voitures arrêtées devant un charmant cottage.

— Ou je me trompe ou cela ressemble fort à une invitation, dit-il d'un ton léger.

— Quoi donc ?

— Que vous me proposiez de voir vos vergetures. J'y jetterai un coup d'œil, si vous voulez. D'un point de vue purement professionnel, naturellement.

Par la porte du cottage grande ouverte s'échappaient des

rires et de la musique. Se frayant un chemin au milieu de la foule d'invités qui se pressaient dans la maison, Dan et Tiffany réussirent à s'approcher de Claire.

Celle-ci les accueillit avec enthousiasme.

— Ah! vous voilà enfin! Venez saluer le roi de la fête. Jim! cria-t-elle en faisant signe à son mari de les rejoindre.

C'était un homme de haute taille dont le visage avenant s'ornait d'une barbe brune. Dan fit les présentations, puis il offrit à son beau-frère une bouteille enveloppée dans du papier de soie.

— Ah, magnifique! s'exclama Jim après avoir ôté l'emballage. Mon porto favori! Mais on ne le boira pas ce soir. Je vais le mettre précieusement à l'abri!

— Où sont mes neveux? s'enquit Dan.

— Ce soir, ils dorment chez une amie, répondit Claire. Nous pourrons donc faire autant de bruit que nous voulons et nous livrer aux pires excès!

La fête battait son plein. Malgré l'abondance de nourriture et d'alcools offerts aux invités, Tiffany remarqua que Dan, après avoir bu deux bières, s'en tenait à l'eau minérale. Elle-même ne s'autorisa que deux verres de vin, comme d'habitude; même dans les soirées les plus endiablées, elle buvait peu afin d'être prête à intervenir s'il arrivait qu'on ait besoin de ses compétences médicales. Et à l'époque où elle sortait avec Simon, il lui avait fallu bien souvent le ramener chez lui parce qu'il était trop ivre pour conduire.

Dans une des pièces du cottage, un jeune homme aux longs cheveux roux dont l'oreille s'ornait d'un petit anneau d'or, jouait les disc-jockeys.

— C'est Richard, le cousin de Jim, expliqua Claire. Il est étudiant en médecine et, pour financer ses études, il travaille le soir dans une discothèque.

Dan se pencha vers Tiffany.

— Voulez-vous danser?

Sans même attendre sa réponse, il l'entraîna sur le parquet ciré où évoluaient des couples enlacés. Il la serrait si fort contre lui qu'elle sentait leurs cœurs battre à l'unisson. Blottie dans ses bras, elle se laissa porter par le rythme de la musique avec le délicieux sentiment que leurs deux corps n'en faisaient qu'un.

Un élan irrésistible la poussait vers Dan. Jamais elle n'avait éprouvé un désir aussi fort pour un homme. Si leur histoire était sans avenir, eh bien, tant pis, elle se contenterait de ce que le présent lui offrait. Tout ce qu'elle savait, c'était qu'elle avait besoin de lui. Maintenant.

Elle pressa son visage contre la joue rugueuse de son compagnon.

— Vous savez, j'ai menti tout à l'heure, murmura-t-elle. A propos des vergetures...

— Comment vous croire? répondit-il, le regard espiègle. Il faudrait que je vérifie cela moi-même.

— Pourquoi pas ce soir? Vous pourriez dormir chez moi. Cela vous éviterait de retourner en ville en pleine nuit.

Il resta silencieux quelques instants, continuant à la faire virevolter sur le parquet. Puis il la prit par la main et la guida vers un coin de la pièce où régnait un calme relatif.

— J'aimerais passer la nuit chez vous, bien sûr, si c'est ce que vous désirez vraiment. La semaine dernière, je vous ai dit que je ne voulais rien précipiter... et j'étais sincère. Mais je connais mes limites : si vous m'invitez chez vous, je sais que je serai incapable de me contrôler. Je vous veux toute à moi, Tiffany. Aussi, ne maintenez votre proposition que si vous partagez mes sentiments. J'ai passé l'âge qu'on joue avec moi.

— Je ne joue pas, Dan. Moi aussi, je vous désire.

Il lui prit doucement le visage entre les mains et lui donna un long baiser qui la fit vibrer d'un plaisir voluptueux.

— Allons-nous-en, dit-il d'un ton impatient.

— Mais il est encore très tôt ! Nous ne pouvons pas partir comme ça.

— Je ne vois pas pourquoi !

Docile, elle le suivit jusqu'au vestiaire où ils récupérèrent leurs manteaux au milieu d'une pile de vêtements.

— Nous aurions dû dire au revoir à Claire et à Jim ! s'exclama Tiffany une fois qu'ils furent dehors.

— Oh ! je suis sûr qu'ils ne remarqueront même pas notre départ !

Sur la route, Dan se montra d'une grande prudence.

— Je ne tiens pas à être arrêté pour excès de vitesse, dit-il. Les policiers ne me croiraient pas si je prétendais me rendre de toute urgence chez un malade alors que j'ai à côté de moi une superbe femme en robe de soirée !

Le hasard voulut que, peu après, à la sortie d'un virage, ils se heurtèrent à un barrage de police. Des agents en uniforme et des hommes en blouse blanche s'affairaient au milieu de la route sous la lumière clignotante des gyrophares. A n'en pas douter, il venait de se produire un grave accident.

Voyant un policier s'approcher de la voiture, Dan baissa sa vitre.

— Il faut faire demi-tour, monsieur, et prendre l'autre route qui mène au village, dit l'homme. Celle-ci est interdite à la circulation. Il y a eu un accident.

— Est-ce que nous pouvons nous rendre utiles ? proposa Dan. Je suis médecin et mon amie est infirmière.

— Je vous remercie, mais les blessés ont été transportés à l'hôpital. Nous nous occupons actuellement de dégager la chaussée.

— Que s'est-il passé ?

— Deux jeunes couples roulaient trop vite sur cette route étroite. L'un était en voiture, l'autre à moto. D'après ce que nous avons compris, ils faisaient la course. Les plus touchés, naturellement, ce sont l'homme et la femme qui étaient sur la moto. L'ambulance vient de les évacuer.

— Et l'autre couple ?

— Ils ne présentent pas de blessures, mais ils sont sous le choc. On les a fait asseoir à l'arrière d'un de nos véhicules. Ils refusent l'un et l'autre d'aller à l'hôpital. Les infirmiers n'ont pu que les examiner rapidement. Mais puisque vous êtes médecin, vous devriez peut-être aller leur parler et vous assurer qu'ils vont bien avant que nous les emmenions au poste de police ?

Sortant de voiture, ils suivirent l'agent jusqu'à l'un des véhicules de police stationnés un peu plus loin. Ils passèrent devant les carcasses entremêlées d'une voiture de sport et d'une grosse moto qui gisaient au milieu de la route, formant un tas de ferraille presque méconnaissable.

— On se demande comment ils ont pu en sortir vivants, murmura Dan. Dans quel état avez-vous trouvé le motard et sa passagère ?

— Ils sont gravement touchés, surtout le garçon.

Comme ils approchaient de la voiture de police, ils virent trois agents dont l'un tenait à la main un alcootest puis entendirent le bruit d'une altercation à l'intérieur.

— Que se passe-t-il ? demanda le policier qui escortait Dan et Tiffany.

— L'homme refuse de souffler dans le ballon. Il sent l'alcool à plein nez, mais jure ses grands dieux qu'il n'était pas au volant... Il prétend que c'était la fille qui conduisait. Elle a subi un alcootest qui s'est révélé négatif.

Tiffany se pencha pour regarder le jeune couple assis sur la banquette arrière. Le garçon avait passé son bras autour des épaules de sa compagne qui sanglotait à fendre l'âme.

Elle reconnut Simon et Shelly.

Durant quelques secondes, elle resta pétrifiée, puis se tourna vers Dan.

— C'est Simon et Shelly, une des infirmières qui travaille dans mon service.

— Et Simon est l'homme avec lequel je vous ai vue au supermarché, c'est bien ça ?

— Oui. Je n'arrive pas à le croire !

Le policier qui les avait accompagnés jusqu'à la voiture intervint.

— Vous dites qu'il s'appelle Simon ? Il s'est présenté à nous sous le nom de Ben.

— Je me demande pourquoi il a menti.

— Oh ! cela n'a rien d'étonnant... Beaucoup de personnes impliquées dans un accident de la route ou surprises en train de conduire en état d'ébriété préfèrent donner un faux nom. Mais nous vérifierons l'identité de ces deux-là au poste de police.

— J'aimerais d'abord les examiner rapidement, dit Dan.

— D'accord, docteur. Allez-y.

Lorsque Shelly aperçut Tiffany, ses pleurs redoublèrent.

— Oh ! Tiffany ! s'écria-t-elle. Je suis si heureuse de vous voir ! C'était horrible... Et je m'inquiète tellement pour Karen et Kev !

— C'étaient donc eux qui se trouvaient sur la moto ?

Shelly voulut sortir de la voiture, mais Simon la retint par le bras.

— Rappelle-toi ce qu'on a dit... Tu tiens ta langue !

Elle le repoussa d'un geste brusque et rejoignit Tiffany qui la prit dans ses bras.

— Vous tremblez, Shelly... Etes-vous blessée ? Avez-vous mal au cou, dans les côtes ou aux jambes ? Est-ce que vous saignez ?

La jeune infirmière secoua la tête.

— Non. Quand les ambulanciers étaient là, ils ont vérifié que nous n'avions rien, mais ils nous ont prévenus que nous pourrions avoir des douleurs demain. Je leur ai dit que j'étais infirmière et ils ont eu l'air de penser que j'étais capable de prendre soin de moi.

— Ils ont certainement supposé que vous iriez consulter un médecin si vous en ressentiez le besoin. Etes-vous certaine de n'être pas en état de choc ?

— Oui, j'en suis sûre.

Tiffany lui tâta le front.

— Vous avez la peau fraîche et vous ne transpirez pas. Avez-vous mal au cœur ? Ou des vertiges ?

— Non.

— Je vais vous prendre le pouls. Il est un peu rapide..., ajouta-t-elle un instant plus tard, mais cela n'a rien d'étonnant, après ce qui s'est passé. Avez-vous soif ?

— Non.

— La nausée ?

— Oui, tout de suite après l'accident, quand j'ai vu ce qui était arrivé à Karen et à Kev. Nous avons essayé de leur porter secours en attendant l'arrivée de l'ambulance : on a tenté d'arrêter l'hémorragie et...

Tiffany se tourna vers la voiture où Dan était en train de poser les mêmes questions à Simon afin de vérifier qu'il ne souffrait pas d'un état de choc ou de blessures internes.

— Pourquoi a-t-il prétendu s'appeler Ben ? demanda-t-elle.

— Oh, lui !

Puis Shelly se tut, jetant un regard apeuré vers les policiers qui les entouraient.

— Etait-ce vraiment vous qui conduisiez ? s'enquit Tiffany à mi-voix.

— Je n'ai rien à dire, dit Shelly d'un ton sec. Et cela ne vous regarde pas.

Elle avait retrouvé toute sa hargne et sa méfiance, songea Tiffany en soupirant.

Au même moment, un car de police arriva sur le lieu de l'accident.

— Nous allons emmener ces deux personnes au poste afin d'enregistrer leurs dépositions, annonça le policier qui s'était chargé de l'alcootest.

A ces mots, Shelly s'accrocha au bras de Tiffany.

— Vous viendrez avec moi ? *Je vous en prie !*

Voyant le regard terrifié de la jeune femme, Tiffany ne se sentit pas le cœur de refuser. Tandis que Simon et Shelly montaient sous bonne escorte à l'arrière du car, elle retourna à la voiture avec Dan, et le cortège s'ébranla.

Tandis qu'ils roulaient vers la ville, elle utilisa le téléphone portable de Dan pour mettre la baby-sitter au courant de la situation. A son grand soulagement, Trinny déclara qu'elle passerait la nuit dans la chambre d'amis afin de veiller sur Grace.

Au poste de police, on emmena Simon dans une pièce et un policier entraînait Shelly pour lui faire, à elle aussi, subir un interrogatoire dans une autre pièce quand la jeune femme, l'air suppliant, tendit la main vers Tiffany.

— Tiffany...

Cette dernière jeta un regard au policier qui sembla hésiter avant de hocher la tête.

Lorsqu'ils furent entrés dans une petite salle sinistre, le policier ferma la porte puis, sans attendre, proposa à Shelly d'appeler son avocat.

— Oh ! c'est inutile..., répliqua-t-elle d'un air bravache. Je peux me débrouiller toute seule. De toute façon, je n'ai pas d'avocat. Je n'en ai jamais eu besoin jusqu'à présent.

— Vous avez le droit d'en avoir un auprès de vous si vous le désirez... Je dois vous avertir que vous risquez d'être inculpée.

— Inculpée ? Mais pour quelle raison ? Je n'ai rien fait de mal ! Je n'avais pas bu une goutte d'alcool.

— C'est exact. Votre alcootest était négatif. Mais vous pouvez être accusée du délit de conduite dangereuse.

Shelly blêmit.

— C'était bien *vous* qui conduisiez, n'est-ce pas ?

Comme elle gardait le silence, le policier insista.

— Sur les lieux de l'accident, votre compagnon a affirmé que vous étiez au volant quand la collision s'est produite.

— Il a dit ça, c'est vrai.

— C'était donc vous qui conduisiez le véhicule ?

Tiffany croisa un bref instant le regard de Shelly qui se tortillait sur sa chaise.

— Oui, murmura-t-elle.

L'homme se leva.

— Je reviens dans un moment, dit-il, les laissant seules.

Tiffany s'approcha alors de Shelly pour poser une main sur son épaule, mais elles n'échangèrent pas un mot pendant les quelques minutes que dura l'absence du policier.

— J'ai eu des nouvelles de l'hôpital, annonça-t-il en revenant. Les deux jeunes gens qui étaient sur la moto sont actuellement en salle de réanimation. L'homme a peu de chances de survivre à ses blessures.

Shelly poussa un cri et enfouit son visage dans ses mains.

— Vous voyez, mademoiselle, si c'est bien vous qui conduisiez, vous risquez d'avoir de gros ennuis. Une condamnation pour conduite dangereuse ayant entraîné la mort peut vous valoir une lourde peine de prison...

Tiffany vit que les joues de Shelly prenaient une teinte grisâtre.

— Oh non... ! non... je ne veux pas que Kev et Karen meurent ! Il ne faut pas... C'était juste un jeu... Nous ne voulions pas les renverser !

— C'est donc bien *vous* qui les avez heurtés ? Vous admettez que vous étiez au volant, c'est ça ?

Shelly, qui avait perdu toute son arrogance, se recroquevilla sur sa chaise en sanglotant.

— Voulez-vous un verre d'eau ? proposa le policier.

Lorsque la jeune infirmière eut recouvré son calme, l'homme reprit son interrogatoire, mais d'une voix moins rude.

— Ce n'était pas vous qui conduisiez, n'est-ce pas, mon petit ?

Shelly secoua la tête en silence.

— Le conducteur, c'était le type qui se trouve dans la pièce voisine... celui qui empeste l'alcool ? Je ne comprends pas pourquoi vous cherchez à le protéger. Pourquoi payeriez-vous à sa place ?

Il jeta un coup d'œil sur son calepin.

— Il s'appelle Ben, c'est bien ça ? Je crois que vous devriez me dire toute la vérité et laisser ce Ben assumer ses responsabilités. Son compte est bon : conduite dangereuse, refus de l'alcootest... et s'il y a mort d'homme, son cas s'en trouvera encore aggravé.

— Simon..., murmura Shelly. Il ne s'appelle pas Ben, mais Simon.

— Eh bien, ça, c'est le bouquet ! s'exclama le policier. Il a essayé de nous tromper sur sa véritable identité ! S'il s'imaginait être remis en liberté ce soir, il risque d'être déçu !

# 6.

Au lieu de Dan, ce fut Shelly que Tiffany emmena chez elle. Prise de pitié devant le désarroi de la jeune infirmière, elle s'était inquiétée de ce qu'elle allait devenir en sortant du poste de police.

— Vous vivez avec vos parents? avait-elle demandé.

— Non, j'ai un appartement en ville. Mais ça ira, Tiffany.

— Pas question de vous laisser rentrer toute seule chez vous. Venez avec moi. J'ai une chambre d'amis où vous pourrez vous reposer. Ah! c'est vrai, j'avais oublié... la baby-sitter l'occupe, cette nuit. Mais cela ne fait rien : vous prendrez ma chambre et je dormirai sur le canapé du salon.

— Vous êtes si gentille, Tiffany... Je ne comprends pas pourquoi vous vous donnez tant de mal pour moi.

Le lendemain matin, Tiffany, couchée dans un duvet sur le divan du salon, fut réveillée par Trinny qui s'étonna de la trouver là.

— C'est une longue histoire, vous savez, murmura-t-elle en s'étirant paresseusement.

— Alors, vous m'expliquerez cela plus tard. Grace s'est montrée un amour, comme toujours. Elle dort encore.

— Merci pour tout, Trinny.

— Mais non, je le fais avec grand plaisir.

Une fois la baby-sitter partie, Tiffany appela le County General Hospital — c'était là que les blessés avaient été transférés la veille. Dès qu'elle eut en ligne l'unité de soins intensifs, elle s'enquit dc l'état de santé de Karen.

— Etes-vous une parente ? lui demanda l'infirmière à l'autre bout du fil.

— Non, mais je suis surveillante au Highfield Children's Hospital où travaille Karen. Elle est dans mon service et je voudrais avoir de ses nouvelles.

— Elle va bien. Dès que le spécialiste en traumatologie l'aura examinée une dernière fois, nous l'installerons dans un autre service. Elle ne souffre que de blessures superficielles.

— C'est merveilleux ! Et le garçon, Kev ?

— Il est encore au bloc opératoire. Nous avons averti ses parents qui doivent arriver d'un instant à l'autre. Pour le moment, je ne peux rien vous dire de plus.

Rassurée sur le sort de Karen, Tiffany monta à l'étage où se trouvait la chambre de Grace. L'enfant était couchée sur le dos, les yeux grands ouverts. Lorsqu'elle vit apparaître sa mère, elle poussa des cris de joie et agita ses jambes potelées.

— Comment va ma petite chérie ? dit Tiffany en la prenant dans ses bras.

C'était l'un de ses moments préférés de la journée. Après avoir embrassé et câliné sa fille, elle la posa sur la table à langer et lui changea sa couche. Puis elle l'emporta dans la cuisine afin de lui préparer un biberon.

L'un de ses regrets était de ne pas avoir donné le sein à Grace. Durant sa grossesse, elle avait exclu cette éventualité puisqu'elle devait confier son bébé à sa sœur. L'accident de Jane avait tout remis en cause. Pourtant, lorsque la sage-femme lui avait demandé si elle allaiterait l'enfant, elle s'en était tenue à sa première décision et avait répondu non. Mais, depuis, elle ne cessait de le regretter.

A voir l'air épanoui de Grace, son teint frais et son regard vif, il paraissait évident que la petite fille n'avait pas pâti d'être privée du lait maternel. Celle qui en souffrait le plus, c'était elle, Tiffany. Elle avait le sentiment d'avoir manqué à son devoir de mère.

Mais le prochain, elle l'allaiterait...

Le prochain ? A quoi pensait-elle donc ? Elle n'aurait pas d'autre bébé.

Comment pourrait-elle se lier à un homme honnête et loyal — le seul genre de compagnon avec lequel elle envisagerait de faire sa vie ? Il fuirait dès qu'il connaîtrait son passé.

Des larmes perlèrent sous ses paupières. Le destin se montrait trop cruel ! Aucun homme de valeur ne pourrait plus jamais s'intéresser à elle. Dan, par exemple. Elle n'avait pas oublié l'expression de mépris qui s'était peinte sur son visage lorsqu'il lui avait raconté son aventure avec Jasmine. Bien sûr, son histoire à elle était bien différente, mais il n'en restait pas moins vrai qu'elle avait accepté l'idée d'abandonner son enfant à une autre. Comment pourrait-elle jamais l'avouer à Dan ? Elle ne voulait pas courir le risque de le perdre.

Un bruit de pas dans l'escalier la tira de ses sombres réflexions. Quelques instants plus tard, Shelly entra dans la cuisine.

— Avez-vous bien dormi ? demanda Tiffany.

— Oui, à peu près. Je viens juste de me réveiller. Mais je suis vraiment navrée de vous avoir chassée de votre chambre. J'aurais pu dormir en bas.

— Il n'en était pas question !

Mais elle se réjouit de voir que Shelly était au moins capable d'exprimer une certaine gratitude.

— Au fait, reprit-elle, j'ai téléphoné à l'hôpital. On m'a affirmé que Karen était hors de danger.

— Ah ! merci, mon Dieu ! s'exclama Shelly en se laissant tomber sur une chaise. Et Kev ?

— Ils ne m'ont pas dit grand-chose. Seulement qu'il se trouvait encore en salle d'opération et que ses parents seraient bientôt auprès de lui.

Shelly s'accouda à la table en pin et se prit la tête entre les mains d'un air accablé.

— J'ai l'impression de vivre un cauchemar... Dites-moi que tout cela n'est pas vrai. Qu'il ne s'est rien passé la nuit dernière.

— Hélas ! il ne s'agit pas d'un mauvais rêve, mais de la triste réalité. Cependant, vous connaissez le dicton : tant qu'il y a de la vie, il y a de l'espoir. Et Kev est toujours en vie.

En fin de matinée, Tiffany se rendit chez sa voisine pour lui demander de garder Grace pendant une petite heure, le temps qu'elle aille à l'hôpital avec Shelly. Elle lui raconta en détail les circonstances de l'accident, lui expliquant ainsi pourquoi elle avait prêté sa chambre à la jeune femme.

— Je m'attendais plutôt à vous voir revenir avec ce beau médecin qui vous escortait hier soir ! s'exclama Trinny.

Tiffany prit un air innocent.

— Qu'est-ce qui a pu vous faire croire ça ?

— Le regard d'adoration que vous portiez sur lui et la façon dont il vous dévorait des yeux.

Tiffany, ne sachant que répondre, lui mit Grace dans les bras.

— Ce sera sans doute pour une autre fois..., ajouta Trinny tout en berçant tendrement le bébé contre elle. En tout cas, prenez tout votre temps, ce matin. Inutile de vous presser : c'est pour moi un réel plaisir de m'occuper de ce petit ange !

Le County General Hospital était un établissement gigantesque comparé à celui de Highfield. Karen avait été transférée dans une chambre à six lits située au deuxième étage, au bout d'un immense corridor. Tiffany et Shelly la trouvèrent assise au pied de son lit, occupée à feuilleter un magazine.

Shelly se précipita vers elle et la serra dans ses bras.

— Oh ! Karen, je regrette tellement !

La jeune femme sourit. Son visage était couvert de bleus et d'écorchures et, en deux ou trois endroits, il était marqué par des points de suture. Ses joues, son nez et son menton, badigeonnés avec un produit antiseptique, avaient pris une teinte jaunâtre. C'était à peine si on pouvait la reconnaître.

Après avoir invité Tiffany et Shelly à s'asseoir, elle les rassura sur sa santé.

— Les médecins m'ont affirmé que je ne garderai aucune cicatrice. Mon casque m'a sauvé la vie. Ils ont dit que j'avais eu beaucoup de chance.

— Espérons que Kev s'en sortira, lui aussi, dit Shelly qui se mordit aussitôt les lèvres, regrettant ses propos alarmistes.

— Nous avons appris qu'il avait été opéré cette nuit, ajouta en hâte Tiffany.

— Oui. On m'a dit que l'intervention s'était bien passée et que je ne devais pas m'inquiéter. Je me fais pourtant du souci. Je voudrais aller le voir, mais on me l'a interdit, probablement parce que je ne tiens pas encore très bien sur mes jambes. Evidemment, quelqu'un pourrait me conduire auprès de Kev en fauteuil roulant, mais sans doute n'ont-ils pas assez de personnel. Tout comme nous, à Highfield !

Il était clair qu'elle ignorait la gravité des blessures de son ami. Elle ne savait pas qu'il était entre la vie et la mort.

— En arrivant, j'ai demandé de ses nouvelles à la réception, dit Tiffany d'une voix qui se voulait rassurante. Ils ont appelé le service où il se trouve et m'ont informée que ses parents étaient à son chevet.

— Oh ! tant mieux ! Au moins, il aura quelqu'un à qui parler.

Tiffany détourna les yeux. Elle n'avait pas tout dit à Karen — notamment que Kev n'était pas en mesure de parler à qui que ce soit. Il était inconscient. Ses parents guettaient anxieusement le moment où il sortirait enfin du coma.

— Les prochaines vingt-quatre heures seront décisives, avait dit l'infirmière auprès de qui elle s'était renseignée.

Elle n'avait pas jugé utile de mettre Karen au courant. Pourquoi la plonger dans l'angoisse alors qu'elle avait besoin de toutes ses forces pour se remettre du choc qu'elle avait subi ? Il serait toujours temps de l'avertir si le pire arrivait.

En sortant de l'hôpital, Tiffany déposa Shelly au pied de son immeuble. La jeune infirmière se sentait assez solide pour rentrer chez elle.

— Et puis, je pourrai toujours téléphoner à mes parents et aller me reposer chez eux deux ou trois jours, précisa-t-elle. Mais il y a le travail... Je ne peux pas vous laisser tomber comme ça !

Tiffany fut heureusement surprise — c'était bien la première fois qu'elle l'entendait se soucier des autres !

— Ne vous inquiétez pas... Je ne veux pas vous voir dans le service demain.

— Mais Karen ne sera pas là non plus !

— J'y ai déjà pensé. Je demanderai au service du personnel de contacter une agence d'intérim pour qu'on m'envoie deux remplaçantes.

Après avoir laissé Shelly devant sa porte, elle poussa un soupir de soulagement. Bien que sa jeune subordonnée se soit montrée plus conciliante au cours des dernières vingt-quatre heures, ce changement d'attitude n'était sans doute que provisoire. Et si elle se réjouissait que Shelly fût sortie indemne de l'accident, elle éprouvait aussi une certaine satisfaction à l'idée de se passer d'elle pendant quelques jours. Le service y gagnerait en calme et en sérénité.

Elle put le constater dès le lundi matin. En l'absence de Shelly et de ses continuelles récriminations, le travail paraissait soudain beaucoup moins pénible, et l'atmosphère plus légère.

Stella et Joan, les deux infirmières envoyées par l'agence d'intérim, âgées d'une quarantaine d'années, avaient recommencé à travailler après avoir élevé leurs enfants. Compétentes et efficaces, elles se mirent à la tâche avec tant d'ardeur que le service des consultations externes tourna bientôt comme une machine bien huilée, sans heurt ni drame.

Au cours de l'après-midi, Tiffany profita d'une courte pause café pour féliciter ses deux nouvelles collaboratrices.

— Quand on travaille pour une agence intérimaire, expliqua Joan, on sait qu'on doit s'adapter rapidement à chaque nouveau job. Si on fait appel à nous, c'est qu'il y a urgence !

— Le plus dur, souligna Stella, c'est qu'on ne sait jamais quel genre de poste on occupera la semaine suivante. Il arrive parfois qu'on reste un peu plus longtemps dans le même hôpital et là, on a le temps d'apprendre à connaître ses collègues et les patients.

— A cet égard, j'ai eu de la chance, dit Tiffany. Moi

aussi, j'ai travaillé quelques mois comme intérimaire, avant la naissance de mon bébé, et c'est ici que j'ai effectué presque tous mes remplacements. Pas dans ce service, cependant ; à l'époque, je ne cherchais pas spécialement à travailler de 9 heures à 17 heures. J'acceptais n'importe quel horaire.

— Ah, vous avez un bébé ? C'est un garçon ou une fille ?

— Une petite fille. Elle a presque neuf mois, maintenant.

— Magnifique ! Qu'en faites-vous quand vous êtes au travail ? Est-ce votre maman qui la garde ?

— Non, je n'ai plus mes parents. Mais il existe dans cet hôpital une crèche qui accueille les enfants du personnel. Ma fille s'y plaît beaucoup.

— Comme ce doit être pratique ! s'exclama Stella en souriant. Il n'existait rien de ce genre quand j'ai eu mes enfants. Tout ce qu'il nous restait à faire, c'était de rester à la maison pour veiller sur nos chères petites têtes blondes !

— C'est vrai, intervint Joan. Ma mère était ravie de garder mon aîné, mais quand j'en ai eu trois autres, dont des jumeaux, elle n'a plus rien voulu savoir ! J'ai dû démissionner de l'hôpital où je travaillais pour m'occuper moi-même de mes enfants.

— Tout comme moi, dit Stella. Mais ils grandissent si vite... je ne regrette pas d'être restée à la maison quand ils étaient petits.

— Moi non plus, déclara Joan. Mais je pense qu'il aurait été préférable de nous laisser le choix.

Tiffany songea qu'elle aussi, elle aurait bien aimé choisir de travailler ou non. Si elle n'avait pas été obligée de gagner sa vie, son plus grand plaisir aurait été de rester chez elle et de s'occuper de Grace, au moins pendant les deux premières années. La petite enfance était une période si magique et si brève ! Même si Grace se plaisait à la crèche, Tiffany avait le pénible sentiment de manquer des moments irremplaçables.

En fin de journée, alors qu'elle allait récupérer sa fille à la crèche, elle tomba sur Dan.

— J'espérais bien vous rencontrer, dit-il. Je voulais simplement savoir comment vous alliez.

— Très bien, merci.

— Avez-vous eu des nouvelles de nos accidentés ?

— A midi, j'ai appelé le County General Hospital et j'ai pu parler quelques minutes à Karen. Elle se rétablit progressivement. En revanche, Kev est toujours dans le coma. Je crois que Karen a maintenant compris la gravité de la situation, car elle ne cessait de pleurer au téléphone.

— Et Shelly ? Est-elle toujours chez vous ?

— Je l'ai ramenée chez elle hier. Elle va prendre quelques jours de repos, le temps de se remettre du choc. Les deux intérimaires venues remplacer Karen et Shelly sont formidables ! J'aimerais les garder. J'ai parlé avec la D.R.H. et je lui ai suggéré de muter Shelly et Karen dans deux services différents. Aussi bien dans leur intérêt que dans le mien !

— Cette Shelly est une vraie chipie. J'espère ne pas en hériter en cardiologie !

Il jeta un coup d'œil à sa montre.

— J'ai encore un peu de temps devant moi avant de faire ma tournée dans les chambres.

Visiblement, pensa Tiffany, il prenait autant de plaisir qu'elle à leur tête-à-tête.

— La fête était très réussie, samedi soir, reprit-elle.

— Oui, pour le peu qu'on en a vu, répondit-il avec un sourire. Nous sommes partis très tôt, rappelez-vous... afin d'examiner de prétendues vergetures.

A l'évocation de ce souvenir, Tiffany se sentit rougir jusqu'à la racine des cheveux.

— Oui, vous avez raison, mais cela semble déjà si

loin. Il est arrivé tant de choses, depuis, avec cet accident !

Dan marqua un temps d'hésitation.

— Je me demandais... Si vous n'avez rien de spécial à faire samedi, voudriez-vous m'aider à surveiller les enfants de Claire ? Elle et son mari sont invités à un mariage et je leur ai proposé de garder les garçons. Mais à mesure que le jour J approche, je me demande si je serai capable de m'occuper tout seul de trois jeunes enfants !

— Vous serez sûrement à la hauteur, je n'en doute pas ! Vous vous débrouillez si bien avec vos petits patients. Ils vous adorent !

— Oui, mais la situation est totalement différente. Ici, j'ai une équipe qui me seconde. Je me contente de donner des ordres que les infirmières exécutent — ce sont elles qui prennent soin des enfants. Comme je vous l'ai dit un jour, je n'ai jamais changé une couche de ma vie !

Tiffany se mit à rire.

— Alors, je vous montrerai comment on fait. Mais je suis certaine que Claire ne vous aurait pas confié ses fils si elle vous considérait comme un incapable.

— Sans doute est-ce encore une de ses manœuvres pour m'inciter à me marier et à faire des enfants le plus tôt possible !

— Ou alors, au contraire, elle essaye de vous en dégoûter à jamais ! En tout cas, c'est entendu, je viendrai vous aider avec grand plaisir. Et Grace sera ravie... Elle connaît déjà le plus jeune de vos neveux pour le voir tous les jours à la crèche. Ce qui me fait penser que je dois me dépêcher d'aller la chercher...

— A plus tard, alors, dit Dan avant de s'éloigner, le sourire aux lèvres.

Chaque fois qu'il rencontrait Tiffany, elle lui faisait toujours le même effet : il se sentait heureux, plein d'énergie et rajeuni de plusieurs années.

Comme Claire avait eu raison de le pousser à demander à Tiffany de lui tenir compagnie, samedi prochain ! Naturellement, il s'était bien gardé de préciser que l'idée n'était pas de lui, mais de sa sœur... Il préférait de beaucoup que Tiffany lui attribue la paternité de cette initiative.

# 7.

Le samedi matin, Tiffany aperçut un véhicule inconnu qui se garait devant la maison — c'était un monospace bleu nuit, comportant trois rangées de sièges. Quelle ne fut pas sa surprise d'en voir émerger Dan !

Elle courut au-devant de lui.

— Vous avez une nouvelle voiture ?

— Non. J'ai fait un échange avec Jim. Il a pris la mienne pour aller au mariage et m'a laissé celle-ci qui est plus pratique pour transporter des enfants.

Tiffany avait préparé ce dont elle avait besoin pour Grace : des couches de rechange, des biberons, la poussette. Dan l'aida à tout charger dans le monospace et, une fois que la petite fille fut attachée sur l'un des sièges pour bébé, ils prirent la route.

— J'ignorais la quantité de choses qu'il fallait emporter quand on se déplaçait avec un bébé, ne serait-ce que pour quelques heures ! s'exclama Dan. Est-ce comme ça tous les jours, quand vous l'emmenez à la crèche ?

Tiffany hocha la tête.

— Oui, maintenant c'est devenu chez moi une seconde nature ! Je suis rodée et cela me prend à peine trois minutes pour charger la voiture.

— Vous avez donc chronométré ? dit-il en riant.

Elle sourit.

— Vous pouvez vous moquer de moi ! C'est vrai que

je suis tellement habituée, à présent, que je pourrais faire ça les yeux fermés.

Elle s'adossa à son siège, envahie par un merveilleux sentiment de bien-être. A la perspective de passer la journée avec Dan, elle se sentait aussi excitée qu'à la veille d'un anniversaire ou de Noël, à l'époque où elle était petite fille.

Quand ils arrivèrent au cottage, ils trouvèrent toute la famille qui les attendait devant la porte. Claire et Jim, sur leur trente et un, étaient fin prêts. Ils essayaient en vain de calmer leurs deux aînés qui bondissaient en criant : « Oncle Dan ! Oncle Dan ! » tandis que Jack, le plus petit, gagné par l'enthousiasme de ses frères, s'agitait frénétiquement dans les bras de son père.

— J'ai l'impression que vous jouissez d'une grande popularité, ici, commenta Tiffany pendant qu'elle détachait Grace de son siège.

— Uniquement parce que je les gâte trop !

Comme les deux plus grands se précipitaient vers lui, il fit mine de se fâcher.

— Hé ! laissez-moi entrer dans la maison, vous deux !

Claire vint au-devant de Tiffany.

— J'espère que cela ne vous ennuie pas d'aider mon frère à garder ces petits diables ?

— Pas du tout, bien au contraire !

Elle jeta un regard d'envie sur les trois garçons. Comme elle aurait aimé avoir plusieurs enfants, elle aussi !

— Voici Callum, dit Claire. Il aura bientôt deux ans. Et Jack, qui a un an ; mais lui, vous le connaissez déjà pour l'avoir vu à la crèche. Et voici Liam, l'aîné, un grand garçon de trois ans.

— Trois ans et demi, corrigea aussitôt l'intéressé.

Après avoir fait leurs dernières recommandations à Dan, Jim et Claire décidèrent qu'il était temps de partir s'ils ne voulaient pas arriver en retard au mariage.

— A demain, dit Jim en confiant Jack à son beau-frère.

S'adressait-il à Dan ou à son petit garçon ? se demanda Tiffany.

— Ils ne rentreront pas ce soir ? demanda-t-elle lorsque Claire et son mari furent partis.

— Non, ils passeront la nuit à Norwich, dans l'hôtel où doit avoir lieu le repas de noces. Je dormirai ici, mais, naturellement, je vous ramènerai chez vous avant de mettre les enfants au lit. Si c'est ce que vous voulez, ajouta-t-il après avoir marqué une pause.

Puis, sans attendre de réponse, il tourna les talons et entra dans la maison, suivi de ses neveux.

Tiffany leur emboîta le pas et pénétra dans la salle de séjour dont le sol était recouvert d'une épaisse moquette. Comme Dan posait Jack par terre, près d'une caisse pleine de jouets, elle fit de même avec Grace.

Jusqu'à présent, Liam et Callum avaient feint de l'ignorer. Sans doute ne voyaient-ils pas d'un très bon œil l'arrivée des deux visiteuses qui risquaient d'accaparer toute l'attention de leur oncle chéri...

— Voici Tiffany, dit Dan.

— Est-ce qu'elle est ta petite amie ? demanda Liam d'un air innocent.

— Je crois qu'on peut dire ça.

— Oncle Dan, tu veux bien nous emmener jouer au parc ?

— Oh oui ! au parc ! Au parc ! Au parc ! répéta Callum d'une voix stridente.

— Ce n'est pas une mauvaise idée, dit Dan. Que tous ceux qui veulent y aller lèvent le doigt !

Bien entendu, il y en eut beaucoup !

Le jardin public n'était qu'à dix minutes de marche du cottage. Dan installa Jack et Callum dans leur poussette à deux places et Grace fut assise dans la sienne. Quant à Liam, il insista pour donner la main à Tiffany et, tout au long du trajet, il ne manqua pas de lui signaler les endroits qu'il jugeait dignes d'intérêt.

— Là, c'est mon école maternelle, dit-il d'un air important. Et ici, il y a un gros chien qui aboie derrière la grille. Maman m'a dit qu'il ne pouvait pas s'échapper pour nous mordre.

Un peu plus loin, il montra un coin du trottoir.

— C'est ici que j'ai fait tomber mon cornet de glace, et maman n'a pas voulu que je le ramasse. A cause des micros...

Tiffany réprima un sourire.

— Des microbes, corrigea-t-elle. Je pense que ta maman voulait parler des microbes.

Callum se joignit à la conversation.

— Tu es infirmière comme ma maman ?

— Oui, nous travaillons dans le même hôpital.

— Quand je serai grand, je voudrais être infirmier.

— Et moi, déclara Liam, je serai médecin comme oncle Dan. Parce que je veux me promener avec une grosse serviette noire, comme lui.

Il montra du doigt la trousse médicale dont Dan ne se séparait jamais et qu'il avait glissée, avant de partir pour le parc, dans le porte-bagages de la poussette.

La réflexion de son neveu amena sur ses lèvres un sourire malicieux.

— A quoi tiennent les vocations précoces ! Si c'est ma serviette qui t'intéresse, Liam, tu pourrais aussi bien choisir de devenir plombier. Leur mallette est beaucoup plus grosse que celle des médecins !

L'enfant parut pensif.

— Oui, ça me plairait peut-être...

Puis il leva les yeux vers Tiffany.

— Dis, c'est quoi, un plombier ?

Elle se mit en devoir de lui expliquer les mystères de la plomberie — l'eau, les robinets, les tuyaux... — et comprit, devant le regard fasciné du petit garçon, qu'il reconsidérait son avenir sous un autre angle.

L'aire de jeux aménagée dans le parc grouillait d'enfants qui prenaient d'assaut les balançoires, les toboggans et les tourniquets. Tiffany réussit à se faire une petite place sur un banc. Tandis qu'elle surveillait Grace et Jack qui jouaient près d'elle, Dan emmena les deux plus grands faire de la balançoire. Ils ressemblaient à une vraie famille, songea-t-elle : le père, la mère et leurs quatre jeunes enfants.

C'était sans doute ce que pensait aussi la dame assise à côté d'elle, à en juger par la façon dont elle engagea la conversation.

— Votre mari et vous, vous ne devez pas avoir le temps de vous ennuyer ! Les deux petits sont-ils jumeaux ?

— Non, et seule la petite fille est à moi. Les trois autres sont les enfants d'un ami.

Elle ne releva pas l'allusion faite à « son mari ». Après tout, si sa voisine avait envie de croire qu'elle était mariée avec Dan, pourquoi la détromper ? L'idée n'avait rien de déplaisant.

— Votre fillette a des cheveux magnifiques ! reprit-elle, admirant les boucles flamboyantes de l'enfant qui s'amusait à leurs pieds.

La femme arbora un grand sourire.

— C'est un garçon, vous savez ! Mais je ne peux pas me décider à couper ses longs cheveux roux. Il faudra bien que je m'y résigne quand il ira à l'école maternelle, sinon il sera la risée de toute sa classe. Cependant, j'avoue que je regretterai ses jolies boucles !

— Avez-vous d'autres enfants ?

— Oui, une petite fille de quatre ans. Malheureusement, elle a hérité de mes baguettes de tambour ! Elle est sur les balançoires, en ce moment. Ah ! tenez, la voilà !

Une fillette vêtue d'un T-shirt jaune vif et d'un short en jean accourait vers elles en pleurant.

— Oh ! mon Dieu, que lui est-il arrivé ? s'écria la

maman. Peut-être a-t-elle reçu un coup ? Parfois, les enfants se comportent comme de vrais sauvages entre eux ! Que se passe-t-il, Abigail ? Quelqu'un t'a frappée ?

La petite ne répondit pas, mais ses pleurs redoublèrent.

— Ma chérie, je ne peux rien faire pour toi si tu ne me dis pas pourquoi tu es en larmes, insista sa mère en la prenant dans ses bras.

Curieusement, Abigail la repoussa et se roula sur le sol avec des cris proches de l'hystérie.

— Mais qu'y a-t-il, enfin ? répéta la femme qui se tourna vers Tiffany d'un air perplexe. Elle ne se comporte pas de cette façon, d'habitude. Jamais je ne l'ai vue se mettre dans un état pareil !

Au milieu de ses hurlements, la petite réussit à articuler un mot :

— L'abeille !

— Ah, je vois ! s'écria sa mère. Elle a dû se faire piquer par une abeille. Cela lui est déjà arrivé l'année dernière. Son bras était tout enflé. Le pharmacien m'avait donné une pommade — un antihistaminique, je crois.

— L'abeille... m'a encore piquée... au bras, expliqua l'enfant d'une voix entrecoupée de sanglots.

— Je crois que nous ferions mieux de rentrer à la maison. Il me reste encore de cette pommade. Je t'en passerai à l'endroit de la piqûre et tu n'auras plus mal. Allez, relève-toi, ma chérie.

Elle s'approcha de sa fille et examina son bras. Il était rouge et gonflé, juste au-dessous de la petite manche du T-shirt.

— Le dard est peut-être resté dans la peau, suggéra Tiffany.

Elle installa Grace et Jack dans leurs poussettes respectives et se pencha vers Abigail étendue sur le sol, immobile. Elle était pâle comme un linge et semblait avoir du mal à respirer.

— Abigail ! s'écria Tiffany. Est-ce que tu m'entends ? Réponds-moi !

Mais l'enfant avait perdu conscience. Tiffany lui prit le pouls — il était anormalement rapide.

— Oh ! mon Dieu ! Je crois qu'il faut l'emmener à l'hôpital. Elle présente tous les symptômes d'un choc anaphylactique.

Partagée entre la surprise et l'affolement, la maman la regarda avec de grands yeux écarquillés.

— Un quoi ?

— Abigail manifeste une réaction allergique au venin d'abeille. Comme elle a déjà été piquée l'an dernier, elle a acquis une hypersensibilité. Il faut intervenir rapidement... Ce peut être dangereux.

Elle se redressa et cria :

— Dan ! Dan ! Venez vite !

Remarquant que le souffle de l'enfant était maintenant très faible et saccadé, elle la tourna sur le côté afin de faciliter la respiration.

— C'est un choc anaphylactique, expliqua Tiffany lorsque Dan arriva en courant. Une piqûre d'abeille.

Il procéda à un examen rapide de la fillette et confirma le diagnostic. Il n'y avait pas une minute à perdre. L'enfant avait de plus en plus de difficulté à respirer et son pouls s'accélérait dangereusement.

— Où est ma trousse ?

Tiffany la lui tendit aussitôt.

— J'espère que vous avez de l'adrénaline, murmura-t-elle.

— J'en prends toujours avec moi.

Pendant qu'il préparait la seringue, Tiffany souleva le bras valide de l'enfant et désinfecta un petit carré de peau avec un coton imprégné d'un antiseptique. Deux minutes plus tard, Abigail avait reçu l'injection d'adrénaline qui allait lui sauver la vie.

Son rétablissement fut spectaculaire et instantané. Elle reprit une respiration normale et ses joues retrouvèrent leurs couleurs.

Sa mère, en état de choc, restait prostrée sur le banc où elle s'était laissée tomber.

— Est-ce qu'elle va s'en sortir ? demanda-t-elle d'une voix angoissée.

— Mais oui, c'est fini, vous n'avez plus rien à craindre, répondit Dan d'une voix assurée. Cependant, j'aimerais qu'elle aille à l'hôpital afin qu'on lui fasse un bilan complet. Je vais appeler une ambulance avec mon portable.

— Vous êtes fantastiques, tous les deux ! Est-ce que vous êtes secouristes, ou quelque chose de ce genre ?

Tiffany sourit.

— Dan est médecin et je suis infirmière.

L'ambulance arriva en moins de dix minutes. Dan expliqua la situation aux infirmiers qui prirent en charge Abigail, son petit frère et sa mère.

Avant de partir, cette dernière remercia Tiffany avec effusion.

— Votre mari et vous, vous avez été merveilleux. Je ne sais pas ce que j'aurais fait sans vous.

Restés seuls, Dan et Tiffany rebroussèrent chemin pour aller récupérer les quatre enfants qu'ils avaient confiés à quelques mères obligeantes.

— Votre mari et vous... C'est bien ce qu'elle a dit ? s'enquit Dan avec un regard en coin.

— Elle est arrivée toute seule à cette conclusion, répondit Tiffany en rougissant. Je n'y suis pour rien !

— Mais c'est une charmante conclusion, ne trouvez-vous pas ? Je suis assez content qu'on nous prenne pour un couple marié, à la tête d'une famille nombreuse. Oui, ça me plaît bien.

Tiffany savait qu'il plaisantait, mais elle aimait l'entendre parler ainsi. Oui, tout comme lui, elle était ravie qu'on les prenne pour un couple marié...

« Rêve, ma fille, rêve », se dit-elle avec un brin de mélancolie.

⁂

De retour à la maison, il fallut songer au repas des enfants.

Claire avait laissé de multiples notes concernant toutes les habitudes de ses garçons — l'heure des repas et de la sieste, les rites du coucher... — et des renseignements pratiques : où trouver les différents vêtements, les réserves de couches, etc.

Après déjeuner, les trois plus jeunes firent la sieste, mais Liam, du haut de ses trois ans et demi, annonça qu'il était « trop grand pour dormir dans la journée ».

— Mon Dieu ! gémit Dan à mi-voix. Moi qui espérais souffler un peu !

Liam, ravi d'avoir toute l'attention de deux adultes pendant que « les bébés étaient au lit », exploita la situation au maximum. Il organisa des jeux, distribuant lui-même les rôles. Dan et Tiffany se retrouvèrent ainsi successivement passagers d'un bus imaginaire, constructeurs d'une ville en Lego et, pour finir, ouvriers agricoles dans une ferme que Liam, juché sur son tracteur en plastique, dirigeait d'une main de fer.

— J'ai l'impression d'assister aux débuts prometteurs d'un futur grand patron ! s'exclama Dan en s'écroulant dans un fauteuil. J'abandonne mes travaux de labourage, Liam. Et Tiffany aussi. Nous nous mettons en grève.

— C'est quoi, « en grève » ? s'enquit le petit tyran.

— Tu ne tarderas pas à l'apprendre, jeune homme, si tu traites tes employés comme tu le fais avec nous depuis deux heures !

Il bâilla et ferma les yeux un court instant. Une petite voix venue de l'étage le fit sursauter.

— Pouvons-nous descendre, maintenant ?

C'était Callum.

Tiffany ne put s'empêcher d'éclater de rire.

— Et vous qui vouliez être à la tête d'une famille nombreuse ! C'est épuisant, non ?

— A qui le dites-vous ! A côté, mon travail à l'hôpital m'apparaît comme une véritable sinécure.

Après avoir joué tout l'après-midi, les enfants prirent leur bain, puis leur dîner. Ils acceptèrent sans difficulté d'aller au lit, à condition qu'on leur raconte leurs histoires préférées ou qu'on leur chante leurs berceuse favorites. Quand ils furent enfin endormis, Dan et Tiffany poussèrent un soupir de soulagement : ils étaient vidés.

Finalement, Tiffany avait décidé de passer la nuit sur place. Les quatre enfants s'entendaient si bien qu'il eût été dommage d'écourter la journée. Et elle n'avait pas eu le cœur de laisser Dan tout seul avec les garçons — si l'un d'eux se réveillait, saurait-il le rendormir ? C'était un excellent pédiatre, mais aussi un célibataire qui n'avait aucune expérience pratique concernant la façon de s'occuper de trois jeunes enfants. Elle s'étonnait que Claire ait songé à lui pour garder ses fils. Ou alors, cela faisait partie d'un plan... La sœur de Dan avait voulu leur donner l'occasion de rester en tête à tête. Elle avait même laissé un rôti de veau et une bouteille de vin à leur intention, avec un petit mot disant : « A déguster au cours d'un dîner aux chandelles ! ».

Dan reposa son verre de vin et s'appuya contre le dossier de sa chaise avec un soupir de satisfaction.

— Ce repas était fameux ! Le meilleur rôti que j'aie jamais mangé.

— Oui, il était délicieux. Et nous étions tous les deux si fourbus et si affamés que nous aurions pu avaler un bœuf entier !

Dan la regarda fixement, ébloui par sa beauté que la lueur des bougies parait d'un charme encore plus troublant.

— Savez-vous que vous êtes superbe quand vous avez l'air fatiguée ?

— Merci bien ! Et moi qui m'imaginais que la douche et le coup de brosse que je me suis octroyés après avoir couché les enfants suffiraient à réparer les dégâts !

Comme elle étouffait un bâillement, il tendit le bras à travers la table et lui saisit la main.

— Je vous adore telle que vous êtes. Ne changez rien pour moi !

Entremêlant ses doigts aux siens, il se leva et l'attira doucement contre lui.

— J'ai envie de vous prendre dans mes bras, Tiffany.

Ils échangèrent un tendre et voluptueux baiser qui leur fit oublier comme par magie leur lassitude.

— Est-ce que je ne rêve pas ? murmura-t-il d'une voix rauque. Est-ce vraiment à nous que cela arrive ?

— J'allais vous poser la même question. Parce que jamais je ne me suis sentie ainsi, auparavant. Vous êtes si merveilleux, Dan...

Il l'embrassa de nouveau, en y mettant cette fois encore plus de fougue et de passion.

— J'ai envie de vous, Dan, chuchota Tiffany, la passion la délivrant de toute inhibition.

— Oh ! ma chérie ! J'espérais tant vous entendre dire cela un jour... mais je craignais que vous ne pensiez encore à cet homme...

— Non, ne craignez rien. Tout cela est bien fini. J'ai un passé un peu compliqué, c'est vrai, mais...

— Chut, je ne veux rien savoir... Si cela vous fait de la peine d'en parler, alors, ne dites rien.

Etait-ce l'effet du vin, de la fatigue, ou bien la magie de cette soirée ? Soudain, Tiffany eut l'impression que tous ses problèmes s'étaient envolés. La seule chose qui comptait, c'était qu'elle était blottie dans les bras de Dan et qu'il ne demandait aucune explication concernant son passé ou le père de Grace.

Submergée par l'émotion, elle sentit ses yeux se remplir de larmes.

— Vous pleurez..., murmura-t-il en l'embrassant sur les paupières.

D'un geste vif, il éteignit les bougies sur la table et, prenant la jeune femme par la main, il l'entraîna au premier étage, dans la chambre que lui avait réservée Claire.

A la pâle lueur du clair de lune, il se dévêtit rapidement puis déshabilla Tiffany avec une savante lenteur.

En proie à la même avidité, ils s'étreignirent, se dévorant de baisers et de caresses jusqu'au moment où leur désir exacerbé les jeta, toujours enlacés, sur le lit.

— Laisse-moi te faire l'amour maintenant, dit Dan d'une voix pressante.

— Mais tu ne... je ne prends pas la pilule, tu sais.

— Quoi ? Ah oui ! je vois. Tu ne veux pas risquer de tomber enceinte, c'est ça ?

— J'adorerais avoir un autre enfant, mais pas dans ces conditions. Pas par accident.

— Parce que tu crois que je te laisserais tomber si tu attendais un bébé ? Tu t'imagines que tu te retrouverais toute seule, comme lorsque tu as eu Grace ?

Blessée, elle se dégagea.

— Excuse-moi, ma chérie... Ce n'est pas ce que je voulais dire. Je tenais juste à te faire savoir que ce serait différent, pour nous deux. Je veux t'épouser. Je veux que nous ayons un tas d'enfants. Et si tu tombais enceinte cette nuit, j'en serais très heureux.

Elle savait qu'il était sincère. Il l'aimait. Mais était-ce bien raisonnable de prendre le risque de tomber enceinte si tôt ? Leur relation commençait à peine. Et Grace était encore si petite... Ce serait si bon de vivre pleinement son amour avec Dan sans qu'interviennent déjà les soucis d'une grossesse ! Ils auraient tout le temps de faire des enfants quand ils seraient mariés.

Mariés ! Dan avait bien dit qu'il voulait l'épouser !

Elle se lova contre lui et fit courir ses doigts sur son torse musclé.

— Moi aussi, j'ai envie de fonder une famille avec toi... mais pas tout de suite.

— Dans ce cas, tu ferais mieux de cesser tes caresses, dit-il en souriant tandis qu'il lui saisissait le poignet. Du moins tant que je ne serai pas passé chez le pharmacien. J'irai dès demain matin !

Ils se glissèrent sous la couette et s'endormirent rapidement, étroitement enlacés.

# 8.

Quelques semaines après l'accident qui avait failli coûter la vie à Kev, Tiffany tomba par hasard sur Shelly dans les couloirs de l'hôpital.

— J'adore mon nouveau poste au service d'orthopédie, lui confia la jeune infirmière. Cela me permet de m'occuper des petits patients et j'ai l'impression d'exercer enfin mon *vrai* métier... Assurer les gardes de nuit ne me gêne pas. Mais quand on choisit d'être infirmière, c'est qu'on a la vocation, non ?

Tiffany n'en revenait pas. La Shelly égoïste et mesquine qui avait empoisonné l'atmosphère du service des consultations externes semblait avoir cédé la place à une jeune femme responsable et dévouée. Cette métamorphose était probablement due au drame auquel elle avait été mêlée et dont elle avait su tirer la leçon.

Comme pour lui donner raison, son ex-collaboratrice aborda elle-même le sujet.

— J'ai été si contente d'apprendre que Kev allait mieux !

— Oui, c'est magnifique. Lorsque j'ai téléphoné la semaine dernière, on m'a dit qu'il quitterait l'hôpital très prochainement.

— J'ai parlé avec Karen, hier. Elle m'a annoncé qu'il rentrait chez lui aujourd'hui !

— Ah ! quelle bonne nouvelle !

Karen n'avait pas encore repris le travail. Très choquée par l'accident, elle était en congé de maladie et suivait une psychothérapie.

— Et vous ? s'enquit Shelly. Comment ça se passe, dans le service ?

— Oh ! comme d'habitude ! Toujours beaucoup de travail, beaucoup de patients.

— Je vous trouve changée. Vous êtes encore plus jolie qu'avant !

Tiffany se sentit gênée.

— Merci, c'est très gentil, Shelly. Maintenant que Grace est plus grande, j'ai moins de soucis et davantage de temps libre. Elle a fêté son premier anniversaire la semaine dernière.

Elle jeta un coup d'œil à sa montre.

— Les consultations vont bientôt commencer. Au revoir, Shelly, et bonne chance !

Au moment où elles allaient se séparer, Shelly lui posa la main sur le bras pour la retenir.

— Au fait, dit-elle, je sais pourquoi ce scélérat de Simon tenait tant à ce que je déclare être au volant, la nuit de l'accident.

— Outre le fait qu'il était ivre, vous voulez dire ?

— Oui. Il conduisait sans permis — on le lui avait retiré. C'est donc une nouvelle charge qui a été retenue contre lui.

— Quel type infâme !

Elle aurait pu ajouter : « Je vous avais prévenue ! ». Mais elle s'abstint, consciente que la jeune femme avait déjà payé assez cher son erreur.

— Bon, je me sauve..., lança Shelly. A bientôt !

— Au revoir !

Tandis qu'elle regagnait son poste, Tiffany songea au compliment que lui avait fait son interlocutrice. « Oui, j'ai probablement changé... C'est l'amour qui m'a transformée ! »

Dan était devenu son amant. Ils avaient essayé de tenir leur liaison secrète car ils ne voulaient pas faire l'objet de commérages au sein de l'hôpital, mais ils avaient mis quelques personnes au courant, à commencer par Claire et Jim. Et Tiffany en avait parlé à Stella et à Joan, les infirmières intérimaires qui, à présent, travaillaient régulièrement dans son service. Elle appréciait le bon sens et les conseils des deux femmes qui, elle le savait, n'étaient pas du genre à colporter des ragots.

— C'est un homme de valeur, avait déclaré Stella. Je n'ai entendu dire que du bien de lui, ici.

— Sans compter qu'il est très séduisant, ce qui ne gâte rien, avait renchéri Joan. Vous ne pouviez mieux tomber !

Tiffany avait eu un sourire attendri en les entendant chanter les louanges de son homme.

Son homme ! Cela lui faisait tout drôle de prononcer ces mots, même si elle les gardait pour elle. Et quand elle s'exerçait à dire « mon mari », un sentiment de bonheur intense la submergeait. Sans doute était-ce cela que Shelly avait perçu.

Depuis que Dan était devenu son amant, elle avait l'impression d'être une autre. Toutes ses angoisses, tous ses soucis s'étaient dissipés comme par enchantement. Bien sûr, elle savait qu'ils étaient toujours là, tapis dans l'ombre. Mais lorsqu'elle aurait épousé Dan, elle les oublierait définitivement.

Il lui avait affirmé qu'il ne voulait rien savoir de la vie qu'elle avait menée avant de le rencontrer. Le seul moyen qu'il apprenne les circonstances de la naissance de Grace, ce serait qu'elle les lui révèle. Et ça, elle ne le ferait jamais. Pourquoi remuer le passé alors qu'ils avaient tout l'avenir devant eux ?

⁂

Claire accepta bien volontiers de garder Grace le jour où les deux amoureux décidèrent d'aller faire de la voile.

Inscrit depuis peu au club nautique de Windmill Mere, Dan était un navigateur confirmé, fort d'une longue expérience. En revanche, Tiffany n'avait jamais mis les pieds sur un dériveur, mais elle s'était laissé facilement convaincre d'accompagner son amant et de lui servir de co-équipier.

— C'est très facile, tu verras, avait-il affirmé. Tu n'auras qu'à t'asseoir à l'avant du bateau et faire exactement tout ce que je te dirai.

— Comment devrai-je m'habiller ?

— Viens comme tu veux. Je te donnerai un ciré et un gilet de sauvetage, au cas où nous chavirerions.

Tiffany avait ouvert de grands yeux effrayés.

— Tu veux dire qu'on *risque* de chavirer ?

— Mais oui, c'est très amusant ! s'était-il exclamé en riant. Nous naviguons sur un petit lac qui ne présente aucun danger. Les jours de régate, nous sommes toujours escortés d'un bateau de sauvetage qui récupère ceux qui tombent à l'eau.

Lorsqu'ils arrivèrent au bord du lac, il faisait un temps superbe — un ciel bleu sans nuages et juste assez de brise pour faire avancer le bateau.

Dan commença par expliquer quelques principes de base de la navigation à voile.

— N'oublie surtout pas de te baisser quand la bôme changera de côté ! Chaque fois, je crierai : « Prêt ! » pour te prévenir.

Le temps était si calme qu'à plusieurs reprises, Dan vint s'asseoir à côté d'elle à l'avant du dériveur pour bavarder tranquillement de choses et d'autres. Il lui parla de son enfance, de la vie au grand air et des vacances qu'il passait chez un oncle, dans une vallée du Yorkshire.

— Il habitait un village appelé Chrishallthwaite-in-

Swaledale, situé au confluent de deux rivières. En été, on se serait cru au paradis et, l'hiver, quand le sol était recouvert de neige, c'était féerique !

— Raconte-moi...

Sans se faire prier, il lui décrivit les merveilleux moments qu'il avait vécus dans cette région dont il brossait un tableau idyllique.

Tiffany l'écoutait avec ravissement.

— J'adorerais connaître ce village, dit-elle. J'imagine que c'est un endroit où l'on peut aisément oublier tous ses soucis... le refuge idéal.

— Tu as raison. Il m'arrive souvent d'en rêver !

— Je comprends ça ! Ton oncle était-il fermier ?

— Oh non ! C'était un simple berger. Il vivait dans un minuscule cottage qui appartenait à son employeur. Il travaillait du matin au soir, s'occupant des brebis, réparant les murets... Sa bâtisse était plantée au milieu des collines. Avec mes yeux d'enfant, je la voyais comme un palais !

En évoquant ses souvenirs, il avait repris cet accent rugueux du Yorkshire que Tiffany aimait tant. Il lui allait si bien ! Elle en arrivait à regretter que les années qu'il avait passées à Londres aient policé ses intonations.

— Il est temps de rentrer, maintenant, déclara Dan en s'approchant du débarcadère. Je ne veux pas t'imposer trop d'heures de voile dès la première fois car cela risquerait de te dégoûter à jamais !

— Mais je ne demande pas mieux que de continuer !

— A vrai dire, j'ai d'autres plans en tête.

— Je peux savoir lesquels ?

— J'ai rendez-vous cet après-midi avec un agent immobilier. Je l'ai chargé de nous dénicher une maison qui pourrait nous convenir.

— *Nous ?*

— Mais oui ! As-tu oublié que nous allons nous

marier ? Il nous faut une grande demeure spacieuse... avec un endroit où remiser mon bateau en hiver.

— Et cet agent t'a-t-il trouvé quelque chose ?

— Oui, il doit *nous* montrer deux propriétés. Elles sont situées à la campagne, mais pas trop loin de la ville car je ne tiens pas à passer des heures sur la route tous les jours.

— Moi non plus. Si j'ai peu de trajet à faire pour aller au travail, cela me laissera plus de temps pour m'occuper de Grace.

Il lui prit la main.

— Ma chérie, quand tu seras ma femme, tu pourras choisir de rester à la maison si c'est ce que tu préfères. Ce sera à toi de décider.

Tiffany eut du mal à cacher son émotion. Elle qui avait toujours rêvé de rester auprès de sa fille, au moins durant les premières années ! Et voilà que ce rêve allait devenir réalité.

— Attention, Tiffany ! Tiens-toi prête à sauter sur le ponton. Prends l'amarre... Cette corde, là, devant. Tu l'attacheras à l'un des gros anneaux fixés sur l'embarcadère.

Elle exécuta la manœuvre avec une habileté qui impressionna Dan.

— Je vais faire de toi une brillante navigatrice ! Je crois même que nous allons pouvoir participer aux régates, la semaine prochaine.

— Mais je suis trop inexpérimentée !

— Pas du tout ! Tu te débrouilles aussi bien que la plupart des gens qui circulent sur le lac, crois-moi. Allez, c'est décidé, nous disputerons la course. Et on m'a dit que, le soir, il y aurait un bal animé par un orchestre de jazz, les Swamptown Stompers.

— Ah ! c'est un nom qui me dit quelque chose... J'ai entendu parler de ce groupe, mais je ne sais plus où ni quand.

Après avoir pris un déjeuner rapide au club, ils allèrent visiter les deux maisons indiquées par l'agence immobilière. La première leur parut beaucoup trop grande et sans âme.

— Ce n'est pas l'endroit dont je rêve pour fonder un vrai foyer, commenta brièvement Dan.

La seconde, en revanche, leur plut immédiatement. De dimensions plus modestes, elle possédait en outre un superbe jardin orienté plein sud.

— Je crois que celle-ci nous ira, non ? murmura Dan tandis qu'ils contemplaient depuis la fenêtre de la chambre à coucher les pelouses fraîchement tondues.

— Oh oui ! s'écria Tiffany avec enthousiasme. S'il te plaît, choisissons celle-là !

Sur le chemin du retour, Dan lui posa soudain une question qui la prit au dépourvu.

— Préfères-tu un grand mariage ou quelque chose de discret ?

— J'avoue ne pas y avoir pensé ! C'est la première fois que tu m'en parles, d'ailleurs.

— Parce que je voulais d'abord trouver la maison. Je suis de la vieille école et je tiens à faire les choses dans l'ordre !

Tiffany ne put retenir un éclat de rire devant son air sérieux.

— Si cela te convient aussi, j'aimerais autant un mariage simple... Tu sais que je n'ai pratiquement pas de famille.

— Dans ce cas, nous pourrions nous marier dans la plus stricte intimité : juste nous deux, et Claire et Jim comme témoins. Qu'en dis-tu ?

— J'en pense le plus grand bien !

— Il ne nous reste donc plus qu'à fixer la date. L'agent immobilier m'a dit que nous pourrions avoir la maison dans six semaines environ. Marions-nous à ce moment-là, veux-tu ? Ah ! autre chose : où aimerais-tu que nous passions notre lune de miel ?

C'en était trop ! Elle fit mine de s'évanouir sur son siège.

— Vous ne connaissez donc jamais aucun répit, Dan Donovan ! Laissez-moi le temps de respirer !

— Pas question ! Je préfère tout organiser avant que tu ne changes d'avis ! Dis-moi : il nous reste encore une bonne heure avant que Claire ne te ramène Grace, n'est-ce pas ?

Elle hocha la tête, savourant à l'avance les moments délicieux qui l'attendaient.

Le samedi suivant, ils participèrent aux régates, ce qui donna l'occasion à Tiffany de découvrir chez Dan une pugnacité qu'elle ne lui connaissait pas.

— Tu es impitoyable ! cria-t-elle pour se faire entendre par-dessus le bruit des voiles qui claquaient au vent.

— Et cela te choque ?

— Pas du tout ! Cela m'amuse. J'imagine la tête que feraient tes collègues et les infirmières de l'hôpital s'ils pouvaient te voir en ce moment ! C'en serait bien fini de l'image du « gentil cardiologue toujours si aimable et si courtois ! »

— Ecoute, il faut être en tête pour contourner les balises flottantes ou bien on risque de perdre la course !

Elle sourit. Elle aimait le voir ainsi... Capable de se passionner pour tout autre chose que son métier. C'était plutôt rassurant.

— J'accepte volontiers ton autoritarisme, reprit-elle d'un ton malicieux. Mais à la condition que tu ne me donnes des ordres que lorsque nous sommes sur un bateau !

Absorbé par une manœuvre délicate, il ne répondit pas. Comme ils dépassaient plusieurs concurrents, elle vit une lueur de triomphe briller dans ses yeux.

— Regarde l'avance qu'on a prise ! Que disais-tu, au fait, juste avant qu'on passe la bouée ?

— Oh, rien ! dit-elle en riant. Rien d'important.

Sachant que la journée se clôturerait par un barbecue suivi d'un bal, ils avaient apporté des vêtements de rechange. Après s'être douchée dans les vestiaires, Tiffany enfila un élégant pantalon de lin noir et un chemisier de soie couleur pêche qui mettait en valeur sa courte chevelure auburn.

La fête qui se déroulait sur les vastes pelouses entourant le club-house rassemblait tous les amateurs de voile de la région et leurs nombreux invités. Chacun fit honneur aux cuisses de poulet rôties et aux saucisses grillées. Dan et Tiffany se joignirent à un petit groupe où la conversation allait bon train.

Bientôt, les musiciens de l'orchestre apparurent et commencèrent à installer leur matériel dans un coin du bar du club-house.

— Ah ! voilà les Swamptown Stompers ! s'exclama une jeune femme avec laquelle Tiffany bavardait. Il paraît qu'ils sont excellents. Ils jouent du jazz New Orleans.

— C'est le style que je préfère, déclara Tiffany, ravie.

— Alors, vous allez être gâtée, ce soir !

Dès que l'orchestre attaqua le premier morceau, des couples s'élancèrent sur la piste de danse. Les imitant, Dan et Tiffany se lancèrent dans un rock endiablé qui fut suivi de deux autres tout aussi rapides. Puis les musiciens amorcèrent un slow dans lequel Tiffany reconnut l'un de ses airs favoris, *Georgia*.

Blottie dans les bras de Dan qui la tenait étroitement enlacée, elle ferma les yeux et, la tête appuyée sur l'épaule de son cavalier, elle se laissa guider par le rythme sensuel de la musique. Soudain, elle ouvrit les paupières, mue par le sentiment étrange que quelqu'un l'observait.

Elle ne s'était pas trompée.

A l'autre bout de la salle, tout près de l'orchestre, une jeune femme la fixait avec attention. Annie, son ancienne collègue du Mayside General Hospital. Celle qu'elle avait longtemps considérée comme sa meilleure amie.

Brusquement, elle se rappela où elle avait entendu parler des Swamptown Stompers. Annie sortait avec l'un des musiciens du groupe.

— Que se passe-t-il ? demanda Dan. Tu ne dis plus rien. T'aurais-je marché sur les pieds ?

— Non, non.

— Alors, c'est peut-être que tu es fatiguée, après avoir passé toute la journée sur le lac. Veux-tu t'asseoir ?

— Oui, volontiers.

Elle était si tendue qu'elle avait du mal à parler. Comme ils se frayaient un chemin parmi la foule des danseurs qui encombraient la piste, elle s'aperçut qu'Annie essayait de les suivre.

La panique la saisit.

— Excuse-moi un instant, Dan. J'aperçois quelqu'un, là-bas... je reviens tout de suite.

D'un pas rapide, elle se dirigea vers la porte. Annie, qui lui avait emboîté le pas, s'approcha et se jeta dans ses bras.

— Tiffany ! C'est bien toi, n'est-ce pas ?

— Annie ! s'écria-t-elle, les yeux embués de larmes.

— Mais où étais-tu passée ? J'ai essayé pendant des mois de retrouver ta trace.

— J'ai dû partir... il le fallait. Mais si tu savais comme tu m'as manqué !

— Qu'est-il arrivé ? Où es-tu allée ? Personne ne savait où tu étais. Tu es partie sans laisser d'adresse. Je me suis fait tellement de souci pour toi !

— J'ai eu des remords de ne pas te donner de nouvelles, mais les choses ne se sont pas passées comme je l'avais imaginé et...

— Tu dis que tu as eu des remords ? Et moi donc ! Tu étais ma meilleure amie et je n'ai cessé de regretter ce que j'ai dit, le jour où nous avons eu cette discussion sur les mères porteuses. Si tu savais comme je m'en suis voulu ! J'avais peur que tu fasses une bêtise...

Tiffany la prit par le bras et l'entraîna faire quelques pas sur la pelouse. Pour rien au monde elle ne voulait que Dan surprenne cette étrange conversation !

— Je n'ai jamais su ce qui s'était passé au sujet de ton bébé, poursuivit Annie d'un air malheureux. J'aurais dû être là, à tes côtés, quand tu avais besoin de moi. Et je n'ai fait que te dire des horreurs...

— Ne t'inquiète pas, Annie. J'ai un travail agréable, une jolie petite maison... Tout va bien.

— Et le bébé ? L'as-tu confié à ta sœur ?

— Non... Jane est morte.

— Oh ! mon Dieu !

— J'ai gardé l'enfant, une petite fille. Tu vois, tu avais raison quand tu disais que je ne pourrais pas m'en séparer.

Annie lui posa la main sur l'épaule d'un geste affectueux.

— Comme tu as dû traverser des moments difficiles ! Et moi qui n'étais pas là pour t'apporter mon soutien. Tiffany, je regrette... pour *tout*.

— C'est du passé, maintenant, Annie. J'ai une nouvelle vie, et un nouvel homme dans ma vie.

Aussitôt, elle se mordit la langue. Pourquoi parler de Dan ? Quelle imprudence ! Et s'il allait découvrir ainsi ce qu'elle tenait tant à lui cacher — les circonstances particulières qui avaient entouré sa grossesse ? Saisie d'une angoisse subite, elle se sentit blêmir.

— Tu parles de cet homme superbe avec lequel tu dansais ? demanda Annie. C'est lui le nouvel homme de ta vie ?

— Euh... oui. Ecoute, je vais te donner mon adresse, ajouta-t-elle en griffonnant ses coordonnées sur un petit bout de papier. Passe me voir un de ces jours. Tu feras la connaissance de ma fille.

Prétextant qu'elle devait aller chercher quelque chose dans sa voiture, elle laissa Annie rentrer toute seule dans le club-house. Elle avait besoin de rester seule pour réfléchir.

Cette rencontre avec son amie lui faisait plaisir, certes, mais, en même temps, elle réveillait ses craintes et ses problèmes.

Un jour ou l'autre, elle serait bien obligée d'avouer la vérité à Dan. Mais pas ce soir... Que se passerait-il si Annie venait leur parler et si, au cours de la conversation, elle laissait échapper ce qu'elle savait de la naissance de Grace ?

Peut-être aurait-elle dû lui demander de garder le secret, songea-t-elle, terrifiée. Elle avait manqué de présence d'esprit.

Que faire ? Il fallait qu'elle se sorte de ce guêpier... et vite.

Sans plus réfléchir, elle se mit à courir sur le chemin qui menait à la grand-route, se réjouissant d'avoir troqué pour la soirée son sac à main contre une pochette, accrochée à sa ceinture, qui contenait ses cartes de crédit, un peu d'argent et ses clés.

A cette heure tardive, il y avait peu de circulation. Par bonheur, elle vit arriver un taxi qui roulait à allure modérée. Constatant qu'il était libre, elle lui fit signe.

Le chauffeur s'arrêta et baissa sa vitre.

— Pourriez-vous me ramener chez moi ? demanda-t-elle. J'habite à une quinzaine de kilomètres d'ici.

Elle lui donna son adresse et se laissa tomber sur la banquette arrière, l'esprit en proie à la plus grande agitation.

Qu'était-elle en train de faire ? se dit-elle. Elle prenait

la fuite parce qu'elle ne voulait pas voir la vérité en face. Et qu'elle était morte de peur à l'idée que Dan découvre qui elle était réellement. Mais pourquoi n'avait-elle pas demandé à Annie de ne rien dire ?

A quoi bon, en fait ? Tôt ou tard, elle serait contrainte de tout révéler à Dan.

Pour l'instant, elle avait besoin de prendre du recul et de mettre de l'ordre dans ses idées afin de décider quand et comment elle lui avouerait son secret.

# 9.

Dan, qui avait fait la queue au bar afin d'acheter à boire pour Tiffany et lui, revint dans la salle, ses deux verres à la main, et la chercha.

Où était-elle passée ? D'un bref coup d'œil, il vérifia qu'elle n'était pas dehors, avec les invités partis se resservir au barbecue. Peut-être s'était-elle rendue aux toilettes ?

Il s'assit sur l'un des bancs de la terrasse et attendit patiemment le retour de la jeune femme tout en commençant à siroter sa bière.

Mais où pouvait-elle être ? Cela faisait maintenant près de vingt minutes qu'elle l'avait quitté pour rejoindre cette fille brune avec laquelle il l'avait vue marcher sur la pelouse.

Il termina sa bière et retourna dans la salle, emportant le verre destiné à Tiffany. De loin, il aperçut la jeune femme brune qui se tenait près de l'orchestre, mais elle était seule, à présent. Profitant d'une pause des musiciens, il alla vers elle.

— Je cherche une amie qui s'appelle Tiffany, dit-il. N'étiez-vous pas ensemble, il y a une demi-heure ?

— Oui, c'est exact. Mais, depuis, je ne l'ai pas revue. Moi aussi, je me demandais où elle était passée.

Dan se dirigea vers le bar et posa le verre de Tiffany sur le comptoir. Perché sur un haut tabouret, il observa la foule, espérant distinguer la chevelure flamboyante de la jeune femme. En vain. Il attendit encore une vingtaine de minutes et retourna voir l'amie de Tiffany.

— Cela ne vous ennuierait-il pas d'aller vérifier si elle ne se trouve pas aux toilettes ? Elle a pu avoir un malaise.

— J'y vais tout de suite.

Elle revint quelques instants plus tard, annonçant qu'elle n'avait vu personne.

— Alors, où est-elle ? s'exclama Dan, partagé entre l'inquiétude et l'irritation.

Comme la musique reprenait, il entraîna la jeune femme sur la terrasse pour lui parler plus tranquillement.

— Dites-moi ce qui s'est passé quand vous avez discuté toutes les deux, tout à l'heure.

— Oh ! nous avons parlé d'autrefois ! Je lui ai dit combien je regrettais la manière dont les choses s'étaient déroulées...

— A quoi faites-vous allusion ?

Il commençait à prendre conscience qu'il ne savait presque rien du passé de Tiffany. Chaque fois qu'il avait abordé le sujet, elle avait éludé ses questions. Il l'aimait telle qu'elle était ; aussi avait-il renoncé à poursuivre un interrogatoire qui semblait la mettre mal à l'aise. Mais à présent qu'elle avait disparu, il ressentait le besoin d'en savoir plus sur elle et sur sa vie d'avant. Peut-être courait-elle un danger ?

— Racontez-moi ce que vous vous êtes dit, insista-t-il.

— Nous avons parlé de son départ précipité du Mayside General Hospital. Et nous sommes tombées dans les bras l'une de l'autre ! Elle m'a communiqué sa nouvelle adresse pour que nous puissions nous revoir. Autrefois, nous étions de grandes amies.

— Quand vous vous êtes quittées, vous a-t-elle dit où elle allait ?

— Il me semble qu'elle voulait aller chercher quelque chose dans la voiture.

— C'est bizarre... car c'est moi qui ai les clés.

— Peut-être a-t-elle demandé à quelqu'un de la raccompagner chez elle ? Non pas que je veuille insinuer quoi que ce soit, ajouta-t-elle précipitamment. Avez-vous eu une dispute avec elle ?

— Mais non !

Pourquoi Tiffany avait-elle disparu ? Cela lui paraissait totalement incompréhensible. Et si, en effet, elle était rentrée ? Il composa son numéro sur son portable. Personne ne répondit.

Il ne lui restait plus qu'une chose à faire : prendre sa voiture et aller chez elle. Avant de partir, il rédigea un message qu'il donna à l'un des serveurs du bar avec pour mission de le remettre à Tiffany si jamais elle revenait après son départ. Il lui décrivit la jeune femme et lui demanda d'ouvrir l'œil.

En proie aux pires pressentiments, il parcourut à vive allure les quinze kilomètres qui le séparaient du cottage de Tiffany. Jamais il n'avait connu d'expérience de ce genre — voir quelqu'un disparaître brusquement, sans raison apparente.

Quand il arriva chez elle, la maison était plongée dans l'obscurité. Aucun signe de vie. Comme il constatait que la voiture de la jeune femme n'était plus à la place où il l'avait vue le matin même, une idée lui traversa brusquement l'esprit. Elle était allée récupérer Grace chez Claire ! Il était prévu que la petite fille passerait la nuit chez elle, mais Tiffany avait pu changer d'avis.

Il reprit le volant et fonça chez sa sœur. Sa panique était telle qu'il sonna et frappa en même temps à coups redoublés sur la porte. Claire vint lui ouvrir en robe de chambre, le regard embrumé de sommeil.

— Qu'est-ce qui te prend de faire tout ce raffut, Dan ? Tu veux donc réveiller toute la maison ?

— Je cherche Tiffany.

— Que vous arrive-t-il à tous les deux ? demanda-t-elle en étouffant un bâillement.

— Que veux-tu dire ?

— Elle est venue chercher Grace il y a une heure à peine. Elle m'a chargée de te dire qu'elle partait quelques jours et qu'il ne fallait pas que tu t'inquiètes pour elle.

Dan la regarda, effaré.

— Comment ça, elle est partie ? Où est-elle allée ? Et pourquoi ?

— Tu serais parfait dans le rôle du Grand Inquisiteur..., rétorqua Claire en bâillant à se décrocher la mâchoire. Elle ne m'a donné aucun détail. Vous vous êtes querellés ?

— Non, du moins pas à ma connaissance. Je ne suis plus sûr de rien, maintenant...

— Si vous avez un conflit à régler, je vous conseille de tirer les choses au clair le plus vite possible. Je te rappelle que vous devez vous marier dans quelques semaines.

— Il n'y a aucun conflit entre nous et je n'ai pas oublié notre mariage ! s'écria Dan, l'exaspération lui faisant hausser le ton.

— Inutile de hurler comme ça ! Je n'y suis pour rien.

— Excuse-moi, Claire. Mais, j'y pense... Elle n'est peut-être pas encore partie. Elle a sans doute prévu de prendre la route demain matin. Si je n'ai vu aucune lumière chez elle, tout à l'heure, c'est parce qu'elle était déjà couchée.

Il refit le trajet en sens inverse et appuya sur la sonnette. N'obtenant aucune réponse, il se servit de la clé que Tiffany lui avait confiée au début de leur liaison et il entra dans la maison.

Il ne trouva personne. Ni au rez-de-chaussée ni à l'étage.

Comment Tiffany avait-elle pu s'envoler ainsi, sans un mot d'explication ? Son étrange comportement avait-il un lien avec l'amie qu'elle avait rencontrée ce soir, au club nautique ?

Il consulta sa montre et vit qu'il était près de minuit. Les musiciens n'allaient pas tarder à plier bagage... En se dépêchant, il arriverait peut-être à temps pour parler avec cette fille brune qui semblait être venue avec l'orchestre.

Au moment où il garait sa voiture sur le parking du club, il constata que beaucoup d'invités s'en allaient déjà. Il se précipita dans la salle de bal et, à son grand soulagement, il aperçut l'amie de Tiffany qui aidait les musiciens à ranger leur matériel.

— Est-ce que je peux vous dire un mot ? demanda-t-il d'une voix haletante. C'est urgent !

Elle lui lança un regard inquiet.

— C'est au sujet de Tiffany ?

— Oui, répondit-il en l'entraînant à l'écart. Je ne sais pas ce qui se passe. J'ignore où elle est. Elle est allée chercher sa fille chez ma sœur et m'a laissé un message disant qu'elle partait quelques jours. Sans plus d'explication ! Je me sens soulagé de la savoir saine et sauve, mais je m'inquiète, car je n'ai aucune idée de l'endroit où elle est allée. Et je ne sais rien de son passé, à part qu'elle n'a pas d'autre famille que sa petite fille. Peut-être pourriez-vous m'éclairer sur ce qu'elle compte faire ? Vous en a-t-elle parlé ? Au fait, comment vous appelez-vous ?

— Annie.

— Moi, c'est Dan.

Puis il attendit, perplexe, se demandant pourquoi la jeune femme semblait hésiter.

— Elle ne m'a pas soufflé mot de ce départ, Dan, et je suis aussi surprise que vous d'apprendre qu'elle a disparu... Je me demande si vous ne devriez pas prévenir la police, au cas où elle serait victime d'une sorte de dépression...

— Pourquoi une dépression ? Est-ce que cela lui est déjà arrivé ?

— Non.

— Tu viens, Annie ? lança l'un des musiciens. On s'en va !

— Oui, j'arrive ! Ne vous inquiétez pas, Dan. Tiffany reviendra quand elle s'y sentira prête... elle l'a toujours fait.

Il la fixa d'un air stupéfait.

— Aurait-elle donc l'habitude de disparaître ainsi sans prévenir ?

— Eh bien...

— Vous avez raison : je vais prévenir la police.

# 10.

Tiffany roulait droit devant elle dans la nuit, sans avoir la moindre idée de sa destination. De grosses larmes ruisselaient sur ses joues.

Sur la banquette arrière, elle avait aménagé un petit lit de fortune où Grace dormait à poings fermés. Avant de quitter le cottage, elle avait pris le temps de rédiger une courte lettre où elle expliquait à Dan comment elle en était venue à accepter de faire un bébé pour le donner à sa sœur stérile. Elle lui disait aussi qu'elle n'avait pas eu la force de lui faire cet aveu de vive voix et qu'elle partait quelques jours afin de leur laisser à tous deux le temps de réfléchir. Si, maintenant qu'il connaissait la vérité, il pensait qu'il l'aimait toujours autant, eh bien, ils se marieraient comme convenu. Mais s'il changeait d'avis, elle comprendrait.

Elle avait posté la lettre au village, juste avant d'aller chercher Grace. Puis, en sortant de chez Claire, elle avait pris l'autoroute en direction du nord.

Elle conduisait depuis deux bonnes heures lorsqu'elle s'arrêta dans une station-service pour acheter une carte routière. Elle se sentait plus calme, plus lucide, et ses larmes avaient séché.

En consultant la carte, elle vit que l'autoroute A 1 sur laquelle elle circulait menait au Yorkshire. Quelle ironie du sort ! Mais le Yorkshire était une vaste contrée...

Maintenant qu'elle était sur la route, elle se sentait prête à conduire toute la nuit. Se retournant vers la banquette arrière, elle regarda sa petite fille et envia son sommeil profond et insouciant.

— Où allons-nous, ma chérie ? murmura-t-elle.

Comme elle se plongeait dans l'étude de la carte étalée sur ses genoux, un nom la frappa : Chrishallthwaite. Il lui disait quelque chose... Où l'avait-elle déjà entendu ?

Soudain, la mémoire lui revint.

C'était Dan qui lui avait parlé de ce village situé près de Richmond. Il y allait en vacances chez un oncle berger. « Un vrai paradis », avait-il ajouté. La façon dont il avait évoqué cette région lui avait donné envie de la connaître. Pourquoi ne profiterait-elle pas de l'occasion ? Après tout, rien ni personne ne l'attendait nulle part. Elle se sentait libre comme l'air.

— Nous sommes comme deux nomades, dit-elle en s'adressant à Grace, toujours endormie.

Et cette idée, loin de la déprimer, la plongea dans une sorte d'euphorie. Elle remit le moteur en marche et démarra en direction du Yorkshire, ne s'arrêtant que de temps en temps pour reprendre du carburant ou vérifier son itinéraire.

Grace se réveilla au lever du jour, et Tiffany fit halte dans une station-service — elles avaient besoin toutes deux de se rafraîchir et de se restaurer.

Lorsque, un peu plus tard, elles traversèrent Richmond, les rues bruissaient déjà de l'animation matinale d'une petite ville de province. Tiffany admira au passage les vestiges du château médiéval qui dominait la bourgade et elle trouva beaucoup de charme aux ruelles étroites et aux vieilles maisons témoignant d'une époque révolue.

Elle poursuivit sa route en longeant la Swale, une jolie rivière agrémentée de cascades et de chutes d'eau. Un soleil radieux inondait de ses rayons des landes, des rives boisées et des vallons que Tiffany découvrait avec émerveillement.

Pas étonnant que Dan soit tellement attaché à cette région, songea-t-elle.

De temps à autre, elle s'arrêtait sur le bas-côté pour consulter la carte, cherchant la direction à suivre pour atteindre Chrishallthwaite. Elle arriva enfin au village et gara sa voiture devant un pub d'allure coquette dont l'enseigne indiquait qu'il s'appelait La Rose et la Couronne.

— Et voilà, Grace, nous y sommes ! s'exclama-t-elle avec un soupir de satisfaction. Notre voyage se termine ici !

Prenant la petite fille dans ses bras, elle pénétra à l'intérieur du pub. Un feu de bois pétillait dans la cheminée, éclairant un plafond orné de grosses poutres en chêne. Derrière le comptoir, une femme au visage avenant accueillit les deux visiteuses avec un large sourire.

— Louez-vous des chambres ? demanda Tiffany après l'avoir saluée.

— Hélas ! non, je regrette. Il y a bien une auberge de jeunesse, au village, mais avec un bébé, ce n'est guère pratique. Vous ne voulez rester qu'une nuit ?

— Non. J'aimerais passer quelques jours ici.

— Dans ce cas, vous trouverez ce qu'il vous faut chez les Patterson. Ce sont des fermiers qui habitent à cinq cents mètres à peine. Ils louent des cottages aux touristes. Autrefois, ces maisons étaient occupées par les ouvriers de la ferme, mais les Patterson les ont transformées en de charmantes résidences de vacances.

— Oh ! cela me semble parfait ! s'écria Tiffany, se réjouissant déjà. J'espère qu'il en restera une de libre.

— Je vais leur téléphoner tout de suite et leur poser la question, dit la femme en saisissant l'appareil. Combien de temps voudriez-vous y séjourner ?

— Une semaine environ.

Il lui restait encore des congés à prendre et, dès demain matin, elle appelerait la D.R.H. de l'hôpital pour lui signaler son absence et s'excuser de ne pas l'avoir informée plus tôt de son intention de partir. La responsable du service du personnel se montrait généralement très compréhensive dès qu'un employé connaissait un problème d'ordre familial. Et n'était-ce pas précisément son cas ?

Les Patterson avaient encore un cottage de libre... Tiffany remercia l'aimable propriétaire du pub, et après s'être enquise de la manière de se rendre à la ferme, elle remonta en voiture.

Quatre cottages, possédant chacun un petit jardin d'agrément, se dressaient à proximité de la ferme — une longue bâtisse construite en pierre de taille.

— Les ouvriers agricoles faisaient pousser des fruits et des légumes sur leur lopin de terre, expliqua Mme Patterson tandis qu'elle montrait à Tiffany la maisonnette à louer. Mais nous avons supprimé ces potagers pour les remplacer par de la pelouse et un patio dallé équipé d'un barbecue. De nos jours, c'est ce que réclament les vacanciers. Nos cottages ont beaucoup de succès. En été, ils sont presque toujours pleins.

— Cela ne m'étonne pas ! s'exclama Tiffany. Chrishallthwaite est situé dans une région magnifique.

— Oui, c'est vrai..., se rengorgea Mme Patterson. C'est sans doute la raison pour laquelle on y a tourné un certain nombre de séries télévisées. Vous connaissez sans doute celle qui s'intitule *Den des vallées* ? Elle se déroule ici.

Conquise par l'endroit, Tiffany décida de louer le cottage pour une semaine. Elle suivit son hôtesse dans la vaste cuisine de la ferme afin de régler quelques formalités. Au moment où elle allait rédiger son chèque, Mme Patterson se proposa pour tenir Grace quelques instants dans ses bras. Tiffany lui confia l'enfant et sourit au petit garçon qui se blottissait contre la fermière. Il ne devait pas avoir plus de six ans et présentait tous les signes d'une trisomie 21.

— C'est votre bébé ? demanda-t-il.

— Oui.

— Comment s'appelle-t-elle ?

— Grace. Et toi ?

— Andrew. Est-ce que je peux jouer avec Grace ?

— Il adore les bébés, expliqua Mme Patterson. En fait, il aime tout le monde. Puis-je poser votre petite fille sur le tapis pour qu'ils s'amusent ensemble ?

— Bien sûr !

— Il n'a pas souvent l'occasion de jouer avec d'autres enfants. Il a un problème cardiaque qui l'empêche de fréquenter une école spécialisée — ou n'importe quelle autre école, d'ailleurs. C'est pourquoi il est si content quand des petits viennent ici.

— De quels troubles souffre-t-il ?

Elle savait que beaucoup d'enfants mongoliens étaient atteints de malformations cardiaques. A Highfield, il existait une consultation qui leur était spécialement réservée.

— Nous ne le savons pas exactement, répondit Mme Patterson. Notre médecin nous a conseillé de montrer Andrew à un cardiologue. Nous sommes sur une liste d'attente car nous n'avons pas les moyens d'aller dans un cabinet privé. Nous sommes de simples fermiers, vous comprenez, et contrairement à ce que beaucoup pensent, nous ne roulons pas sur l'or ! Sans les revenus que nous procurent les locations des cottages, nous n'arriverions pas à joindre les deux bouts.

— Je comprends, dit Tiffany avec compassion.

Elle se rappelait l'angoisse mortelle qui l'avait saisie lorsqu'on lui avait dit que Grace présentait peut-être un souffle au cœur. En faisant jouer ses relations professionnelles, elle avait pu obtenir rapidement un rendez-vous à l'hôpital et court-circuiter ainsi la liste d'attente. Ce jour-là, elle avait fait la connaissance de Dan. Si calme, si rassurant. Si séduisant...

Mais elle devait chasser cette image de son esprit.

Elle tendit le chèque à son hôtesse et reçut en retour les clés du cottage.

— Tout le linge est fourni, l'informa Mme Patterson. Si vous voulez faire des courses, vous trouverez au village une supérette relativement bien approvisionnée. Elle est restée fermée durant près de dix ans, mais depuis que ces tournages de séries télévisées ont relancé le tourisme dans la région, les affaires ont repris. Les gens viennent ici pour la beauté du paysage, mais également dans l'espoir de rencontrer leurs vedettes favorites !

— Vous m'avez vu à la télévision ? demanda Andrew. J'y suis, moi aussi.

Sa mère se mit à rire devant la mine perplexe de Tiffany.

— C'est vrai, dit-elle. Il a un petit rôle dans *Den des vallées* et il en est très fier ! Tout ce qu'il a à faire, c'est de rester assis près de l'acteur qui joue son père dans la série, et de sourire quand on le lui demande.

— C'est magnifique ! s'écria Tiffany. Je ne pensais pas, en venant dans le Yorkshire, que je rencontrerais une star de la télévision ! En tout cas, votre fils sera toujours le bienvenu s'il veut venir s'amuser avec Grace. Ma petite fille adore avoir des compagnons de jeu, surtout quand il s'agit de célébrités comme Andrew !

Elle les quitta pour aller décharger le coffre de la voiture et s'installer dans le cottage. Après quoi, elle retourna au village faire quelques emplettes. En passant devant La Rose et la Couronne, elle remarqua la présence d'une cabine téléphonique située en face du pub. Elle l'utiliserait demain pour appeler l'hôpital.

⁂

Le lundi matin, à la première heure, elle téléphona au Highfield Hospital. Elle se sentait tendue, craignant la réaction de la D.R.H. Prenant son courage à deux mains, elle expliqua qu'elle ressentait le besoin de faire une pause et qu'elle espérait que son départ impromptu ne créérait pas trop de problèmes dans le service.

— Mais non, répliqua la responsable du personnel d'une voix chaleureuse. Je vous souhaite de passer de bonnes vacances, vous les avez bien méritées. Et il vous restait plusieurs jours de congé à prendre. A lundi prochain !

Tiffany reposa le combiné en poussant un soupir de soulagement. Elle disposait de toute une semaine pour faire le point et songer à l'avenir.

Dan avait-il déjà reçu sa lettre ? Non, c'était trop tôt. Sans doute ne l'aurait-il que le lendemain. Comment réagirait-il quand il saurait toute la vérité ? Remettrait-il en cause leur relation ? Renoncerait-il à l'épouser ?

Cette idée lui parut insupportable. Aveuglée par les larmes, elle dut rentrer au cottage en roulant au pas.

— Comment ça, elle a disparu ? s'étonna Claire. Les gens ne s'évanouissent pas ainsi dans la nature !

— Oh si ! crois-moi, cela arrive souvent ! rétorqua Dan. Du moins c'est ce qu'affirme la police.

L'attitude de sa sœur l'irritait au plus haut point. Tiffany s'était envolée sans laisser de trace et Claire se comportait comme s'il n'y avait pas lieu de s'alarmer.

Cela faisait maintenant près de vingt-quatre heures que Tiffany avait pris la fuite et, depuis, il avait consacré tout son temps à la rechercher. Il n'avait ni mangé ni dormi, se contentant de quelques tasses de café très fort. Il avait fait plusieurs fois la navette entre le club nautique, le cottage de Tiffany, la maison de sa sœur et son propre appartement en ville, avec l'espoir que la jeune femme y réapparaîtrait. Pour finir, il s'était même résolu à prévenir la police, mais l'accueil qu'il avait reçu lui avait profondément déplu.

— Depuis quand cette personne a-t-elle disparu, monsieur ? lui avait demandé l'officier de police.

— On l'a vue pour la dernière fois hier soir, vers 23 heures.

— S'agit-il d'une mineure ?

— Non.

— Pensez-vous qu'elle ait pu commettre un crime ?

— Certainement pas !

— Et soupçonnez-vous qu'elle ait pu être victime d'un crime ?

— Non.

— C'est une de vos parentes ?

— Pas encore. Nous devons nous marier dans six semaines.

Le policier avait alors esquissé un mince sourire qui avait mis Dan hors de lui. Cet idiot devait croire qu'il s'agissait d'une querelle d'amoureux... Et Claire pensait certainement la même chose.

— Eh bien, monsieur, avait repris l'homme en uniforme, il n'est pas interdit de s'absenter pendant quelques heures... ou quelques jours... ou même quelques semaines. Cela arrive à chaque instant. Nos registres sont remplis de dépositions concernant des disparitions supposées. Mais si cela peut vous rassurer, sachez que la grande majorité de ces personnes reviennent chez elles un jour ou l'autre, saines et sauves.

— Non, cela ne me rassure pas du tout !

— Bon. Vous allez me donner le signalement de cette jeune femme et toutes les informations qui peuvent nous être utiles, comme le numéro d'immatriculation de sa voiture, par exemple.

Il s'était emparé d'un formulaire et avait commencé à poser des questions auxquelles Dan avait répondu avec un luxe de détails, espérant ainsi faciliter l'enquête.

Après quoi, le policier avait classé la fiche de renseignements dans un épais dossier.

— Au cas où, comme je le crois, votre fiancée referait surface rapidement, n'oubliez pas de nous en avertir aussitôt. Vous ne voudriez pas qu'on vous accuse d'avoir fait perdre son temps à la police, n'est-ce pas ?

Cette dernière remarque avait plongé Dan dans une telle rage qu'il aurait volontiers fait avaler au policier le formulaire qu'il venait de remplir. Mais il s'était contenté de tourner les talons et de quitter rapidement le commissariat.

Ne sachant où aller, il s'était rendu chez sa sœur.

Il n'était pas loin de le regretter car, là aussi, il se heurtait à ce qu'il considérait comme de l'incompréhension.

— Tiffany a sans doute voulu respirer un peu, reprit Claire d'un ton léger, l'œil pétillant de malice. Peut-être es-tu devenu trop exigeant ?

— Exigeant ? Que veux-tu dire ?

— Oh ! je sais bien comment vous êtes, vous, les hommes ! Vous avez le sang chaud et vous vous montrez insatiables. Je parie que tu lui sautes dessus dès que tu en as l'occasion !

Et, pour mieux souligner sa plaisanterie, elle l'accompagna d'un clin d'œil complice.

Mais Dan n'était pas d'humeur à rire, bien au contraire. Il prit très mal l'humour douteux de sa sœur.

— Si c'est tout ce que tu trouves à dire, je m'en vais !

Sans attendre, il se leva et se dirigea vers la porte. Claire se précipita pour lui barrer le passage.

— Excuse-moi, Dan, j'essayais seulement de te distraire... Tu as l'air si angoissé !

Il se dégagea et continua son chemin.

— Cela ne sert à rien que je reste ici, marmonna-t-il. Il faut que je dorme, sinon je serai incapable de travailler, demain.

— Tu comptes assurer ta consultation ?

— Oui. Pour l'instant, je ne peux rien faire de plus pour retrouver Tiffany. Et il se peut qu'elle retourne au travail.

— Tu as raison, dit Claire avec un sourire rassurant. Elle reprendra certainement son poste, j'en mettrais ma main au feu. Tu la reverras dès demain à l'hôpital !

# 11.

— Je peux très bien me débrouiller sans vous, vous savez ! dit Stuart Walker. Cela me donnera enfin l'occasion de parader et de me faire passer pour un grand patron de la médecine !

Dan ne put s'empêcher de rire. Il appréciait l'humour subversif de son assistant qui, bien souvent, leur permettait de garder le moral dans les situations les plus difficiles — comme lorsqu'un de leurs petits patients se trouvait dans un état préoccupant, par exemple.

Ils venaient de terminer leur consultation du lundi matin, lorsque Stuart lui avait fait une réflexion sur ses traits tirés et ses yeux cernés.

— Vous avez vraiment une mine de déterré !

En quelques mots, Dan lui avait donc expliqué ce qui s'était passé au cours du week-end et qu'il souhaitait prendre quelques jours pour se lancer à la recherche de Tiffany.

— C'est ce que vous avez de mieux à faire, répondit Stuart avec véhémence. Avez-vous une piste pour commencer votre enquête ?

— Non. Mais je ressens le besoin d'agir, de faire quelque chose, n'importe quoi... J'étais si convaincu que je la retrouverais ce matin à l'hôpital ! Et j'ai appris qu'elle avait téléphoné au bureau du personnel pour les avertir qu'elle prenait une semaine de vacances. Le problème, je m'en rends compte maintenant, c'est que je sais très peu de chose sur elle. J'ignore d'où elle vient, qui sont ses amis...

— Vous m'avez parlé d'une certaine Annie. Ne pourrait-elle pas vous aider ?

— Peut-être. Je vais reprendre contact avec elle. Je ne sais pas où elle habite, mais elle m'a dit qu'elle était infirmière au Mayside General Hospital.

— Alors, allez la voir. Partez dès cet après-midi. Qui sait ? Vous allez peut-être découvrir que Tiffany et elle sont parties ensemble en vacances.

— Mmm, j'en doute... En revanche, j'espère qu'Annie me fournira quelques indices utiles.

Quand Annie vit Dan pousser la porte du service où elle travaillait, elle fronça les sourcils, puis son visage s'éclaira d'un sourire.

— J'espère que cela ne vous ennuie pas que je débarque ainsi, sans prévenir ?

— Non, c'est une bonne surprise ! dit-elle. Avez-vous eu des nouvelles de Tiffany ?

— Non, hélas ! C'est ce qui motive ma visite. Pourriez-vous me consacrer quelques minutes ?

— J'allais justement faire une pause. Allons prendre un café... il y a un distributeur dans le couloir.

Ils s'assirent dans un coin tranquille, et Annie se lança. Dan apprit sur Tiffany beaucoup de choses — où elle avait vécu, le nom de sa sœur et de son beau-frère, les problèmes de stérilité de Jane... et bien d'autres détails qu'il garda précieusement à la mémoire au cas où ils pourraient l'aider à retrouver la jeune femme.

— Avez-vous une idée de l'endroit où elle a pu aller ? demanda-t-il. Vous a-t-elle parlé d'un lieu qu'elle affectionnait particulièrement ?

— Non, nous n'avions pas ce genre de conversations

entre nous. On discutait plutôt de nos sorties, de nos flirts... comme le font toutes les filles, j'imagine. Jamais elle n'a évoqué un endroit qui pourrait lui servir de refuge.

— Un refuge, oui, c'est exactement ce à quoi je pensais...

C'était le mot qu'avait prononcé Tiffany, la semaine dernière, quand ils naviguaient sur le lac. Qu'avait-elle dit ? « Un endroit où l'on peut oublier tous ses soucis... un refuge idéal ». Il se souvenait parfaitement de ses paroles. C'était après qu'il lui eut parlé de Chrishallthwaite et de ses souvenirs d'enfance. Le visage de Tiffany s'était illuminé en l'écoutant.

— Est-ce que ça va ? s'inquiéta Annie. Vous êtes encore plus pâle que lorsque vous êtes arrivé.

— Je crois que j'ai la réponse à ma question, murmura-t-il. Je devine où elle a pu aller. Ce n'est qu'une hypothèse, bien sûr, mais c'est toujours mieux que rien.

Après avoir quitté Annie, il se rendit à l'une des adresses qu'elle lui avait indiquées. Tiffany avait vécu là quand elle travaillait encore à Mayside.

Il découvrit une grande maison divisée en quatre appartements. Il appuya au hasard sur l'une des sonnettes et un jeune homme arborant une queue-de-cheval et un piercing à la lèvre inférieure vint lui ouvrir. Après avoir prêté une oreille attentive à son visiteur, il secoua la tête et déclara que, ces derniers jours, il n'avait vu personne dans l'immeuble qui correspondait à la description de Tiffany.

— Et pourtant, ajouta-t-il en souriant, je suis un excellent observateur. Je fais des études de droit et j'ai l'intention de travailler pour le ministère de l'Intérieur. C'est pourquoi je m'entraîne à tout remarquer !

Après l'avoir remercié de sa coopération, Dan exploita

les autres adresses fournies par Annie. Il y rencontra quelques amis et connaissances de Tiffany, mais tous l'avaient perdue de vue depuis longtemps.

Plus il y songeait, plus il était persuadé que, samedi soir, elle avait sauté dans sa voiture et roulé au hasard... jusqu'au moment où elle s'était souvenu de ce petit village du Yorkshire qui lui était apparu comme « un refuge idéal ».

Bien que la nuit fût déjà tombée, il décida de partir sur-le-champ. Il pourrait toujours s'arrêter dans un motel s'il se sentait trop fatigué pour poursuivre sa route. Mais il ressentait le besoin d'agir, de vérifier ses suppositions.

Après avoir jeté un bref coup d'œil sur sa carte routière, il démarra et se dirigea vers le nord — en direction du Yorkshire.

Deux jours passés dans l'atmosphère paisible d'un petit village de campagne avaient suffi à libérer Tiffany de ses tensions et de ses angoisses. Elle était plus calme, plus sereine, et savourait pleinement ces vacances improvisées. Quant à Grace, elle ne semblait pas le moins du monde perturbée par le changement d'environnement.

Ce matin-là, Tiffany, plantée devant la fenêtre, contemplait d'un œil rêveur le paysage valonné qui s'étendait devant elle à perte de vue lorsqu'elle entendit frapper à la porte. C'étaient Mme Patterson et Andrew.

— Entrez, je vous en prie.

— Nous ne nous arrêterons pas longtemps car nous sommes attendus..., dit la fermière. Andrew doit tourner dans un nouvel épisode de *Den des vallées*.

— Mais c'est extraordinaire !

— Nous nous demandions si vous, ou plutôt Grace, vous ne seriez pas tentées de faire vos débuts à la télévision ? Le réalisateur cherche un bébé de l'âge de votre petite fille pour figurer dans le film. Den, le héros de la série, est confronté à une ex-petite amie qui débarque d'Australie, un bébé sous le bras. Elle lui soutient que l'enfant est de lui... et il se pose plein de questions ! Vous voyez le genre — le mélo parfait... Il se trouve que la petite fille qui devait tenir ce rôle a attrapé froid et, ce matin, sa mère a téléphoné pour dire qu'elle ne pourrait pas l'amener. Le réalisateur s'arrache les cheveux car il lui faut trouver une autre enfant ! J'ai pensé à la vôtre.

— Oui, je comprends... Ce pourrait être amusant. Mais nous ne sommes ici que pour quelques jours ; Grace ne pourra pas participer au tournage très longtemps.

— Oh ! elle n'apparaît que dans cet épisode ! répondit Mme Patterson. Le scénario prévoit que, de toute façon, la mère retourne en Australie avec son enfant.

— Quand devrai-je l'amener ?

— Maintenant, si c'est possible. Vous n'aurez qu'à me suivre en voiture, je vous montrerai le chemin. Ils tournent en pleine campagne, près d'une mine désaffectée et d'un vieux moulin. L'endroit est ravissant — il y a un petit torrent, et un vieux pont de pierre qui l'enjambe. Couvrez-vous bien, Grace et vous. Prenez des pulls et des anoraks car il peut faire froid et on attend souvent de longues heures entre deux prises. C'est ça, le métier d'acteur !

Les mains crispées sur le volant, Tiffany suivait de près le 4x4 des Patterson en se demandant comment sa vieille voiture fatiguée allait résister aux nids de poule et aux cahots du chemin.

Après avoir roulé environ deux kilomètres, elle découvrit à la sortie d'un virage une armée de gens qui s'activaient à mettre en place tout leur matériel. L'équipe de télévision était là, réunie au grand complet.

Mme Patterson, qui avait insisté pour que Tiffany l'appelle Josie, la présenta au réalisateur. Mais celui-ci s'intéressa surtout à Grace.

— Elle est fantastique ! s'exclama-t-il. Vous avez un bébé fantastique !

— Merci, dit Tiffany sans chercher à dissimuler sa légitime fierté.

— Comment s'appelle-t-elle ?

— Grace.

— Fantastique ! Bev, mon assistante, va vous conduire avec votre fille auprès de Gary Lawson, notre acteur vedette. Vous savez certainement que c'est lui qui incarne Den dans la série.

Il fit signe à une jolie fille aux longs cheveux blonds qui s'empressa d'accourir.

— Bev, voici Tiffany et son bébé, Grace. Cette petite jouera le rôle de l'enfant naturelle de Den.

— Fantastique ! lança Bev.

— Je vais modifier le nom du bébé dans le script : elle s'appellera Grace. Je pense que votre fille réagira avec plus de naturel si elle entend son propre nom, ne croyez-vous pas ? ajouta-t-il en se tournant vers Tiffany.

— Oh ! certainement !

Elle était impressionnée par l'activité qui régnait autour d'elle. Les cameramen, les techniciens du son, les maquilleuses qui s'occupaient des comédiens, la cantine ambulante qui tenait à la disposition de toute l'équipe du thé, du café et des sandwichs, et l'énorme camion dont on devinait, au bruit qui s'en échappait, qu'il contenait un groupe électrogène — toute cette organisation et cette énergie avaient quelque chose d'étonnant.

— Bev, emmène Tiffany et Grace voir Gary, ordonna le réalisateur. Il faut que cette petite fasse connaissance avec son nouveau « papa »... qui ne reste qu'un papa de cinéma, bien sûr !

— Fantastique ! dit Tiffany qui avait saisi le jargon en usage dans le milieu.

— Voilà que vous parlez déjà comme une vraie « pro », plaisanta Josie Patterson après s'être assurée que le réalisateur ne pouvait pas l'entendre. Ces tournages sont vraiment très amusants, vous verrez !

— Je n'en doute pas !

Puisque cela ne devait durer qu'une journée, songea-t-elle, autant en profiter au maximum et jouer le jeu jusqu'au bout.

Lorsqu'elle se trouva en face de Gary Lawson, elle s'aperçut que le visage de l'acteur lui était familier. Bien qu'elle ne fût pas très fan de ce genre de feuilleton diffusé l'après-midi sur le petit écran, il lui était arrivé d'en voir quelques épisodes à l'occasion.

— Alors, voici ma petite fille ! s'exclama Gary.

Il prit Grace dans ses bras, ce qui déclencha aussitôt chez elle une cascade de gloussements ravis.

— Une future star, je vois ! commenta l'acteur en riant. Je prédis un brillant avenir de comédienne à cette jeune personne !

Tiffany poussa un soupir de soulagement. Grace se montrait généralement très sociable, mais il lui arrivait parfois, comme à tous les bébés, d'avoir ses têtes. Si elle s'était mise à hurler et à gigoter dans les bras de Gary Lawson, la situation aurait été des plus embarrassantes.

Le tournage dura toute la journée. Tiffany et Josie, assises sur des fauteuils pliants, surveillaient de loin la performance de leurs deux « vedettes ».

— Je ne sais pas si, à la longue, je ne me lasserais pas de ce genre de vie, déclara Josie, mais, à petites doses, je trouve ça très excitant.

— Moi aussi !

Andrew, qui venait de terminer ses scènes, vint les rejoindre.

— Tu as été très bon, dit sa mère. Qu'en pense le réalisateur ?

— Il m'a trouvé fantastique !

L'après-midi tirait à sa fin et, la lumière commençant à baisser, le réalisateur annonça qu'on fermait boutique.

— Terminé, les gars ! On a tout bouclé.

Il s'approcha de Tiffany en tenant Grace dans ses bras.

— Ce bout de chou a été fantastique ! Pas une larme, pas un caprice... elle n'a fait que des risettes toute la journée. Quel dommage que son rôle se limite à cet épisode ! Maintenant, nous allons tous prendre un verre au pub du village avant de partir. Voulez-vous vous joindre à nous ? Je suis sûr que les enfants sont les bienvenus à La Rose et la Couronne.

— Oui, je vous accompagnerai avec plaisir.

— Moi, intervint Josie, je ferais mieux de rentrer avec Andrew. Mon mari ne va pas tarder à revenir des champs et je dois préparer le dîner. Mais allez-y, Tiffany. Après tout, vous êtes en vacances !

# 12.

Dan atteignit Chrishallthwaite en fin d'après-midi. Rien ne semblait avoir changé depuis son enfance : il retrouvait les mêmes antiques bâtisses en pierre le long de la grand-rue, la Swale impétueuse, le petit pont métallique et, en toile de fond, la ligne escarpée des collines.

Il arrêta sa voiture près de la vieille chapelle et constata avec une certaine déception que les rues étaient désertes. Auprès de qui allait-il pouvoir se renseigner ? Il n'y avait pas âme qui vive ! Mais, en y réfléchissant, quelle question aurait-il pu poser à un éventuel passant ?

Finalement, ce n'était peut-être pas une si bonne idée que ça d'être venu jusqu'ici. Autant chercher une aiguille dans une botte de foin. Bon, ce n'était pas le moment de se laisser abattre. Et le simple fait de se retrouver sur les lieux de son enfance, dans l'un des endroits qu'il aimait le plus au monde, suffisait à lui procurer une sensation de calme et de paix intérieure.

Il pourrait toujours passer une nuit ou deux ici, se dit-il. Le village ne possédait pas d'hôtel, mais il restait l'auberge de jeunesse. Ce serait toujours mieux que le sinistre motel où il s'était arrêté la veille au soir. De toute façon, il était mal placé pour faire la fine bouche car il avait assez piètre allure : parti sans bagages, il portait la même chemise depuis hier matin et son visage s'ornait d'une barbe naissante. Encore heureux qu'il ait pu acheter en route une brosse à dents !

Il remit le moteur en marche et traversa lentement le village. En passant devant La Rose et la Couronne, il aperçut une file de voitures garées près du pub et s'étonna de voir tant de monde.

Il continua son chemin, poussé par l'envie irrésistible de revoir le cottage où son oncle avait vécu. Après avoir dépassé l'auberge de jeunesse, il roula encore cinq cents mètre et arriva à proximité d'une ferme. C'était là que son oncle avait travaillé, il en était certain. Il reconnut les petites maisons qui s'alignaient non loin de la bâtisse principale.

Comme il s'engageait dans la cour de ferme, il eut l'impression d'être revenu trente ans en arrière. Soudain, un panneau attira son attention : « Maisons de vacances à louer ».

Des maisons de vacances ! songea-t-il, sarcastique. Et lui qui pensait que rien n'avait changé ici !

Une femme escortée d'un petit garçon vint à sa rencontre. Il baissa sa vitre et, regardant l'enfant de plus près, il comprit qu'il était atteint de trisomie 21.

Il lui sourit.

— Salut ! Comment ça va ?

— Fantastique ! répondit l'enfant d'un ton enthousiaste.

— Je suis désolée, mais tout est loué, dit la femme qui l'accompagnait.

— Quel dommage ! Je venais ici quand j'étais enfant. Mon oncle habitait dans l'un de ces cottages. Cela me rappelle bien des souvenirs.

— Nous aurons quelque chose de libre la semaine prochaine, si cela vous intéresse.

— Ne vous inquiétez pas pour moi. Je suis seulement de passage. En fait, je compte ne rester qu'une nuit ou deux par ici. Je vais retourner au village pour essayer de me remémorer le bon vieux temps.

Tout en bavardant avec la fermière, il regardait les voitures garées devant les cottages, dans l'espoir de repérer celle de Tiffany. Mais il ne vit pas trace de sa petite deux-portes rouge.

— Je sais que cela peut vous paraître un peu étrange, reprit-il, mais je suis à la recherche de quelqu'un et je me demandais si, par hasard, cette personne n'était pas venue chez vous. Il s'agit d'une jeune femme de taille moyenne, aux cheveux auburn. Elle est accompagnée d'une petite fille âgée d'environ un an. L'avez-vous vue ?

La femme se pencha vers le petit garçon et lui ordonna de rentrer à la maison car il commençait à faire froid. Dès qu'il eut disparu à l'intérieur, elle changea de ton.

— Vous êtes peut-être venu dans la région quand vous étiez petit, monsieur, mais maintenant plus personne ne vous connaît ici. Vous êtes un étranger, et je n'ai pas l'intention de vous fournir le moindre renseignement sur qui que ce soit.

Consterné par ce changement d'attitude, Dan ne trouva rien à répondre.

— Si cette dame ne veut pas qu'on la retrouve, poursuivit la fermière, elle a sûrement de bonnes raisons pour cela. J'ignore qui vous êtes, mais si vous ne déguerpissez pas immédiatement, je vais appeler mon mari et, lui, il saura bien vous faire partir !

Il était clair qu'il ne tirerait rien de cette femme, se dit-il. Mais elle réagissait avec une telle vigueur à son innocente question qu'on ne pouvait en conclure qu'une seule chose : elle protégeait quelqu'un. Peut-être une jeune femme aux cheveux auburn, accompagnée d'un bébé ?

Il retourna au village et s'arrêta sur le parking de La Rose et la Couronne. Une bonne bière ferait sans doute passer le goût amer que sa rencontre musclée avec la fermière lui avait laissé dans la bouche...

Au moment où il allait entrer dans le pub, son regard fut attiré par une petite voiture rouge garée au milieu d'une foule de véhicules de toute sorte et de tout gabarit. Retenant son souffle, il s'approcha et constata que le numéro d'immatriculation ressemblait fort à celui de Tiffany.

Comme il jetait un coup d'œil sur la banquette arrière, il vit un siège-auto pour bébé et une petite veste bleu marine ornée d'un liseré fleuri. En un éclair, il se rappela le jour où Tiffany avait acheté ce vêtement pour Grace — il l'avait accompagnée dans le magasin. « Le bleu marine est si pratique ! avait-elle dit. Cela va avec tout et ce n'est pas salissant ! ».

D'une main tremblante, il poussa la porte du pub. L'établissement était bondé et il y régnait une joyeuse ambiance. La propriétaire des lieux s'activait, prenant commande sur commande au milieu des rires et du bruit des conversations.

Dan balaya la salle du regard. Et, soudain, il la vit.

Attablée dans un coin avec un groupe de gens, Tiffany lui tournait le dos. Grace était là, elle aussi, assise sur les genoux d'un homme au physique avantageux.

Comme il se dirigeait vers eux, le cœur battant, il entendit l'homme s'adresser à la petite fille d'un ton enjoué.

— Qui c'est mon bébé à moi ? Allez, dis : « Papa ! »... Tu en es capable, n'est-ce pas, Grace ? Papa... papa...

— Papa ! gazouilla la petite.

Et tout le monde se mit à applaudir frénétiquement... y compris Tiffany !

Dan se figea, abasourdi. Cet homme était-il réellement le père de Grace ?

A l'idée qu'il avait vécu dans l'angoisse et fait tout ce chemin pour découvrir finalement que Tiffany avait rejoint quelqu'un d'autre, il se sentit pris de nausée.

Au même instant, l'homme qui jouait avec Grace croisa son regard. Sans doute intrigué par l'expression qu'il lut sur son visage, il se pencha vers Tiffany et lui dit quelque chose à l'oreille.

La jeune femme se retourna et, poussant un cri, se leva d'un bond pour venir se pendre à son cou.

— Dan !

— Oh ! mon amour !

Il la serrait contre lui de toutes ses forces, comme s'il craignait de la voir s'échapper.

— Tu as reçu ma lettre et tu es quand même venu ! dit-elle d'une voix tremblante d'émotion.

— De quelle lettre parles-tu, ma chérie ?

Tiffany s'écarta et le regarda fixement.

— Mais de celle que je t'ai envoyée, où je t'expliquais que j'avais besoin de m'éloigner pendant quelques jours. Je voulais te laisser le temps de réfléchir à... à cette histoire de mère porteuse.

— Je ne suis pas rentré chez moi depuis deux jours car je m'étais lancé à ta recherche. Mais de quelle mère porteuse parles-tu ? Je n'y comprends rien !

Tiffany resta silencieuse, les yeux fixés au sol. Alors, il ne savait rien. Et elle qui pensait qu'il avait lu sa lettre et qu'il avait quand même choisi de la rejoindre... La vérité, c'était qu'il ignorait encore tout de son passé.

— Oh, Dan ! murmura-t-elle, déçue. Je croyais que tu étais enfin au courant.

— Au courant de quoi ?

Elle l'entraîna dans un coin de la pièce, à l'abri des oreilles indiscrètes.

— Grace est née parce que j'avais promis à ma sœur Jane de faire un bébé pour elle et son mari. Comme ils ne pouvaient pas avoir d'enfants, ils avaient essayé sans succès tous les traitements contre la stérilité. Et, pour finir, Jane a dû subir une hystérectomie. Je l'ai vue alors si désespérée que j'ai eu peur qu'elle se suicide. Et je me suis proposée pour jouer les mères porteuses. Tu sais, nous étions très proches l'une de l'autre, après toutes les épreuves que nous avions traversées ensemble, étant enfants. Aussi, quand j'ai su qu'elle ne pourrait jamais avoir de bébé, il m'a paru tout naturel de le faire à sa place et de le lui donner.

Dan était suspendu à ses lèvres.

— Qu'est-il arrivé à Jane ? Pourquoi ne lui as-tu pas confié Grace comme tu l'avais promis ?

— Son mari et elle ont été tués dans un accident de voiture le jour même où Grace est née, dit-elle d'une voix étranglée.

Dan la prit dans ses bras.

— Oh ! mon pauvre ange ! Comme cela a dû être terrible pour toi !

— Voilà pourquoi j'ai gardé Grace avec moi. Le pire, c'était que j'en étais très heureuse ! Je me rendais compte que j'aurais été incapable de me séparer d'elle.

— Ma chérie, ce que je ne comprends pas, c'est pourquoi tu ne m'as pas raconté tout cela plus tôt. Me croyais-tu donc incapable de comprendre ?

— J'ai failli t'en parler, c'est vrai. Mais tu m'as expliqué ce qui s'était passé avec Jasmine... et avec quelle indignation tu avais refusé de lui faire un enfant. J'ai pensé que tu serais choqué si tu apprenais que j'avais prévu de donner mon bébé à ma sœur.

— Mais cela n'a rien à voir ! Jasmine était une égoïste, une femme qui ne songeait qu'à son intérêt personnel. Elle voulait se servir de moi pour me jeter ensuite comme une vieille serpillière. Alors que toi... Ce que tu as fait pour ta sœur n'était dicté que par ta bonté et ta générosité.

— Oh, Dan ! Alors, tu ne m'en veux pas ?

— T'en vouloir ? Mais je crois que je ne t'en aimerais que davantage si c'était possible !

Il l'attira contre lui et l'embrassa avec ferveur.

— Je croyais t'avoir perdue, lui murmura-t-il à l'oreille.

— Moi aussi...

Puis ils échangèrent un baiser passionné. Ce fut un tonnerre d'applaudissements qui les rappela brutalement à la réalité. Tiffany esquissa une grimace.

— J'ai l'impression que nous nous sommes donnés en spectacle ! commenta Dan en éclatant de rire. Mais, au fait, qui est cet homme avec lequel Grace a l'air de si bien s'entendre ? Il m'a semblé l'entendre l'appeler « papa ». As-tu encore autre chose à me révéler ? Est-il vraiment son père ?

Tiffany éclata de rire.

— Mais non ! dit-elle enfin, reprenant son sérieux. C'est Gary Lawson. Tu sais bien, le comédien qui incarne Den dans *Den des vallées*, la célèbre série télévisée. Ils tournent dans la région, en ce moment, et Grace a été engagée pour jouer la fille naturelle de Den. Viens, allons les rejoindre, je vais tout t'expliquer. Grace est sur le point de devenir une star de la télévision !

— Alors, tu m'as pardonné ? demanda Tiffany.

Ils finissaient de dîner en tête à tête à la lueur des bougies — un repas préparé en hâte, avec les moyens du bord, dans la petite cuisine du cottage.

— Je t'ai pardonné, mais je ne suis pas près d'oublier la manière dont tu as disparu sans crier gare.

— Je te promets de ne jamais recommencer.

Elle se leva et vint s'asseoir sur ses genoux, les bras autour de son cou.

— J'ai tellement de chance de t'avoir, reprit-elle tendrement. Après tous ces chocs que j'ai subis... Tu sais, quand je portais mon bébé en moi, j'ai commencé à l'aimer de plus en plus, et je souffrais à l'idée de devoir m'en séparer à sa naissance... Et puis, il y a eu la mort de ma sœur. Je me suis sentie affreusement coupable. J'étais désespérée de l'avoir perdue, mais, en même temps, j'étais soulagée de savoir que je pourrais garder mon enfant. C'était un sentiment étrange, très difficile à vivre. Quand on traverse une telle épreuve, il arrive qu'on se comporte bizarrement.

— Et qu'on s'enfuie, par exemple.
— Oui. Mais cela ne se reproduira plus jamais. Tout ce que je veux, c'est rester près de toi.

Le lendemain matin, à la première heure, Tiffany emmena Dan chez Josie Patterson afin de la rassurer sur son sort.
— Nous allons nous marier dans cinq semaines, expliqua-t-elle. Dan est cardiologue pour enfants et je lui ai parlé du problème de votre fils et de vos difficultés à obtenir un rendez-vous chez un spécialiste. Dan est prêt à faire tout son possible pour vous aider à accélérer les choses.
Le visage de Josie s'illumina d'un grand sourire.
— Vraiment ? dit-elle. Vous feriez ça pour nous ? Nous avions si peur, mon mari et moi, qu'il arrive quelque chose à Andrew avant que...
Vaincue par l'émotion, elle ne put terminer sa phrase.
Dan lui tendit sa carte de visite.
— Dites à votre médecin de famille d'appeler ma secrétaire. Elle lui fixera un rendez-vous pour vous. J'examinerai votre petit garçon et, si une opération se révèle nécessaire, je m'arrangerai avec le chirurgien pour qu'elle ait lieu le plus rapidement possible.
Ils restèrent à Chrishallthwaite jusqu'à la fin de la semaine, ce qui permit à Dan de faire découvrir à Tiffany tous les coins de la région qu'il affectionnait le plus quand il était enfant.

Le mariage eut lieu cinq semaines plus tard, et ce fut au moment où ils s'apprêtaient à partir en voyage de noces que Dan prit soudain un air songeur.
— Je pense à quelque chose...
— Oui ?

— Quand j'ai téléphoné à la police pour les informer que je t'avais retrouvée, l'officier de garde m'a fait une suggestion intéressante.

— Laquelle ?

— Il m'a conseillé de te faire porter au poignet un bracelet électronique. Ainsi, m'a-t-il expliqué, la prochaine fois où tu auras envie de disparaître, je n'aurai aucun mal à te localiser.

— Et jusqu'à quand devrai-je garder ce bracelet ? demanda Tiffany en riant.

— Oh ! pour le restant de tes jours ! répondit Dan avec le plus grand sérieux. Oui, plus j'y pense, plus je trouve l'idée excellente...

BETTY NEELS

# Un ami médecin

HARLEQUIN

COLLECTION BLANCHE

*Cet ouvrage a été publié en langue anglaise*
*sous le titre :*
THE FORTUNES OF FRANCESCA

*Traduction française de*
C. DUTEIL


83-85, boulevard Vincent-Auriol, 75013 Paris — Tél. : 01 42 16 63 63
Service Lectrices — Tél : 01 45 82 47 47

# 1.

Un majordome à l'air hostile fit entrer Franny dans une petite pièce froide et lugubre puis, la priant d'attendre, disparut. Elle s'assit dans un fauteuil inconfortable en regrettant d'être venue. Dans l'annonce, on demandait une aide de maison, terme vague qui pouvait aussi bien inclure la vaisselle que la comptabilité de la maisonnée ou le baby-sitting. Elle aurait préféré avoir le choix du travail, mais, pour l'heure, l'essentiel était de décrocher un emploi et le salaire qui allait avec.

Le majordome revint, toujours aussi glacial, et l'invita à le suivre. En gravissant l'escalier, elle se dit qu'elle pourrait toujours refuser le poste si on le lui proposait. Elle chassa vite cette pensée. Elle avait besoin de travailler.

— La jeune personne, madame, annonça le majordome en ouvrant une double-porte sur le palier.

Franny s'avança, la tête haute.

— Je m'appelle Francesca Bowen.

Une dame d'un certain âge, au chignon strict et au nez arrogant, lui adressa un signe de tête majestueux.

— Vous semblez bien jeune.

— J'ai vingt-trois ans, lady Trumper.

Lady Trumper parut surprise, comme si elle ne s'attendait pas à l'entendre répliquer.

— D'après vos références, vous avez deux ans de formation d'infirmière. Pourquoi ne pas avoir continué ?

— J'ai dû arrêter mes études pour m'occuper de ma tante et de mon frère. Ma tante était malade.

— Je ne recherche pas une infirmière.

— Certes, mais ça peut se révéler utile, lady Trumper. Par ailleurs, je peux taper à la machine, tenir des comptes, répondre au téléphone, promener le chien, garder les enfants... En revanche, je ne sais pas très bien cuisiner.

— J'ai une cuisinière, mademoiselle Bowen. Et je n'ai nul besoin d'une baby-sitter. Je crains que vous ne fassiez pas l'affaire...

Lady Trumper tendit la main vers une sonnette et le majordome apparut si vite que Franny comprit qu'il écoutait derrière la porte. Il la précéda dans le hall et s'apprêtait à ouvrir la porte quand une femme d'âge mûr en tablier blanc fit irruption dans le vestibule.

— Monsieur Barker... oh ! monsieur Barker, venez vite ! Elsie s'est coupée. Elle saigne... Que diable dois-je faire ?

— J'arrive, madame Down, répondit Barker avec dignité. C'est probablement une petite coupure de rien du tout...

Ne sachant trop que faire, Franny leur emboîta le pas.

Ce n'était pas une petite coupure. La pauvre Elsie s'était profondément entaillé l'avant-bras et la blessure saignait abondamment. Franny se précipita.

— Que quelqu'un appelle un médecin ou une ambulance, dit-elle. Faites vite. Et apportez-moi des serviettes propres.

Elsie était d'une pâleur de cendre. Franny lui souleva le bras au-dessus de la tête et appuya sur le point de compression de l'artère.

— Pouvez-vous couvrir la blessure avec des serviettes et la comprimer jusqu'à l'arrivée des secours ? demanda-t-elle à Mme Down qui revenait avec une pile de linge. Rassurez-vous, Elsie, c'est plus spectaculaire que grave. Ça va aller...

M. Barker quitta brusquement la cuisine pour aller téléphoner du hall. Comme beaucoup de vaniteux, il se révélait totalement inefficace en cas d'urgence, et, bien qu'indigné par l'autorité de Franny, il était soulagé de se décharger sur elle. Il décrochait le téléphone quand on frappa à la porte. Aussitôt, il reposa le combiné et alla ouvrir.

Le visiteur était immense et bien bâti, avec des cheveux blonds grisonnant aux tempes et un beau visage aristocratique.

— Ça ne va pas, Barker? s'enquit-il aimablement. Vous semblez secoué.

— C'est Elsie, monsieur, dit le majordome en prenant le manteau de son interlocuteur. Elle s'est gravement blessée.

— Elle est dans la cuisine? J'y vais...

Pénétrant dans la moderne cuisine toute carrelée de blanc à l'impeccable équipement inoxydable, le nouveau venu évalua la situation d'un regard. Elsie avait le bras levé, Mme Down tenait un linge maculé de sang sur la plaie, et une jeune fille qu'il ne connaissait pas comprimait la blessure avec calme et sang-froid.

— Vous êtes le médecin? demanda Franny. Je crois que l'artère radiale est touchée.

L'homme ouvrit son sac.

— Ne bougez pas jusqu'à ce que je lui aie posé le tourniquet, dit-il. Puis passez de l'autre côté et tenez-lui fermement le bras. Elsie, je vais vous soulager, mais vous devez aller à l'hôpital vous faire faire des points de suture.

— Dois-je appeler une ambulance, monsieur? s'enquit Barker qui avait recouvré toute sa morgue.

— Non, je l'y conduirai moi-même, mais quelqu'un devra m'accompagner. Vous voulez bien? s'enquit-il en regardant Franny.

— Oui, bien sûr. Il faudra couvrir Elsie car il fait froid dehors, ajouta-t-elle, pratique.

Elle ne put s'empêcher d'admirer l'efficacité du praticien qui, après s'être lavé soigneusement les mains, injecta un anesthésique local dans le bras d'Elsie et arrêta l'hémorragie.

Quand son bras fut bandé et mis en écharpe, on enveloppa Elsie dans un manteau et le médecin la soutint jusqu'à sa voiture.

Franny les suivit, et elle s'installa à côté de la blessée, un bras autour d'elle, à l'arrière du véhicule. C'était la première fois qu'elle montait dans une Rolls-Royce, mais les malheurs de la pauvre Elsie lui enlevaient tout son plaisir.

La nuit tombait, et la froide journée de novembre laissait rapidement place à une soirée maussade et sinistre.

Ils s'arrêtèrent bientôt devant l'entrée des urgences et le médecin s'engouffra à l'intérieur. Il revint rapidement avec un garçon de salle qui poussait un fauteuil roulant, un praticien et une infirmière. Franny les regarda emmener la blessée.

Rassurée de voir Elsie en bonnes mains maintenant, Franny se mit en quête du plus proche arrêt de bus pour rentrer chez elle.

Le Pr Marc van der Kettener regagna sa voiture une demi-heure plus tard. Il allait démarrer quand il se souvint brusquement de Franny. Il retourna à l'hôpital la chercher, mais il comprit vite qu'elle n'avait pas attendu et maudit sa négligence. Elle s'était montrée serviable et compétente et méritait des remerciements. Et d'ailleurs, que faisait-elle chez sa marraine ?

Revenant chez lady Trumper, il rassura Barker sur l'état d'Elsie, puis monta voir sa marraine.

La vieille dame lui tendit sa joue parcheminée.

— Que m'a raconté Barker ? Cette sotte se serait coupée...

— Je doute qu'elle se soit blessée délibérément, répondit le professeur en s'asseyant en face d'elle. Elle s'est gravement entaillé le bras et ne pourra pas s'en servir avant une semaine.

— C'est très ennuyeux. Je suppose que Barker s'est débrouillé ?

— Je suis sûr qu'il a fait de son mieux. Heureusement, il y avait une jeune femme qui a pris la situation en main avec beaucoup de sang-froid. Une nouvelle domestique, sans doute ?

— Certainement pas, commenta lady Trumper, les sourcils froncés. Barker doit savoir de qui il s'agit...

Le professeur sourit.

— Elle lui donnait des ordres. Elle s'est montrée brusque avec moi aussi.

— Comment est-elle ?

— Jeune, jolie voix... bonne éducation. Visage intéressant. Elle m'a accompagné à l'hôpital et s'est éclipsée pendant que j'étais avec Elsie. Sinon, je l'aurais ramenée ici.

Lady Trumper sonna et Barker ne tarda pas à se présenter.

— Barker, connaissez-vous la jeune femme qui a aidé Elsie ?

— Oui, madame, c'est la jeune personne qui a répondu à votre annonce. Je la raccompagnais quand Mme Down est venue me dire qu'Elsie s'était blessée. J'ignorais qu'elle m'avait suivi jusqu'à ce qu'elle prenne la situation en charge. J'espère que ça ne vous déplaît pas, madame ? Elle s'est révélée très efficace.

— Non, non, Barker. Elle n'est pas revenue ?

— Non, madame. J'ai cru comprendre que vous ne l'aviez pas engagée...

— Très bien, Barker. Merci. Vous pouvez disposer.

Dès qu'il fut sorti, elle se tourna vers son filleul.

— Une certaine Francesca Bowen, candidate au poste d'aide de maison. Elle ne convenait pas.

— Vous devriez l'engager. A l'évidence, c'est une personne de ressources, qualité essentielle pour une aide de maison qui doit pouvoir faire face à tout !

— Voyons, tu n'es pas sérieux, Marc ?

— Mais si. Si vous lui écriviez pour lui dire que vous avez décidé de lui faire faire un essai ?

— Tu crois vraiment que c'est une bonne idée ? demanda lady Trumper d'un air sceptique. Mais après tout, comme tu dis, je peux la prendre à l'essai un mois...

— Bien sûr. Je posterai votre message en me rendant à mon cabinet.

— Tu as des consultations ce soir ?

— Oui. Je ferais mieux d'y aller, d'ailleurs.

Lady Trumper s'installa à son secrétaire et prit un stylo.

— Quand rentres-tu chez toi ?

— Pas avant plusieurs semaines. J'ai encore des patients à voir ici et un certain nombre d'interventions prévues d'ici là.

— Tu travailles trop. N'est-il pas temps de te fixer ? Ta chère sœur m'a parlé de quelqu'un... elle espérait que tu pensais au mariage...

— Elle peut toujours espérer ! dit-il en souriant, mais d'un ton qui coupait court à toute discussion.

Elle rédigea le billet et le lui tendit.

— Passe me voir quand tu as le temps. Et préviens-moi quand tu rentreras en Hollande.

Il se pencha pour l'embrasser.

— Bien sûr. Prenez soin de vous, marraine.

Barker attendait le professeur dans le vestibule.

— Elsie ne devra rien faire pendant plusieurs jours, Barker, et quand elle reprendra son travail, qu'elle se ménage. C'est une chance qu'elle ait reçu une aide aussi rapide... Oh ! au fait, lady Trumper a réfléchi, elle va probablement engager la jeune personne à l'essai !

— Nous nous efforcerons de lui faire bon accueil dans

cette maison, monsieur, dit pompeusement Barker. Elle s'est montrée très compétente et n'a jamais cédé à la panique.

L'esprit déjà ailleurs, le professeur acquiesça d'un air absent et s'en alla.

Franny descendit du bus bondé et s'engagea dans une ruelle mal éclairée bordée de petites habitations mitoyennes qui se faisaient face derrière leur maigre carré d'herbe jaunie et leur portail délabré. De taille modeste, les maisons avaient connu des jours meilleurs, mais la plupart affichaient un aspect pimpant avec leurs coquets rideaux aux fenêtres. Franny poussa la porte de l'une d'elles et entra.

— C'est moi ! Désolée d'être en retard.

Elle suspendit son manteau dans le minuscule vestibule et pénétra dans la cuisine, une pièce exiguë mal équipée, mais égayée par de jolis rideaux et une belle nappe aux couleurs assorties. Assis à la table qui disparaissait sous un amoncellement de livres, un jeune homme écrivait. Il salua Franny sans lever les yeux, et la vieille dame qui se tenait devant le poêle à gaz lui sourit.

— Qu'est-ce qui t'a retardée, ma chérie ? Tu veux une tasse de thé ? Alors, comment ça s'est passé ?

Franny remplit la bouilloire et mit l'eau à chauffer.

— Pas très bien, tante Emma. Je ne convenais pas. C'était une belle maison avec un majordome. Alors que je m'y trouvais, une servante s'est blessée et je suis restée pour lui donner les premiers secours. Puis un médecin est arrivé et m'a demandé de l'accompagner à l'hôpital, ce que j'ai fait.

— J'espère qu'ils t'ont remerciée...

— Maintenant que j'y pense, non. Le médecin s'est montré poli, mais je crois qu'il m'a prise pour une domestique.

Mme Blake parut horrifiée.

— Vraiment ? Et que s'est-il passé à l'hôpital ?

— Rien. Enfin, je ne suis pas entrée. J'ai attendu un moment, mais comme personne ne venait, je suis partie.

— Quelle ingratitude... ! commenta avec indignation Mme Blake, une femme petite et ronde, au visage doux encadré de cheveux gris.

— C'est sans importance, dit gaiement Franny. En passant devant le supermarché, j'ai vu qu'on cherchait des caissières. J'irai me présenter demain.

Sur le point d'émettre une objection, Mme Blake se tut. La facture de gaz était arrivée ce matin, Finlay avait besoin de nouveaux livres, et il était temps de payer le loyer. Franny devait trouver un emploi dès que possible pour faire face à ces dépenses.

Mme Blake s'en désolait. Elles s'étaient débrouillées quand Franny suivait sa formation d'infirmière, entre son salaire et la pension de Mme Blake. Elles avaient même réussi à économiser un peu en prévision des études de médecine de Finlay qui avait passé brillamment son bac.

Puis la maladie avait frappé Mme Blake, et Franny avait quitté l'hôpital pour la soigner et s'occuper de la maison, et leurs économies avaient fondu peu à peu. Finlay avait commencé sa médecine et il n'était pas question qu'il abandonne. Il avait proposé de travailler, mais ni Franny ni sa tante n'avaient voulu en entendre parler. Elles s'arrangeraient, avait déclaré Franny, et quand Finlay serait médecin, elles pourraient vivre de leurs rentes.

Ils passèrent une soirée tranquille et, le lendemain matin, Franny se leva tôt pour préparer le petit déjeuner de Finlay, monter son thé à sa tante et ranger la maison, voulant se rendre au supermarché dès que possible.

Après avoir apporté un plateau à sa tante, elle s'apprêtait à sortir quand le facteur glissa une lettre dans la boîte. Elle lui était adressée et elle la décacheta lentement.

La requête de lady Trumper la priant de passer dans la

matinée pour un entretien concernant le poste d'aide de maison lui causa un choc. De même le salaire proposé. Nul doute que travailler pour lady Trumper ne serait sûrement pas une partie de plaisir, mais seul l'argent comptait. Finlay aurait ses livres et les factures seraient réglées.

Elle monta voir sa tante en se demandant pourquoi la vieille dame était revenue sur sa décision.

Tante Emma lut la lettre.

— Pourquoi a-t-elle changé d'avis ? demanda-t-elle. Parce que tu es venue en aide à sa domestique ?

— Cela n'exigeait aucune qualification particulière, tante Emma. Je crois plutôt qu'elle n'a trouvé personne d'autre.

— Tu as peut-être raison, ma chérie. Alors, tu vas y aller ?

— Oui. Le salaire est supérieur à ce que nous espérions.

— Si seulement tu pouvais retourner à l'hôpital finir ta formation...

— Je le ferai quand Finlay aura son diplôme. Nous nous débrouillons très bien, et si je reprenais mes études maintenant, je m'inquièterais tout le temps pour toi. Le médecin a dit que tu devais te ménager, et avec ce travail, j'aurai tout le temps de m'occuper de la maison. Bon, que dois-je mettre, à ton avis ?

— Ce que tu portais hier. Tu étais très bien. Dommage que ton imperméable soit un peu élimé, mais tu pourras l'enlever en arrivant.

— Je ferai les courses en rentrant. Surtout ne sors pas, tante Emma, il fait trop froid.

Franny crut déceler une vague lueur de sympathie sur le visage impassible du majordome quand il la fit entrer.

— Je dois vous conduire directement à lady Trumper,

mademoiselle. Si vous voulez bien laisser votre imperméable ici...

Franny gravit l'escalier derrière lui.

— Quelle matinée épouvantable! dit-elle. Mais novembre est toujours affreux, n'est-ce pas?

Barker la foudroya du regard, choqué par tant de familiarité. Mais Franny lui souriait gentiment et sa réprimande mourut sur ses lèvres.

— Le temps est effectivement inclément, répondit-il gravement.

Cette fois, il annonça Franny par son nom. Assise à son secrétaire, lady Trumper se tourna vers elle.

— Mademoiselle Bowen, vous avez sûrement été surprise de recevoir ma lettre. Mais j'ai reconsidéré votre candidature et j'ai décidé de vous offrir ce poste. Vous ferez un essai d'un mois, et j'aimerais que vous commenciez lundi prochain, à 10 heures. Vous travaillerez jusqu'à 17 heures tous les jours, mais pourrez avoir vos samedis et vos dimanches. Si j'ai besoin de vos services à d'autres moments, j'attends de vous que vous soyez disponible.

— Aurai-je des congés annuels? s'enquit Franny.

— Il me semble, oui. Deux semaines...

— Trois, dit poliment Franny. En quoi consisteront mes fonctions exactement?

— Je vous demanderai de trier mon courrier tous les jours et d'y répondre puisque vous savez taper à la machine. Vous aurez aussi à régler les factures, vérifier les comptes de la maisonnée avec Barker...

*Il ne va pas aimer ça*, songea Franny.

— Il sera parfois nécessaire que vous remplaciez un membre du personnel malade ou en congé. J'attends également de vous que vous vous chargiez de la décoration florale et des visiteurs que je ne souhaite pas rencontrer. Vous devrez aussi tenir mon agenda à jour. Barker m'a dit que vous aviez bien réagi quand Elsie s'est blessée. Je compte sur vous pour tenir le rôle d'infirmière dans l'éventualité où moi-même ou un membre de mon personnel tomberait malade. Vous prendrez vos repas dans le petit salon du rez-de-chaussée, mais vous vous en remettrez à Barker qui est en charge de la maison. Vous serez payée chaque semaine, et si vous vous sentez incapable d'assurer le travail que j'attends de vous, vous êtes libre de me le dire en me donnant un préavis d'une semaine.

— Très bien, commenta Franny, mais je tiens à préciser que je n'ai pas l'intention de prendre mes ordres de votre majordome. Je le respecterai et lui rendrai service dans la mesure de mes possibilités, mais je ne recevrai pas d'ordres de lui.

Franny vit l'opulente poitrine de lady Trumper se soulever sous l'effet de l'indignation. Tout était perdu. Elle allait se faire congédier pour la seconde fois en vingt-quatre heures...

— Je veux bien accéder à votre requête, mademoiselle Bowen. A condition d'avoir votre parole que vous accorderez à Barker tout le respect dû à son rang dans cette maison.

— Bien entendu, lady Trumper. Je le traiterai avec les mêmes égards que n'importe lequel de vos employés. Et nous nous entendrons tous très bien, conclut Franny d'un ton enjoué.

Lady Trumper parut surprise.

— Je l'espère, mademoiselle Bowen. Au revoir... Je compte sur vous lundi matin.

En reconduisant Franny à la porte, Barker exprima d'un ton docte sa satisfaction de la voir bientôt figurer parmi le personnel de la maison et il alla même jusqu'à lui offrir son assistance en cas de besoin.

Franny le remercia et, après avoir descendu les marches en courant, se retourna sur le trottoir pour lui faire signe de la main. Le majordome, quelque peu déconcerté, lui répondit d'un geste timide.

Franny avait envie de danser dans la rue. Refrénant ses ardeurs, elle se contenta d'échafauder des plans pour utiliser au mieux l'argent qu'elle allait gagner.

Sur le chemin du retour, elle s'arrêta pour acheter quelque chose de spécial pour le dîner et opta pour du bacon, une douzaine d'œufs et des champignons frais.

Plus tard ce soir-là, rassasiés par un bon dîner, le frère, la sœur et leur tante discutèrent longuement de l'avenir prometteur qui s'ouvrait à eux.

Le lundi matin, Franny se présenta à lady Trumper à 10 heures précises, vêtue d'un chemisier blanc et d'une jupe bleu marine qui eurent l'heur de plaire à lady Trumper.

— Vous pouvez vous installer dans cette petite pièce, mademoiselle Bowen, lui dit celle-ci. Le courrier est arrivé. Soyez gentille de l'ouvrir et de me faire connaître son contenu.

Franny se mit au travail avec une calme efficacité et revint la voir avec les lettres.

— Je vais les lire et je vous donnerai mes instructions pour les réponses, dit lady Trumper. Vous trouverez une enveloppe recommandée sur mon secrétaire. Portez-la à la poste. Il y a un porte-monnaie dans le tiroir de gauche, prenez cinq livres, et rangez-y la monnaie à votre retour.

Franny remit donc son imperméable, noua un foulard sur sa tête pour se protéger de la bruine, et se rendit à la poste.

De retour à la maison, elle jugea préférable d'emprunter l'entrée de service et trouva Barker et Mme Down dans la cuisine.

— Je suis passée par l'autre entrée pour ne pas salir le vestibule, expliqua-t-elle. Puis-je laisser mon imperméable ici ?

— Certainement, et il serait opportun que vous continuiez à utiliser l'entrée de service à l'avenir, répondit Barker. Mme Down va préparer du café, si vous voulez vous joindre à nous quand cela conviendra à lady Trumper ?

Mme Down attendit qu'elle fût sortie pour remarquer d'un air songeur :

— Elle n'est pas de notre monde. Je parie qu'elle a connu des jours meilleurs...

— C'est possible. Espérons qu'elle n'oubliera pas sa position dans cette maison...

S'il attendait que Franny fasse un faux pas, il fut déçu, car elle eut un comportement irréprochable. Et quand elle quitta la cuisine après la pause café, tout le monde s'accorda à reconnaître qu'elle était vraiment très bien.

En attendant le bus à la fin de sa première journée de travail, Franny était plutôt contente. Tout son temps avait été occupé par des tâches diverses, et elle avait passé une grande partie de l'après-midi à répondre au courrier de lady Trumper pendant que celle-ci se reposait. Shirley, la bonne, lui avait monté une tasse de thé, et elle avait même pu prendre une demi-heure pour déjeuner avec le personnel.

Le reste de la semaine, Franny fut diversement occupée. Elle ouvrit la porte aux visiteurs le jour de congé de Barker, prépara le déjeuner quand Mme Down fut terrassée par la migraine, et garda même un enfant dont la mère était venue rendre visite à lady Trumper. Tout cela en plus des tâches qu'elle devait assurer quotidiennement, comme s'occuper du courrier, répondre au téléphone, payer les factures...

Au moins, elle n'avait pas eu le temps de s'ennuyer, songea-t-elle en rentrant chez elle, épuisée, le vendredi soir, mais heureuse d'avoir son salaire dans son sac et deux jours à passer à la maison. Lady Trumper étant avare de compliments, Franny ne pouvait que supposer qu'elle se satisfaisait de ses services. Ne l'avait-elle pas entendue déclarer qu'on n'avait pas à féliciter quelqu'un qui ne faisait que son travail ?

Franny s'en moquait. Elle ne détestait pas lady Trumper, mais ne l'aimait pas non plus. Cependant, elle n'oubliait pas que c'était elle qui lui fournissait son pain quotidien.

Ce fut la semaine suivante qu'elle revit le médecin qui avait soigné Elsie. Elle avait été chargée d'aller chercher Elsie à l'hôpital, celle-ci ayant dû prolonger son séjour à St Giles à cause d'une infection.

Malgré son aisance matérielle, lady Trumper répugnait à dépenser de l'argent pour ce qui ne la touchait pas personnellement, et elle ordonna à Franny de prendre l'autobus pour se rendre à St Giles et de rentrer en taxi.

Bien que l'hôpital ne fût pas loin de l'arrêt d'autobus, Franny était trempée jusqu'aux os en pénétrant dans le hall. Son visage ruisselait de pluie, tout comme les mèches châtaines échappées de son chapeau détrempé. Elle avait l'air d'une noyée, mais le professeur, qui passait par là, la reconnut immédiatement.

Il se rappelait clairement son petit nez mutin, sa bouche douce et pulpeuse, son menton décidé, et ses beaux yeux gris ourlés de longs cils bruns.

Il s'approcha d'elle.

— Pardonnez-moi de ne pas me rappeler votre nom, mais vous avez eu la gentillesse de soigner la servante de lady Trumper quand elle s'est blessée. Je comptais vous raccompagner et j'aurais dû vous le dire. Je vous prie de m'en excuser.

Elle lui adressa un sourire éclatant.

— Oh ! ça n'a pas d'importance, il y avait des autobus ! Je viens justement chercher Elsie pour la ramener chez lady Trumper.

Bavarde de nature, Franny était ravie d'avoir quelqu'un à qui parler. Elle ignorait qui il était, bien sûr, mais il avait un visage qui inspirait confiance. Elle allait se lancer dans un rapport circonstancié de l'accident d'Elsie quand il recula.

— J'ai été content de vous revoir, mademoiselle..., dit-il, pensant visiblement à autre chose.

Quand il s'éloigna, elle se demanda s'il se souviendrait de cette rencontre. Probablement pas. Il semblait distrait, comme tous les gens dont l'intelligence est supérieure à la moyenne et qui travaillent beaucoup. Le pauvre... Elle espérait qu'il avait une femme et des enfants pour le rattacher à une certaine normalité.

Elsie l'attendait, impatiente de reprendre son travail, et la course en taxi la ravit. De retour à la maison, Franny la confia à Mme Down avant d'être appelée chez lady Trumper. Assise au secrétaire, elle rédigea les cartons d'invitation d'une partie de bridge de lady Trumper tout en écoutant la vieille dame, qui avait demandé à Elsie de venir, lui faire ses remontrances.

— La cuisine est bien équipée et la négligence n'a aucune excuse. Personnellement, je suis très prudente, et j'attends de vous la même chose, Elsie. Vous pouvez disposer.

Franny releva la tête. De toute évidence, lady Trumper parlait de choses qu'elle ne connaissait pas, et le travail dans une cuisine et la fatigue en découlant lui étaient inconnus.

— Je suis sûre qu'Elsie est très raisonnable, objecta-t-elle, indignée. Mais elle ne peut pas quitter son travail quand elle est fatiguée. Quand avez-vous visité votre cuisine la dernière fois, lady Trumper ?

Ecarlate, lady Trumper dut prendre plusieurs inspirations avant de recouvrer sa voix.

— Je n'arrive pas à en croire mes oreilles ! Comment osez-vous me parler de cette façon, mademoiselle Bowen ? Une telle impertinence...

— Je ne voulais pas me montrer insolente, lady Trumper, mais à vous entendre, on croirait qu'Elsie a fait quelque chose de mal. Aucune personne sensée ne se coupe délibérément avec un couteau de cuisine. Mais, évidemment, étant assise ici toute la journée, vous devez avoir du mal à le croire.

— Partez sur-le-champ, mademoiselle Bowen ! Je suis extrêmement mécontente de vous.

— Vous êtes contrariée, bien sûr, commenta Franny en lui jetant un regard songeur. J'imagine que vous vous sentez un peu coupable. C'est normal quand on s'est montré injuste envers quelqu'un. Mais je m'en vais. Cependant, il vaudrait mieux que je termine ces cartons avant, je n'en ai plus que pour cinq minutes.

Lady Trumper prit une inspiration si profonde que son corset craqua distinctement.

— Partez immédiatement !

A cet instant, la porte s'ouvrit et le professeur entra.

# 2.

Le regard du professeur alla de sa marraine, dont la tension artérielle semblait anormalement élevée, à Franny, calme et souriante.

— Je vous dérange ?

— Non... si, balbutia la vieille dame. Cette fille a eu l'impudence de critiquer ma façon de traiter une de mes domestiques. Je viens de la congédier.

— Oh ! vous ne devriez pas agir trop hâtivement ! dit le professeur. Nous sommes dans un pays libre où chacun peut exprimer ses opinions sans être jeté en prison. Vous êtes-vous montrée délibérément insolente, mademoiselle... mademoiselle... ?

— Bowen, dit Franny, secrètement impressionnée par son imposante carrure. Non, je ne crois pas, j'ai juste dit ce que je pensais. Je devrais apprendre à tenir ma langue, mais j'ai seulement remarqué qu'Elsie n'avait pas fait exprès de se couper. C'est évident, non ? Car à moins d'envisager le suicide... Lady Trumper a été dure avec Elsie, même si je suis sûre qu'elle ne voulait pas l'être.

Elle commença à ranger le bureau.

— Bon, je m'en vais.

Le professeur traversa la pièce et posa une belle main soignée sur la sienne.

— Non. Je suis persuadé que lady Trumper comprend, maintenant qu'elle sait que vous avez agi avec les meilleures intentions. N'est-ce pas, ma chère ? s'enquit-il à l'adresse de sa marraine.

— Eh bien, oui, je suppose...

— Et le travail de Mlle... Bowen est entièrement satisfaisant ?

— Oui, dit lady Trumper, maussade.

— Dans ce cas, il est inutile de s'appesantir sur la question. La blessure d'Elsie était grave et il est regrettable qu'elle se soit infectée. Je ne doute pas que vous veillerez à ce qu'elle ne fasse rien pour compromettre son complet rétablissement.

— Je veux bien fermer les yeux sur l'incident, dit solennellement lady Trumper, mais je ne tolérerai plus un tel langage de la part de Mlle Bowen. J'ai les nerfs très ébranlés.

Le professeur surprit la mine sceptique de Franny et se permit un sourire.

— Je suis convaincu que Mlle Bowen ménagera vos nerfs à l'avenir, dit-il en hâte comme pour prévenir une réplique de Franny. N'est-ce pas, mademoiselle... euh... Bowen ?

Franny leur sourit.

— J'apprécie de travailler pour lady Trumper, et je m'efforcerai de réfléchir avant de parler à l'avenir.

Lady Trumper ne sut que répondre à ce discours direct.

— Dans ce cas, vous pouvez autoriser Mlle Bowen à poursuivre son travail pendant que nous bavardons, tous les deux, dit le professeur.

Franny n'eut pas besoin de dessin. Elle prit les cartons d'invitation et, gagnant la petite pièce qui lui était attribuée, referma la porte derrière elle. Elle avait été congédiée, gentiment certes, mais congédiée quand même, comme une servante.

Quelle importance, après tout ? Elle ne devait pas oublier sa position dans cette maison. Mais cela n'aurait qu'un temps. Quand Finlay aurait son cabinet, elle lui tiendrait sa maison jusqu'au moment où il se marierait et serait respectée.

Elle rédigeait un carton quand elle se figea, frappée par une pensée. Ce serait merveilleux d'épouser un homme comme le professeur. Il avait tout : la séduction, la réussite professionnelle, et une magnifique voiture. Etait-il marié ? Et que faisait-il exactement ? Professeur de quoi ? Et pourquoi vivait-il en Angleterre alors qu'il était visiblement étranger ?

Curieuse de nature, Franny décida de se renseigner. Quelques questions négligemment posées pendant le déjeuner du lendemain pouvaient se révéler fructueuses...

Elle avait fini de rédiger les cartons quand lady Trumper l'appela. Elle ouvrit la porte du petit bureau.

— Oui, lady Trumper ?

— Vous avez terminé ? Timbrez les enveloppes et allez les poster. Ensuite, je veux que vous apportiez des documents à mon avocat. Je me méfie de la poste. Il faudra les remettre en main propre à Me Augustus Ruskin. Prenez un taxi pour vous y rendre. Vous reviendrez en bus.

— Son cabinet est loin d'ici ?

— Dans la City. Ne perdez pas de temps, mademoiselle Bowen.

— Il risque d'être 5 heures passées le temps que je trouve un bus pour me ramener. Pourrai-je alors rentrer directement chez moi ? Si je termine plus tôt, je reviendrai ici, bien sûr.

— Très bien. Je vous fais confiance pour être honnête.

Franny jugea plus sage de ne pas répliquer. Elle avait beaucoup à dire, mais elle voulait garder cet emploi. Elle timbra les enveloppes, enfila son vieil imperméable car il pleuvait encore et, après les avoir postées, elle revint chercher la grosse enveloppe que lady Trumper avait préparée.

Quelques instants plus tard, elle montait dans le taxi

appelé par Barker, ravie de cette escapade inespérée. Les papiers auraient certainement pu être envoyés en recommandé, mais c'était l'occasion pour elle de disposer d'une ou deux heures de liberté et elle n'allait pas s'en plaindre. Tandis que le taxi gagnait le cœur de Londres, elle bavarda avec le chauffeur, aimable et loquace. Ce n'était pas encore l'heure de pointe, mais les trottoirs de la City grouillaient de monde et les lumières brillaient aux fenêtres des grands bâtiments gris.

— C'est là que se trouve le monde de la haute finance et il y a des millions derrière ces murs, commenta le chauffeur. Dommage qu'on n'en utilise pas un peu pour restaurer l'hôpital St Giles dans cette rue, là-bas. C'est là qu'on m'a enlevé l'appendice...

— Oh ! mon pauvre monsieur ! Vous allez mieux ?

— Je me porte comme un charme ! Voilà votre cabinet. Je vous ramène ensuite où je vous ai prise ?

— Non, c'est mon lieu de travail. Je rentre chez moi maintenant, près de la gare de Waterloo.

Elle lui régla la course en ajoutant un généreux pourboire.

— Merci, princesse. Faites attention à vous. Le quartier de Waterloo n'est pas sûr pour une jeune dame...

Le cabinet d'avocats était situé dans un grand immeuble gris à l'entrée imposante gardée par un portier.

— Prenez l'ascenseur, lui conseilla l'homme. Troisième étage... Ruskin, Ruskin & Ruskin.

Franny appela l'ascenseur en se demandant si on était avocat de père en fils dans la famille Ruskin.

Dans le cabinet, immense et meublé de lourds fauteuils, une moquette épaisse étouffait le bruit des pas, et sur les murs, de nombreux portraits — vraisemblablement les défunts Ruskin — contemplaient les visiteurs. Franny se présenta à la dame sévère qui trônait à la réception et fut priée de s'asseoir. L'employée dit quelques mots dans l'Interphone et, peu après, elle invita Franny à pénétrer dans le saint des saints. Poussant la porte marquée *Me Augustus Ruskin* en lettres dorées, Franny vit un vieillard chenu assis à un grand bureau. Sans doute le grand-père, ou même l'arrière-grand-père, se dit-elle. Il se leva, peu vaillant sur ses jambes, mais sa voix était ferme quand il parla.

— Mademoiselle Bowen ? Vous avez une enveloppe pour moi, je crois ? Lady Trumper m'a prévenu de votre visite.

Il se rassit et lui tendit la main.

— Je dois remettre ces papiers en main propre à Me Augustus Ruskin, conformément aux ordres de lady Trumper.

— Je suis Augustus Ruskin. Vous avez parfaitement raison de vous assurer de mon identité, mademoiselle Bowen.

— Très bien, dit Franny en lui tendant l'enveloppe.

Quand il se leva de nouveau, Franny prit rapidement congé de lui de peur que tout cet exercice ne finît par avoir raison de ses faibles forces. La sévère réceptionniste inclina à peine la tête quand elle passa pour s'engouffrer dans l'escalier.

Il était 5 heures passées et les passants se bousculaient sur les trottoirs, pressés de rentrer chez eux. Ne connaissant pas bien le quartier, Franny se mit en quête du plus proche arrêt d'autobus et soupira en voyant la longue file d'attente le long du trottoir. Elle décida de prendre le métro.

Elle attendit patiemment que la circulation soit moins dense pour traverser la rue en direction de la station de métro.

A cet instant, le Pr van der Kettener, qui venait de quitter l'hôpital, aperçut Franny. Il la reconnut tout de suite dans son imperméable élimé. Il s'approcha et ouvrit la portière.

— Montez vite, je ne peux pas m'arrêter ici.

Elle s'empressa d'obéir et attacha sa ceinture de sécurité.

— C'est gentil. Je commençais à croire que j'allais rester coincée ici. Vous voulez bien me déposer au premier arrêt d'autobus ? Vous ne sauriez pas lequel va à Waterloo, par hasard ?

— Je crains que non. Pourquoi voulez-vous aller à Waterloo ?

— Parce que j'habite là-bas.

— Et que faites-vous ici ?

— J'ai apporté des papiers à l'avocat de lady Trumper. Un charmant vieillard, qui aurait dû prendre sa retraite depuis longtemps. Il y a un arrêt de bus, ici...

— Je ne peux pas me garer, dit impatiemment le professeur. Je vous raccompagne chez vous.

— Non, merci. Vous semblez contrarié... Je suppose que vous avez eu une journée chargée et que vous êtes fatigué. Vous n'avez sûrement aucune envie d'être détourné de votre chemin. Je peux très bien prendre le bus...

— Certainement pas. Ayez l'obligeance de me dire où vous habitez, mademoiselle Bowen.

— 29, Fish Street, près de Waterloo Road. Vous pouvez emprunter le pont de Waterloo. Vous pouvez m'appeler Franny, si vous voulez, ajouta-t-elle avec un sourire en regardant son profil sévère.

— Dites-moi, mademoiselle Bowen, êtes-vous aussi amicale avec tous ceux que vous rencontrez ?

— Mon Dieu, non. Jamais je n'oserais l'être avec Barker !

— Vous ne comptez pas les majordomes parmi vos amis ?

— Je n'en connais aucun, à part lui. Du moins...

— Du moins quoi ? insista-t-il en traversant le pont de Waterloo.

— Rien. Prenez la première à droite, puis la troisième à droite.

Malgré le crépuscule qui masquait son indigence, Fish Street dégageait une atmosphère déprimante à la lueur des réverbères.

— Droite ou gauche ? s'enquit le professeur.

— A gauche, un peu plus loin. C'est là...

Il s'arrêta et descendit lui ouvrir la portière. Elle leva les yeux vers lui.

— C'était très aimable à vous de me raccompagner. Ce n'était pas nécessaire, surtout si vous n'en aviez pas envie. Mais vous avez accompli votre bonne action de la journée ! s'exclama-t-elle avec un sourire lumineux. Bonsoir, professeur. Rentrez vite chez vous et faites un bon dîner, vous vous sentirez mieux.

— Je n'ai jamais rencontré quelqu'un comme vous, commenta-t-il, déconcerté. J'espère que lady Trumper n'est pas obligée d'écouter vos bavardages ?

— Oh non ! Je ne lui parle que quand elle m'adresse la parole. Pardonnez-moi si je vous ai ennuyé, mais je pensais... eh bien, je pensais que vous étiez le genre de personne avec laquelle on pouvait bavarder, dit-elle en sortant ses clés pour ouvrir sa porte. Bonsoir, professeur.

Marc prit le pont de Westminster, longea Whitehall, traversa Trafalgar Square et Pall Mall en direction du nord jusqu'à ce qu'il arrive à Wimpole Street où il avait son appartement, juste au-dessus de son cabinet de consultation. Il gara sa voiture et pénétra dans le bel immeuble.

Le hall était étroit, avec la salle d'attente et le cabinet de consultation d'un côté. Un élégant escalier conduisait à l'étage dont il gravit les marches quatre à quatre. La porte de son appartement s'ouvrit devant un petit homme replet aux cheveux gris et au visage affable.

— Bonsoir, monsieur, vous avez encore été retardé ? Le dîner vous attend quand vous voudrez. Vous m'avez chargé de vous rappeler que vous devez ressortir plus tard...

Marc, qui s'était débarrassé de son manteau, gagna son bureau après avoir ramassé son courrier.

— Merci, Crisp. Je dînerai dans dix minutes.

Avec un soupir de plaisir, il pénétra dans la pièce confortable aux murs couverts de rayonnages où s'entassaient les livres, avec une cheminée où crépitait un feu accueillant, et s'assit à son bureau recouvert de papiers et d'ouvrages, et sur lequel était posé un ordinateur. C'est là qu'il aimait passer ses soirées, à écrire des articles pour des revues médicales ou revoir ses notes sur ses patients. Sans cette fille, il serait rentré une heure plus tôt et aurait eu le temps de terminer la rédaction de son exposé pour la conférence qu'il devait donner cette semaine. Il se demanda vaguement pourquoi il avait proposé de la raccompagner. Elle ne s'était pas montrée particulièrement reconnaissante...

Après avoir dîné, il se changea et se rendit à une soirée organisée par un confrère. La plupart des invitées étaient belles et élégantes, et leur conversation spirituelle. Il se montra charmant avec elles, sans se départir de cette réserve qu'aucune femme n'avait encore pu vaincre.

Il partit tôt sous prétexte qu'il devait passer à St Giles voir un patient, décevant bon nombre de ces dames qui espéraient bien lui demander de les raccompagner.

Il pensait à elles en se dirigeant vers la City. De charmantes compagnes, exquises à contempler, alors pourquoi leur gracieuse image s'effaçait-elle derrière l'agaçante Franny avec son imperméable démodé et ses cheveux trempés ? Peut-être parce qu'il la plaignait. Il sourit. Elle n'aimerait pas être objet de pitié. Elle faisait partie de ces gens assommants qui retombaient toujours sur leurs pieds...

⁂

En arrivant à la maison, Franny trouva Finlay plongé dans ses livres, et tante Emma qui tricotait. Ils levèrent les yeux quand elle pénétra dans le salon.

— J'ai cru entendre une voiture, remarqua tante Emma.

— Une Rolls-Royce. Ce médecin — il est professeur, en fait — m'a vue alors que j'étais dans la City, et il m'a raccompagnée.

— Que faisais-tu là-bas, ma chérie ?

Franny le lui expliqua.

— Il s'est senti obligé de me ramener, conclut-elle. Il devait être fatigué après sa journée de travail, ce qui explique sans doute sa mauvaise humeur.

— Comment s'appelle ce professeur ? s'enquit Finlay, levant le nez de ses livres.

— Van der Kettener. Il est hollandais. C'est peut-être pour ça qu'il est si grincheux...

Son frère lui jeta un regard exaspéré.

— Tu viens de te faire raccompagner par un des meilleurs chirurgiens cardiaques d'Europe. Il se déplace dans le monde entier pour opérer et faire des conférences, mais il passe beaucoup de temps ici, bien qu'il habite en Hollande. Il est consultant honoraire dans plusieurs hôpitaux. Tu as de la chance.

Finlay retourna à ses livres et tante Emma remarqua doucement :

— C'est gentil de sa part, n'est-ce pas, ma chérie ? Il doit être très occupé, mais il a pris le temps de te ramener chez toi.

— Avec une voiture comme la sienne, c'était une partie de plaisir... J'imagine qu'il ne doit pas prendre souvent l'autobus...

— Tu ne l'aimes pas ?

Franny réfléchit.

— Je crois que je le plains. Il s'est montré si... si distant. Mais peut-être se comporte-t-il différemment dans l'intimité, avec sa femme et ses enfants...

Elle consulta sa montre.

— Seigneur, il est si tard? Je m'occupe du dîner. Je voulais faire une gougère, mais des macaronis au fromage seront plus rapides à préparer. Je serai payée demain. Je prendrai du poisson et des frites en rentrant.

Finlay émit un grognement satisfait tandis que tante Emma soupirait avec nostalgie en songeant à l'époque où la vie était différente. Pourtant elle ne se plaignait pas. Elle avait cette petite maison, sa pension, et la compagnie de Franny et Finlay. Elle était veuve quand ils étaient venus vivre avec elle après avoir perdu leurs parents.

Si elle n'était pas tombée malade, Franny n'aurait pas dû arrêter ses études pour s'occuper d'elle et de Finlay. Ils avaient tant de projets, alors! Après avoir décroché son diplôme, Franny aurait trouvé un poste dans un hôpital de province, ils auraient déniché un petit appartement et auraient vécu heureux même sans être très riches pendant que Finlay faisait ses études de médecine.

Mais les choses avaient tourné autrement et, à présent, ils se trouvaient dans une impasse. Leurs économies étaient au plus bas, et Franny n'avait eu d'autre choix que de trouver un emploi qui lui permette aussi de s'occuper de la maison, des courses et du ménage.

Cette maison, qu'ils détestaient secrètement, avait été offerte en location à tante Emma pour un loyer très bas par la société qui employait son mari, après la mort de celui-ci. N'ayant pas le choix, elle avait accepté.

Du vivant de son mari, un chercheur, ils n'avaient jamais eu de problèmes financiers, et habitaient dans un coquet petit cottage d'Islington. Mais, trop absorbé par son travail, il avait négligé de souscrire une assurance-vie et d'économiser en prévision des mauvais jours. Tante Emma ne lui en avait jamais tenu rigueur car c'était un bon époux, mais elle remerciait le ciel qu'ils n'aient pas eu d'enfants.

Posant son tricot, elle alla mettre le couvert dans la cuisine. Elle ne se sentait pas très bien ces temps-ci, mais Franny avait suffisamment de sujets de préoccupation sans avoir à s'inquiéter pour elle.

— Parle-moi de ce professeur, dit-elle gaiement. Il semble intéressant...

Le lendemain, jour de paye, était le meilleur moment de la semaine pour Franny. Elle était chargée d'aller à la banque chercher l'argent des salaires et de remettre une petite enveloppe à chaque membre du personnel. Etre payé en liquide avait quelque chose de démodé, mais c'était beaucoup plus satisfaisant qu'un chèque. Et Franny se sentait riche en s'arrêtant acheter leur dîner au *Fish and Chips* du coin de la rue.

Ce soir-là, tante Emma se coucha tôt en prétextant être un peu fatiguée.

Franny rangea la cuisine et prépara tout pour le petit déjeuner du lendemain pendant que Finlay terminait ses devoirs. Quand il alla dans sa chambre, elle nettoya le salon de fond en comble, et il était presque minuit quand elle gagna enfin sa chambre où elle s'endormit immédiatement.

Elle s'éveilla en sursaut deux heures plus tard. Un faible gémissement troublait le silence feutré de la nuit, venant de la chambre de sa tante, et elle s'y précipita.

Tante Emma gisait dans son lit, les traits crispés par la douleur, le front en sueur.

— Ne bouge pas, tante Emma. Finlay va appeler une ambulance. Ça va aller, tiens bon. Je reviens tout de suite.

Réveillé par sa sœur, Finlay s'habilla en toute hâte et courut téléphoner de la cabine au bout de la rue.

Franny prit ses vêtements et s'habilla au chevet de sa tante en priant silencieusement pour que l'ambulance ne tarde pas.

Elle arriva quelques minutes plus tard dans le clignotement de son gyrophare. Sans perdre un instant, les infirmiers transportèrent la vieille dame dans l'ambulance et Franny monta avec eux, confiant la maison à Finlay.

Ils commencèrent à prodiguer des soins à tante Emma pendant que le véhicule fonçait dans les rues endormies.

— Où allons-nous ? demanda Franny.

— Il n'y a plus de lits à St Thomas ni à Charing Cross, mais nous en avons trouvé un à St Giles.

Le trajet lui parut durer une éternité, mais une fois à l'hôpital, tout alla très vite. Franny fournit tous les renseignements nécessaires, puis on la pria d'attendre pendant qu'on prenait sa tante en charge. Rendue nerveuse par les allées et venues, elle brûlait de savoir ce qui se passait derrière les rideaux du box, mais elle resta assise, les mains sur les genoux, fixant le mur devant elle et s'efforçant de ne pas penser.

Au bout d'un moment, une infirmière vint lui dire que Mme Blake allait mieux.

— La surveillante viendra vous parler dans une minute. Voulez-vous une tasse de thé ?

— Non merci. Puis-je rester ?

— Oui, bien sûr.

La surveillante était jeune et d'une gentillesse bourrue.

— L'état de Mme Blake s'est sensiblement amélioré, mais je ne peux pas vous en dire plus tant que nous n'aurons pas fait certains examens. Nous allons devoir la garder quelques jours. Heureusement, le consultant en cardiologie est ici pour un autre patient, et il arrive. Si quelqu'un peut aider votre tante, c'est lui.

La surveillante s'éloigna et le silence retomba. Refusant d'envisager le pire scénario, Franny trompa son attente en réfléchissant. Un travail de nuit était peut-être la solution à leurs problèmes. Elle pouvait trouver un emploi, n'importe lequel, qui la laisserait libre la journée. Elle n'avait pas besoin de beaucoup de sommeil. Elle pourrait faire les courses en rentrant à la maison, s'occuper de tante Emma, ranger la maison, et dormir un peu l'après-midi...

Une haute silhouette s'approcha, interrompant le cours de ses pensées chaotiques. C'était le Pr van der Kettener, immense, calme, étrangement rassurant. Elle se redressa.

— Bonsoir, professeur, dit-elle d'une voix lasse.

Marc la contempla un moment. Décidément, cette fille ne le lâchait pas d'une semelle, songea-t-il. Etant donné sa tenue, elle avait dû s'habiller à la hâte, et ses cheveux châtains retombaient en désordre sur ses épaules menues. Mais elle levait vers lui un visage empreint de courage et d'espoir.

— Votre tante est gravement malade, dit-il en s'asseyant près d'elle. Elle a une anomalie au niveau de la valvule mitrale. On peut y remédier par une opération à cœur ouvert. Mais avant, un certain nombre d'examens doivent être effectués pour confirmer ceux que nous venons de faire. Nous allons la garder ici et je l'opèrerai en temps voulu. C'est une intervention lourde, mais si tout se passe bien, je ne vois pas de raison pour que votre tante ne retrouve pas une vie normale.

— Puis-je la voir avant de partir?

— Certainement. Venez avec moi.

Il écarta le rideau pour lui permettre de pénétrer dans le box.

Tante Emma semblait toute frêle dans son lit d'hôpital.

— Quelle histoire... Je suis désolée, ma chérie.

— Tu vas bientôt te sentir mieux et tout va s'arranger, tante Emma. Le professeur l'a dit. Je vais te laisser maintenant, mais je reviendrai demain, et je t'apporterai quelques affaires.

Elle embrassa tendrement la vieille dame et retrouva le professeur qui parlait avec la surveillante dans le couloir.

— Il est presque 4 heures et sans doute n'y a-t-il pas de bus, dit celle-ci à l'adresse de Franny. Quelqu'un peut venir vous chercher?

— Ça ira, merci. Je peux venir demain après-midi ?

— Bien sûr. Passez à la réception, on vous dira dans quelle chambre est votre tante. Avons-nous votre numéro de téléphone ?

— Nous n'avons pas le téléphone, dit Franny. J'appellerai vers 8 heures pour prendre des nouvelles.

Elle se détourna pour partir, mais la main du professeur se posa sur son bras, stoppant net son élan.

— Je vais de votre côté. Je vous dépose.

Il prit congé de la surveillante puis ils se dirigèrent vers la sortie.

— Vous devez être fatigué, remarqua Franny. Je peux prendre un taxi...

Il lui prit le bras et l'entraîna vers le parking.

— Ne dites pas de sottises. Vous avez de l'argent sur vous ?

— Non.

— Alors, cessez de faire des difficultés quand il n'y en a pas. Montez !

Elle s'assit dans la voiture et, après avoir fermé la portière derrière elle, il s'installa au volant. Il faisait nuit noire et, à l'exception des camions de laitiers et d'une voiture occasionnelle, les rues étaient désertes.

Le professeur conduisait en silence. Absorbée par ses pensées, Franny sursauta quand elle entendit sa voix :

— En rentrant, prenez une boisson chaude et couchez-vous, même pour une heure ou deux. Cela vous fera du bien. Et ne vous inquiétez pas trop pour l'avenir. A chaque jour suffit sa peine. Y a-t-il quelqu'un chez vous en ce moment ?

— Mon frère. Il vient de commencer des études de médecine...

— Ah ? J'entrerai avec vous, si vous permettez.

Elle ne comprit pas pourquoi il tenait à entrer, mais elle était trop lasse pour s'en soucier.

Quand il arrêta sa voiture devant chez elle, Finlay les attendait sur le seuil.

— Comment va tante Emma, Franny ?

— Dites-le-lui, professeur. Je prépare du thé.

Un peu plus tard, tandis qu'ils dégustaient une tasse de thé fort avec des petits biscuits, Franny vit que Finlay écoutait le professeur avec une sorte de dévotion tandis qu'il lui expliquait, comme à un confrère, en quoi consistait l'opération que devrait subir sa tante. Il ne promit rien, mais se montra confiant, et, en écoutant sa voix calme, Franny reprit courage.

— Bien, je vais vous laisser vous coucher..., dit-il soudain.

Elle se leva et il l'imita, la remercia pour le thé et lui souhaita une bonne nuit.

— Merci de m'avoir raccompagnée, dit-elle sans pouvoir cacher sa lassitude. Soyez prudent sur la route.

Vaincue par la fatigue, elle s'écroula sur son lit après avoir réglé l'alarme de son réveil à 8 heures. Bien qu'on fût samedi, lady Trumper l'avait priée d'être là à 10 heures, et elle avait trop besoin de ce travail pour discuter ses ordres.

Le lendemain matin, elle trouva Finlay dans la cuisine en train de préparer des toasts.

— Tante Emma va bien, dit-il en souriant. Elle se repose.

— Tu es allé à la cabine téléphonique ?

— Non. Le Pr van der Kettener m'a laissé son téléphone mobile le temps nécessaire, dit-il en sortant l'appareil de sa poche. On peut appeler l'hôpital quand on veut.

Franny bénit silencieusement le professeur. Il était réconfortant de se sentir aidé, le temps de retomber sur ses pieds, bien sûr.

Elle se présenta chez lady Trumper comme d'habitude et s'installa dans le petit bureau pour s'occuper du courrier. L'après-midi, elle irait voir tante Emma à l'hôpital et, plus tard, Finlay et elle décideraient de la marche à suivre.

La voix de lady Trumper s'éleva avec impatience.

— Que vous êtes lente aujourd'hui, ma fille ! Et vous avez une mine de déterrée. J'espère que vous ne menez pas une vie dissolue !

Trop angoissée pour répliquer, Franny resta silencieuse. Elle aurait aimé se blottir contre un torse solide pour pleurer toutes les larmes de son corps. Le professeur aurait bien fait l'affaire. Dommage qu'il ne l'aimait pas...

# 3.

Assise au chevet de tante Emma à l'unité de soins intensifs, sa main fluette dans la sienne, Franny s'efforçait de lui dissimuler son inquiétude. La vieille dame somnolait, s'éveillant de temps à autre pour la questionner d'une petite voix anxieuse.

La surveillante apprit à Franny que le Pr van der Kettener était passé la voir le matin et s'était déclaré satisfait de son état. Il attendait les résultats des examens pour l'opérer.

— Et ensuite ? demanda Franny. Ma tante aura-t-elle besoin d'une attention constante ? Pourra-t-on la laisser seule ?

— Elle ne devrait pas avoir besoin de soins spécifiques et devrait pouvoir rester seule. Quel genre de travail avez-vous ?

— Pour l'instant, je travaille la journée, mais j'envisage de trouver un emploi de nuit. J'ai un frère qui vit à la maison, et il serait là la nuit et moi le jour. Je devrai dormir un peu, bien sûr, mais tante Emma saurait qu'elle n'est pas seule. Je suis sûre que nous trouverons une solution.

— Peut-être pourrions-nous mettre votre tante dans un établissement spécialisé ?

— Elle en mourrait. Et puis, elle nous a donné un foyer, à mon frère et moi, et maintenant, c'est mon tour de m'occuper d'elle. Tout ira bien, conclut fermement Franny.

Ce soir-là, pendant le dîner, le frère et la sœur élaborèrent un plan d'action.

— Je resterai chez lady Trumper aussi longtemps que possible, décréta Franny. Entretemps, je chercherai un travail de nuit. Peut-être dans une maison de retraite non loin d'ici.

— Je pourrais travailler...

— Non, nous ne sommes pas encore réduits à cette extrémité.

Quoique... il était temps de régler la facture de gaz, et le loyer, si modeste fût-il, devait être payé aussi. Et il fallait se nourrir. Dans ce domaine, les économies étaient possibles. Finlay avait besoin d'un petit déjeuner substantiel, mais elle pouvait prétendre qu'elle suivait un régime amaigrissant.

— Nous pourrions écrire à oncle William, suggéra Finlay.

— Je préférerais mourir, et je suis sûre que toi aussi !

— Mais c'est le frère de notre mère... Même s'il était furieux qu'elle ait épousé papa, il a dû se calmer. Il y a si longtemps...

— Oui, mais il a juré de ne plus jamais la revoir, et il n'a pas voulu entendre parler de nous quand nos parents se sont tués dans cet accident. Il a toujours pensé qu'elle s'était mésalliée, même si c'était faux. Et rappelle-toi comme il a mal traité tante Emma, simplement parce qu'elle avait assisté à leur mariage et continuait à les voir.

— Mais maintenant que tante Emma est si malade, il l'aiderait sûrement ?

— Finlay, tant que nous n'avons pas d'autre solution, je ne veux rien avoir à faire avec l'oncle William. Il est méchant. Quand tante Emma lui a écrit pour lui annoncer la mort de nos parents, il lui a renvoyé sa lettre déchirée en mille morceaux.

Elle commença à débarrasser la table.

— Ne t'inquiète pas, Finlay, tout ira bien.

Elle ne lui annonça pas qu'elle était passée au supermarché en rentrant et qu'on l'avait engagée pour s'occuper du réassortiment des rayons de 20 heures à 22 heures, tous les soirs.

Les petits emplois temporaires pullulaient à l'approche de Noël, et on avait été trop heureux de l'embaucher. Le salaire n'était pas très élevé, mais si tante Emma restait trois semaines à l'hôpital, elle pourrait économiser.

Il se passa plusieurs jours avant que la surveillante ne lui annonce que sa tante était assez bien pour subir l'intervention.

— Comme c'est le Pr van der Kettener qui l'opèrera, elle a toutes les chances de s'en remettre. C'est un très grand chirurgien, vous savez. Il retourne en Hollande pour Noël, mais d'ici là, votre tante devrait être en bonne voie de guérison. Vous vous inquiétez beaucoup pour elle, n'est-ce pas ? Vous semblez fatiguée. Vous dormez bien ?

— Oui, merci. Je me fais du souci, bien sûr, mais je suis convaincue que tout ira bien. J'aimerais tant avoir tante Emma à la maison pour Noël. Vous croyez que ce sera possible ?

— Peut-être. Mais c'est dans plus de trois semaines. Le professeur en décidera avant de partir. Il opère Mme Blake dans deux jours et laissera ses instructions à son chef de clinique pour vous tenir au courant de son état.

Le jour de l'intervention, Franny se rendit directement à l'hôpital en quittant la maison de lady Trumper. Elle trouva sa tante en réanimation, reliée par de nombreux tuyaux à tout un appareillage indispensable à sa survie, mais consciente.

— Je suis de retour, ma chérie, murmura-t-elle avant de se rendormir.

Franny resta un long moment à lui tenir la main, la tête vide. Elle était épuisée, ayant très mal dormi les deux dernières nuits. De temps en temps, une infirmière venait vérifier l'état de la patiente, lui suggérant gentiment d'aller prendre un café, mais Franny secouait la tête.

Un moment donné, la porte s'ouvrit et la surveillante entra, accompagnée d'un jeune médecin, d'un homme plus âgé et du Pr van der Kettener. Franny se leva et alla regarder par la fenêtre pendant qu'ils examinaient sa tante.

Le groupe se dispersa une dizaine de minutes plus tard, et le professeur s'approcha d'elle.

— Je suis très satisfait de l'état de votre tante, dit-il sans préambule. Elle va dormir toute la nuit et sera surveillée de près. Vous devez être fatiguée. Rentrez chez vous vous reposer et téléphonez demain matin.

Elle le scruta, s'efforçant de lire ses pensées derrière son calme apparent.

— Je veux savoir si l'opération a été une réussite et si ma tante se remettra complètement, combien de temps elle restera ici, et si elle aura besoin de soins une fois à la maison.

Il fronça les sourcils.

— Il est un peu tôt pour répondre à ces questions, mademoiselle Bowen. Je peux toutefois vous assurer que l'intervention est un succès. Son hypertension va s'améliorer, et on débranchera le respirateur d'ici vingt-quatre heures. Ses fonctions vitales seront contrôlées toutes les demi-heures et, bien entendu, on surveillera de près le moniteur cardiaque. Soyez tranquille, toutes les précautions seront prises.

— Je n'en doute pas. Je ne voulais pas me mêler de...

— Je comprends votre anxiété. Votre tante restera ici environ trois semaines et, quand elle rentrera chez elle, elle pourra mener une vie normale, sans soins particuliers. Mais il faudra qu'elle se fasse suivre régulièrement.

— Merci d'avoir pris le temps de m'expliquer tout ça. Je sais que vous êtes très occupé.

Marc sourit, inclina la tête et s'en alla. Le visage de Franny était pâle et marqué par la fatigue, mais pas le moins du monde abattu. On pourrait peut-être lui trouver de l'aide quand sa tante rentrerait chez elle, mais, de toute évidence, les deux femmes n'avaient pas de gros revenus. Pourtant, il vaudrait mieux que Franny reste à la maison pendant la convalescence de sa tante, ce qui impliquait qu'elle quitte son emploi...

Il monta dans sa voiture, démarra, et n'y pensa plus.

En regagnant Fish Street, en revanche, Franny songeait à lui. Il avait l'agaçante habitude de surgir dans ses pensées aux moments les plus inattendus, comme si elle n'avait pas assez de préoccupations !

Ce soir-là, tandis qu'elle réapprovisionnait les rayons du magasin en poudre à laver et conserves variées, elle eut tout le temps de réfléchir à la situation.

Tant que sa tante serait hospitalisée, elle pourrait travailler au supermarché, mais, ensuite, se serait plus difficile. Elle devrait probablement quitter lady Trumper qui n'était pas femme à transiger, mais non sans avoir trouvé un autre emploi. Les maisons de retraite employaient souvent des personnes avec une expérience d'infirmière pour le travail de nuit, même si elles n'étaient pas qualifiées.

Malheureusement, il n'y avait pas beaucoup de maisons de retraite dans le quartier de Fish Street...

De retour chez elle, elle informa Finlay de ses projets.

⁂

Tante Emma se remettait lentement et, d'après la surveillante, le professeur était content de ses progrès.

— Il a même dit qu'elle pourrait probablement rentrer chez elle pour Noël.

En remplissant les rayons de Christmas puddings et autres gâteaux de fête, Franny élaborait des plans en prévision du retour de tante Emma. Aidée de Finlay, elle lui avait installé une chambre dans le salon pour lui éviter de monter à l'étage, puis la surveillante lui avait dit que Mme Blake aurait besoin d'exercice, et ils avaient donc remis les meubles à leur place initiale. Franny entreprit aussi de faire des provisions, profitant des réductions intéressantes accordées au personnel du supermarché.

Elle avait bien organisé sa nouvelle vie, et si elle manquait de sommeil, elle arrivait à faire face. Toutefois, lady Trumper, le regard sévère, ne lui épargnait pas ses critiques.

— Vous avez une mine affreuse... Ce que vous faites de vos loisirs ne me concerne pas tant que cela n'affecte pas votre efficacité, disait-elle. Et n'espérez pas avoir plus de deux jours de congé pour Noël. C'est une période particulièrement chargée pour moi entre les réceptions et le courrier à écrire. A propos, il faut que vous alliez chez ma couturière chercher ma robe de cocktail. Prenez le bus et soyez aimable pour ne pas vous attarder en route.

Les journées de Franny étaient de plus en plus chargées à mesure que Noël approchait. Lady Trumper avait beau se plaindre de toutes les tâches qui lui incombaient en cette période de fête, elle savait s'en décharger sur son entourage. Quand elle passait la matinée à acheter des cadeaux, c'était Franny qui les empaquetait et les étiquetait. Et c'était encore elle qui courait à la poste, rédigeait les cartons d'invitation et ouvrait la porte aux visiteurs lorsque Barker et la bonne étaient occupés ailleurs.

Avant de partir pour la Hollande, le Pr van der Kettener passa voir tante Emma à l'hôpital. Déjà active, elle passait une grande partie de ses journées debout, mais ce soir-là, elle profitait tranquillement de la visite de Franny, assise dans un fauteuil.

— Professeur, comme c'est gentil de venir me voir ! Je vous croyais en Hollande...

— Je pars demain matin et je voulais vous rendre une dernière visite. Vous allez rentrer chez vous dans quelques jours, mais je souhaite vous revoir à mon retour. La surveillante s'arrangera avec le service d'ambulance pour vous faire conduire à ma consultation.

Il regarda Franny.

— Vous serez contente d'avoir de nouveau votre tante à la maison. Ne la laissez pas en faire trop... Je quitte l'hôpital dans une demi-heure, je vous raccompagne chez vous.

— Merci infiniment, mais ce n'est pas la peine. Vous devez avoir beaucoup à faire, surtout si vous partez demain.

— Je serai devant l'entrée principale dans trente minutes.

Il inclina brièvement la tête, serra la main de sa patiente et s'éloigna.

— Voilà un homme attentionné, observa tante Emma. Il est très apprécié ici, tu sais. Il n'a pas besoin d'élever la voix pour se faire respecter. C'est quelqu'un de très bien.

Franny songea qu'elle avait tout intérêt à suivre les instructions du professeur qui était fort capable d'envoyer quelqu'un la chercher si elle ne se présentait pas à l'entrée à l'heure indiquée. De toute façon, la Rolls-Royce était infiniment plus confortable qu'un autobus bondé. Et, avec un peu de chance, elle aurait le temps de déguster une tasse de thé avant de repartir travailler au supermarché.

La Rolls était garée juste devant l'entrée. Le professeur en descendit pour lui ouvrir la portière.

— C'est gentil de me ramener, dit-elle pour meubler le silence. Les bus sont si lents...

Comme il ne répondait pas, elle reprit :

— Je suppose que vous êtes heureux de rentrer chez vous ?

Le professeur émit un grognement indistinct.

— Noël est une période si belle, poursuivit Franny sans se laisser décourager. Votre famille doit vous attendre ?

— Ma famille et moi ne sommes pas d'un grand intérêt pour vous, mademoiselle Bowen, commenta-t-il froidement.

— J'aime me renseigner sur les gens. Pas vous ?

— Uniquement pour ce qui concerne leur santé.

— Comme c'est ennuyeux ! dit-elle en souriant. Mais j'imagine que vous devez être fatigué par tous ces patients.

— Il n'y a pas que mes patients qui me fatiguent...

— Oh ! je parle trop ? Excusez-moi.

Elle n'ouvrit plus la bouche le reste du trajet, et se contenta de le remercier poliment et de lui souhaiter un joyeux Noël une fois arrivée à Fish Street.

— Vous ne m'invitez pas à boire un café ? s'enquit-il.

— Si, bien sûr, dit-elle, surprise. Je ne vous le proposais pas parce que vous sembliez contrarié... non, fatigué. Mais entrez, je vous en prie. Finlay doit être à la maison. C'est un de vos fans.

Il la suivit dans l'étroit vestibule où sa haute silhouette semblait occuper tout l'espace.

— Entrez dans le salon... Finlay, le Pr van der Kettener vient boire un café !

Elle laissa son invité avec son frère et alla dans la cuisine faire chauffer de l'eau et préparer un plateau. Elle avait presque une heure devant elle avant de se rendre au supermarché. Le professeur serait sûrement parti d'ici là.

Elle se trompait. Une heure plus tard, il était encore là,

à discuter des fonctions cardiaques avec un Finlay subjugué, et ne semblait pas désireux de partir. En désespoir de cause, Franny se leva.

— Non, restez assis, dit-elle comme il l'imitait. Je... je dois m'absenter, et je vous dis au revoir.

Il regarda Finlay d'un air interrogateur.

— Franny s'occupe du réapprovisionnement des rayons du supermarché deux heures tous les soirs, expliqua celui-ci.

Le professeur hocha la tête et sourit.

— Vous êtes toujours employée chez lady Trumper?

— Oh! oui, le travail n'est pas dur et... j'aime être occupée. Finlay va préparer un autre café, si vous n'êtes pas pressé.

— Quand rentrez-vous?

— Vers 10 heures.

Organiser les rayons du magasin n'exigeait pas un gros effort mental, mais c'était fatigant. Son service terminé, Franny rentra chez elle en compagnie de deux jeunes filles du quartier, et elle se sentit sottement déçue en constatant que la Rolls-Royce avait disparu.

Comme elle pénétrait dans la maison, une appétissante odeur de poisson frit lui chatouilla les narines. Dans le salon, Finlay leva la tête de ses livres et lui sourit.

— Le professeur est vraiment chouette... Il est allé chercher du poisson et des frites sous prétexte qu'il n'avait pas déjeuné à midi et qu'il mourait de faim. Il en a pris pour toi aussi. Je te l'ai gardé au chaud dans le four.

— Il est allé lui-même au *Fish and Chips* du coin? s'exclama-t-elle, incrédule.

— Mais oui. C'est un homme simple, sans prétention.

Franny s'attaqua à son dîner sans plus attendre. Les frites étaient croustillantes à souhait, et le poisson — du carrelet dans une fine croûte de chapelure dorée — tendre et fondant, infiniment meilleur que le merlu qu'elle achetait toujours parce qu'il coûtait moins cher...

— Où avez-vous dîné ? demanda-t-elle en regagnant le salon.

— Ici... Il m'expliquait la technique du pontage.

— Eh bien, manger sur ses genoux a dû être une expérience nouvelle pour lui...

Dînant sans appétit, le professeur s'attira un regard chargé de reproches de Crisp.

— Les circonstances m'ont contraint à manger du poisson-frites il y a moins d'une heure, Crisp, avoua-t-il.

— Du poisson-frites ? s'écria Crisp, horrifié. Pas d'une de ces échoppes où on les sert dans du papier journal, j'espère ?

— Si, je le crains, mais on les a mis d'abord dans des sacs.

— J'espère que vous ne serez pas malade, monsieur, soupira le domestique. Je suppose que vous n'aviez pas le choix...

— Non. Ceci dit, j'ai trouvé ça très bon, même s'il n'y a pas de comparaison avec vos délicieux petits plats, Crisp.

Crisp se permit un sourire poli et alla chercher le café.

— C'est très curieux, confia-t-il à son chat Lucifer, un gros félin tigré qu'il avait recueilli. Le professeur se comporte bizarrement, même s'il a ses raisons. Du poisson-frites, vraiment !

Lucifer lui jeta un regard compatissant qui lui mit du baume au cœur.

Le souvenir de la soirée passée à Fish Street occupait l'esprit de Marc. Il revoyait clairement la misérable petite maison, son intérieur modeste, mais propre et net, la gaieté spontanée de Franny. Noël ne serait guère une fête pour elle et les siens...

Il pouvait leur faire livrer anonymement un panier garni, mais Franny le soupçonnerait sûrement de l'avoir envoyé.

Il s'enferma dans son bureau pour y mettre un peu d'ordre avant son départ, mais le petit visage mutin de Franny ne cessait de le hanter. Il y avait certainement un moyen de faire parvenir des friandises à Fish Street sans que Franny refuse. Car il savait qu'elle renverrait tout cadeau de sa part. Elle n'était pas du genre à accepter la charité.

La solution lui vint si soudainement qu'il s'étonna de ne pas y avoir pensé avant. Il jeta un coup d'œil à sa montre. Il avait encore le temps de passer un coup de téléphone...

Tante Emma quitta l'hôpital deux jours avant Noël. Après avoir fait ses adieux au personnel soignant, elle attendit que l'ambulance vienne la chercher. Elle avait bien écouté les recommandations du jeune médecin qui l'avait soignée, remercié la surveillante et les infirmières et leur avait remis la boîte de chocolats que Franny avait enveloppée dans du joli papier cadeau. L'apparition inattendue de la surveillante l'étonna.

— Madame Blake, j'ai une surprise pour vous. Pendant votre hospitalisation, il y a eu une loterie à l'hôpital et nous vous avons pris un billet. Et devinez quoi ? Vous avez gagné le premier prix !

Elle lui tendit un grand panier d'osier enveloppé de Cellophane et rempli de paquets, de bocaux et de conserves.

— Je suis sûre que votre nièce a déjà prévu un bon petit repas de Noël, mais vous en aurez certainement l'usage.

— J'ai gagné tout ça ? s'écria tante Emma, les yeux brillants de larmes. C'est merveilleux ! Quelle chance ! Nous allons nous régaler. Mais je vous dois le billet de loterie...

— Non, non, répondit vivement la surveillante. Nous

offrons les billets à tous les patients qui ne peuvent les acheter eux-mêmes.

Candide de nature, tante Emma ne soupçonna pas la ruse.

De retour à Fish Street, elle fut chaleureusement accueillie par Franny et Finlay qui la conduisirent dans le salon, l'installèrent devant la cheminée et lui apportèrent son thé avec une grosse part de gâteau, tout le monde parlant en même temps.

On était en milieu d'après-midi. A contrecœur, lady Trumper avait accordé une demi-journée à Franny, qui avait plusieurs heures devant elle avant de se rendre au supermarché. Quand ils eurent pris leur thé, Franny approcha une petite table de tante Emma et y posa le panier d'osier.

Il contenait un extraordinaire assortiment d'épicerie fine : du thé — pas des sachets, mais d'élégantes petites boîtes d'Earl Grey, d'Assam raffiné, d'Orange Pekoe — des petits sachets de cappuccino, des bocaux de foie gras, du saumon fumé, un jambon de Parme, de l'aspic de poulet, un traditionnel gâteau de Noël, un cake aux fruits, des fruits confits, une boîte de chocolats, un diplomate, un assortiment des meilleurs fromages français, et une bouteille de champagne.

Franny disposa le tout sur la table et recula, émerveillée.

— C'est comme un rêve. Nous allons pouvoir fêter Noël dignement. Quel prix extraordinaire ! Les autres patients ont-ils gagné quelque chose ?

— Je l'ignore, ma chérie. J'ai été prise de court. Ça valait presque la peine de se faire opérer...

Et tante Emma rit de bon cœur de sa petite plaisanterie.

La veille de Noël, Franny se rendit chez lady Trumper comme d'habitude, et malgré le temps maussade et l'humeur chagrine des passants, elle se sentait heureuse. Tante Emma, en forme, était de retour à la maison, Finlay avait réussi ses partiels, et ils avaient de quoi faire un magnifique repas de Noël. La mine grincheuse de Barker n'arriva pas à gâcher sa bonne humeur, et les tièdes remerciements qu'elle reçut en remettant leurs petits cadeaux aux membres du personnel ne lui procurèrent qu'une déception passagère.

Un peu de joyeuse détente aurait été la bienvenue mais, bien que la demeure fût somptueusement décorée à l'occasion des fêtes, il semblait évident que pour lady Trumper, l'esprit de Noël se limitait aux apparences. Toute la journée elle trouva à redire aux faits et gestes de Franny, déplora de devoir recevoir des amis pour l'apéritif du soir, et s'indigna du montant exorbitant des factures qu'elle avait reçues au courrier du matin.

— Je suis obligée de dépenser une vraie fortune ! se plaignit-elle à Franny. Mais mes créanciers attendront. Je les règlerai après les fêtes !

Surprenant le regard choqué de Franny, elle ajouta :

— Vous pensez peut-être que je devrais les payer sur-le-champ ? Ces gens dépensent tout leur pécule en camelote et en boissons, de toute façon...

Cette fois, Franny fut incapable de se taire.

— Oui, je pense que vous devriez payer vos dettes à ceux qui ont gagné cet argent et en ont besoin pour vivre. Ils ont des enfants à entretenir, des écoles à payer. Et ils dépensent beaucoup moins en boissons que vous et vos amis, lady Trumper. J'ai vu dans vos papiers une facture de champagne — une douzaine de bouteilles à plus de vingt livres chacune — qui permettrait à une grande famille de vivre au moins deux semaines !

Lady Trumper faillit s'étouffer.

— Petite insolente ! hoqueta-t-elle. Vous pouvez prendre vos affaires et quitter cette maison ! Je regrette seulement d'avoir écouté le Pr van der Kettener.

— Je me doutais que vous réagiriez ainsi, dit Franny.

Elle avait perdu son emploi, mais, pour le moment, elle s'en moquait. Chacun avait le droit d'avoir son opinion, et elle l'avait formulée. Elle commença à ranger le bureau où elle était en train de rédiger des marque-places pour le repas de Noël.

— J'ai travaillé deux jours et demi, dit-elle en faisant le calcul au dos d'une enveloppe. Cela fera...

— Je ne vous payerai pas un penny ! coupa lady Trumper.

— Alors, je devrai vous traîner devant les tribunaux, rétorqua calmement Franny.

Lady Trumper la fixa, outrée.

— Prenez ce qui vous est dû dans le bureau.

Franny la remercia, compta les billets et les lui montra.

— J'espère que vous trouverez quelqu'un à votre goût pour me remplacer. Et je vous souhaite un joyeux Noël, lady Trumper.

Elle quitta la pièce, descendit dans la cuisine faire ses adieux à tout le monde et, les laissant à leur surprise, s'en alla.

Il était inutile d'annoncer à tante Emma et Finlay qu'elle avait perdu son travail. Elle aurait eu quelques jours de congé pour Noël, de toute façon. Elle le leur dirait quand les fêtes seraient passées et se mettrait en quête d'un autre emploi. Un travail de nuit, de préférence, qui lui permettrait de s'occuper de tante Emma.

Elle souhaita un joyeux Noël au chauffeur et, sautant de l'autobus, se dirigea vers Fish Street. Elle devait aller travailler au supermarché un peu plus tard, mais, pour l'instant, ils allaient prendre le thé avec les petits gâteaux qu'elle avait faits la veille, et elle préparerait un hachis parmentier pour le dîner.

La vue de la boutique de *Fish and Chips* lui rappela le professeur. Il devait être avec sa famille à présent — un magnifique sapin de Noël scintillant de tous ses feux, les femmes revêtues de leurs plus beaux atours, et les enfants piaffant d'impatience... s'il avait des enfants, et il en avait sûrement s'il était marié. Et plus tard, ils se réuniraient autour de la table familiale pour un réveillon inoubliable...

Elle ne se trompait pas. Comme chaque année, Marc avait réuni toute sa famille autour de lui et, à cet instant, présidant à la grande table d'acajou, il recevait ses trois sœurs, son frère, leurs époux et femme respectifs et leur progéniture. Il écoutait distraitement leurs voix enjouées et se joignait de temps en temps à la conversation tout en songeant à Franny.

Ce n'était ni l'endroit ni le moment de penser à elle, mais elle occupait beaucoup ses pensées ces temps-ci. Sans doute parce qu'il la plaignait. En tout cas, il admirait son optimisme forcené en dépit de la triste vie qu'elle menait. Même avec le panier de bonnes choses qu'il avait trouvé moyen de lui faire parvenir, Noël n'aurait sûrement rien de magique pour elle...

Il jeta un regard circulaire autour de lui et se demanda ce qu'elle penserait de son vaste appartement avec ses murs lambrissés et ses hauts plafonds à moulures. Dans la spacieuse salle à manger, une belle cheminée au tablier de marbre occupait tout un pan de mur, et devant les trois hautes fenêtres drapées de velours rouge, une grande desserte scintillait de l'éclat de l'argenterie. Sur le parquet ciré, un magnifique tapis d'Aubusson s'harmonisait au rouge des tentures.

Au centre de la table, un ravissant arrangement floral composé de houx et de roses de Noël attirait les regards. Au plafond, le lustre en cristal flamboyait au-dessus des dix-sept convives rassemblés pour ce réveillon traditionnel qu'ils n'auraient manqué pour rien au monde.

Demain, jour de Noël, on se réunirait de nouveau

autour de la table après la messe pour le repas familial. Le reste de la journée serait consacré aux enfants, et plus tard, quand ils seraient couchés, les adultes se retrouveraient autour d'un buffet.

Suzy, sa sœur cadette, interrompit le cours de ses pensées.

— Marc, tu crois que tu auras une épouse pour présider la table avec toi à Noël prochain ? demanda-t-elle malicieusement.

— Je n'ai pas de projets de mariage, ma chérie, répondit-il d'un ton léger, mais il paraît que l'amour arrive sans prévenir. Il est probable que je vous surprendrai tous..

Les rires fusèrent autour de la table, puis la conversation prit un tour plus sérieux.

Ce soir-là, quand les enfants furent au lit, des amis se joignirent à eux autour du buffet. Déambulant parmi ses invités, Marc ne pensa plus à Franny. Mais plus tard, alors qu'il se détendait seul dans son bureau, son labrador Biddy étendu à ses pieds, il se surprit à se demander ce qu'elle faisait...

# 4.

Couchée dans son lit, Franny réfléchissait. Le repas de réveillon, singulièrement amélioré par les mets de choix gagnés par tante Emma, avait été parfait, d'autant que le directeur du supermarché avait ajouté une boîte de marrons glacés à son salaire de la semaine. Maintenant, elle avait deux jours de congé devant elle et, ensuite, elle se mettrait en quête d'un nouvel emploi qu'elle ne doutait pas de trouver rapidement. Elle s'endormit sur ces pensées optimistes.

Si elle songea au professeur les deux jours qui suivirent, elle ne le laissa pas envahir ses pensées. Elle écouta tante Emma vanter ses louanges parce qu'elle n'avait pas le choix, mais elle s'efforça de le voir comme il était à l'hôpital — aimable et impersonnel, comme il se comportait avec tous les parents de ses patients. Elle préférait ignorer l'autre Marc van der Kettener qui achetait du poisson-frites enveloppé dans du papier journal, et qui était infiniment plus sympathique...

En se couchant le lendemain de Noël, Franny s'autorisa pourtant à penser à lui quelques minutes. Elle ne le reverrait probablement pas, sinon peut-être à sa consultation, quand elle emmènerait tante Emma faire son check-up. Elle n'aurait pas l'occasion de lui parler et, de toute façon, il s'était déjà montré agacé par son bavardage. Il valait mieux qu'elle ne le revoie pas et qu'elle laisse Finlay conduire tante Emma à son cabinet...

Noël passé, elle se mit activement à la recherche d'un emploi. L'examen des petites annonces des journaux à la bibliothèque locale se révéla encourageant car bon nombre de maisons de retraite et d'établissements de repos recherchaient du personnel pour aider. Mais la plupart étaient situés loin de Fish Street, hélas ! et elle ne pouvait pas se permettre de perdre du temps dans les transports, ni de dépenser une fortune en déplacements. Elle sélectionna néanmoins quelques propositions et rentra chez elle rédiger des lettres de candidature. C'est alors qu'elle informa tante Emma de sa décision.

— J'envisageais de changer d'emploi depuis quelque temps, et j'aime le travail de nuit, lui dit-elle. Finalement, je suis contente que lady Trumper m'ait licenciée...

— Vraiment, ma chérie ? Tu ne fais pas cela à cause de moi, j'espère ? demanda Mme Blake, sceptique.

— Grands dieux, non ! s'écria Franny avec conviction.

Elle reçut une réponse de trois maisons de retraite dont la plus proche se trouvait à Pimlico, facilement accessible par le bus. La lettre ne faisait pas état des tâches qui lui incomberaient ni du montant du salaire proposé, mais précisait qu'il faudrait travailler cinq nuits par semaine, de 20 heures à 8 heures. Franny devait téléphoner pour prendre rendez-vous en vue d'un entretien préalable.

Le lendemain matin, elle chronométra soigneusement le trajet en se rendant à la maison de retraite, un ancien hôtel particulier d'aspect un peu triste avec de lourds rideaux aux fenêtres et un écriteau accroché à la porte priant les démarcheurs d'emprunter l'entrée de service.

Franny sonna. Une jeune employée, enrhumée s'il fallait en croire son nez rougi, vint lui ouvrir, et la conduisit dans une salle austère où elle la pria de patienter. La pièce était froide et humide, et Franny en déduisit qu'elle était rarement utilisée.

L'employée revint quelques minutes plus tard et l'accompagna dans un bureau qui donnait sur la rue, bien chauffé et équipé de tout le confort.

La femme assise au bureau ne ressemblait en rien à ce que Franny avait imaginé. Agée d'une trentaine d'années, elle était élégamment vêtue et maquillée avec soin, les cheveux coupés à la dernière mode.

— Mademoiselle Bowen ? s'enquit-elle en lui tendant une main parfaitement manucurée. Je suis Mme Kemp. Asseyez-vous, je vous prie. Vous avez des références ?

Elle parcourut rapidement les documents remis par Franny.

— Cela me paraît satisfaisant. Etes-vous prête à travailler immédiatement ? Nous avons dix-huit pensionnaires, et la nuit, elles sont sous la responsabilité d'une infirmière diplômée que vous assisterez. Comme vous n'êtes pas qualifiée, votre salaire sera donc fixé en conséquence.

Elle mentionna une somme dérisoire, mais Franny ne protesta pas, ne pouvant se permettre de faire la fine bouche.

— Vous disposerez d'une heure de pause pendant la nuit, reprit Mme Kemp. Trois quarts d'heure pour le repas, et un quart d'heure pour prendre le thé. Vous n'aurez pas besoin d'un uniforme, je fournis des blouses à tout le personnel. Je vais demander qu'on vous fasse visiter les lieux...

Une femme d'une soixantaine d'années répondit à

son coup de sonnette. Franny lui emboîta le pas et s'efforça de lier connaissance avec elle, mais sa mine revêche la découragea vite.

La plupart des chambres disposaient de quatre lits, tous impeccables, certaines un ou deux seulement. La salle commune était meublée de fauteuils occupés par des femmes d'âges divers. Elles ne faisaient rien, bien que la télévision fût allumée et que de nombreuses revues fussent à leur disposition.

— Venez voir la cuisine, dit son guide. Vous y préparerez les boissons chaudes et y prendrez les petits déjeuners.

Franny la suivit, déprimée par le spectacle des vieilles dames apathiques et silencieuses. Elle espérait que leurs familles venaient les voir souvent et qu'elles étaient suivies par un bon médecin au sein de l'établissement.

De retour dans le bureau de Mme Kemp, elle lui annonça qu'elle acceptait le poste.

— Très bien, mademoiselle Bowen. Je vous demanderai un préavis de huit jours en cas de départ et, bien sûr, vous devrez payer tout ce que vous casserez. En outre, j'exige une parfaite ponctualité.

— Vos patientes restent-elles assises toute la journée ? demanda Franny. Ne sortent-elles pas se promener un peu ? Et le médecin leur rend-il régulièrement visite ?

— Elles sont libres d'aller où elles veulent, répondit Mme Kemp avec un sourire crispé. Bien entendu, leurs familles les sortent, et nous avons un excellent médecin... Je vous attends demain soir, mademoiselle Bowen.

L'employée qui avait fait visiter la maison à Franny la raccompagna, la salua d'un air renfrogné et referma aussitôt la porte derrière elle.

Franny attendit l'autobus, absorbée par ses pensées.

Ce n'était pas l'emploi idéal, mais il avait des avantages — salaire fixe, lieu de travail facile d'accès. Elle préférait ne pas pousser ses réflexions plus avant, de crainte d'être trop déprimée.

Ce soir-là, elle fit à sa tante et à son frère un tableau résolument optimiste de la situation et, le lendemain soir, elle partit travailler à la maison de retraite.

Elle fut accueillie par l'employée maussade qui la conduisit à un vestiaire et lui remit une blouse et une coiffe d'infirmière.

— Les patientes aiment croire qu'elles ont affaire à de vraies infirmières, expliqua-t-elle avec le plus grand sérieux.

Franny demanda si elle verrait Mme Kemp.

— Non, elle est au théâtre. M. Kemp et elle adorent voir des pièces.

— Alors, qui est responsable ?

— L'infirmière Payne, à l'étage.

Elle l'accompagna au premier et poussa la porte de la petite pièce réservée au personnel. Une femme légèrement corpulente y était assise et dégustait un café.

— Vous êtes la nouvelle infirmière ? demanda-t-elle avec un sourire aimable. Ravie de vous connaître. Je m'appelle Becky Payne. Prenez un café et bavardons un peu...

Franny s'assit, suivant des yeux l'employée revêche qui s'éloignait sans un mot.

— Ne faites pas attention à elle, dit Mme Payne. C'est la gouvernante, elle s'occupe des repas et dirige la maison. De plus, deux femmes viennent faire le ménage tous les jours...

— Et le personnel soignant ?

— Mme Wright, l'infirmière, est responsable la journée, elle a deux assistantes à plein temps et une à mi-temps, et il y a nous.

— Mais qui nous remplace nos deux nuits de congé ?

— Mme Kemp ne vous l'a pas dit ? Nous nous remplaçons mutuellement. C'est un peu la bousculade quand on est seule, mais nous nous débrouillons. Après tout, personne n'est malade. Il s'agit juste de garder nos pensionnaires propres et confortables.

— Si quelqu'un tombe malade, qui dois-je prévenir ?

— Le Dr Trevor. Les Kemp habitent l'appartement du dernier étage, mais il est inutile de les déranger. Ne vous inquiétez pas, petite. Le travail est facile. C'est ce que vous cherchiez, non ?

— Oui. Je dois travailler de nuit pour être chez moi la journée...

— Je vais voir avec vous la liste des patientes, puis nous ferons le tour des chambres pour nous assurer qu'elles sont bien installées pour la nuit. Mme Wright a distribué les somnifères.

— Nous n'avons pas de médicaments à leur donner ?

— Non. Il n'y a aucune prescription, juste du sirop pour la toux, des inhalations, ce genre de choses.

Elles se levèrent.

— Mme Kemp est-elle infirmière diplômée ? demanda Franny en resserrant sa blouse trop large autour de sa taille.

— Oui. Mais elle ne met jamais les pieds hors de son bureau. Pour elle, cette maison est une mine d'or, ajouta-t-elle avec un clin d'œil entendu. Vous n'imaginez pas le nombre de gens prêts à payer une fortune pour se débarrasser de leur grand-mère...

Pendant la nuit, elles se relayèrent pour prendre leur repas que la gouvernante avait gardé au chaud dans la cuisine et, au petit matin, elles préparèrent du thé et le burent ensemble dans la pièce qui leur était réservée. Franny s'étonnait que les pensionnaires n'aient besoin d'aucun soin et qu'elle doive les réveiller à 7 heures en leur apportant leur tasse de thé matinal. En lisant leurs fiches, elle découvrit qu'elles prenaient toutes des somnifères.

— En ont-elles vraiment besoin? demanda-t-elle à Mme Payne pendant qu'elles distribuaient les plateaux du petit déjeuner.

— J'en doute, répondit Mme Payne en riant, mais si elles dorment toute la nuit, un personnel restreint est suffisant, n'est-ce pas?

— Que font-elles la journée? Plusieurs d'entre elles semblent tout à fait valides...

— Eh bien, il y a la télé, non? Et certaines lisent le journal. Elles sont bien nourries, tenues propres. Ecoutez, petite, je suis infirmière en gériatrie et travaille dans des maisons comme celle-ci depuis longtemps, alors je vous assure qu'elle n'est pas si mal, comparée à d'autres. Personne n'est maltraité ici, je vous le promets. Mais voici Mme Wright...

Agée d'une cinquantaine d'années, Mme Wright semblait gentille et efficace, et Franny partit un peu rassurée, laissant les pensionnaires aux soins de l'infirmière et de ses deux assistantes. La situation des vieilles dames la préoccupait, mais, après tout, elles paraissaient satisfaites de leur sort...

Franny s'intégra rapidement. Le travail n'était pas difficile, mais elle devait rester vigilante pendant tout son service et, deux nuits sur cinq, elle se retrouvait seule pour laver et nourrir dix-huit vieilles dames. Comme elle n'était pas du genre à se ménager, elle regagnait Fish Street épuisée le matin pour apporter son petit déjeuner à sa tante, et grignoter un toast accompagné d'un thé. Ensuite, elle rangeait la maison et préparait le déjeuner avant de se doucher. Après avoir aidé tante Emma à s'installer dans le salon, elle prenait un café avec elle, et lui servait un repas léger.

— Il faut que tu manges quelque chose, lui répétait tous les jours la vieille dame, à quoi Franny répondait invariablement qu'elle avait eu droit à un repas copieux à la maison de retraite.

— Je me cuisinerai quelque chose en me levant, répondait-elle. Je vais me coucher maintenant. Réveille-moi si tu as besoin de moi.

Elle laissait sa tante assise dans un fauteuil, avec son tricot et ses livres, et gagnait sa chambre. A peine avait-elle posé la tête sur l'oreiller que, lui semblait-il, l'alarme du réveil l'arrachait au sommeil, et elle devait de nouveau se lever. Revigorée par un repas partagé avec tante Emma et Finlay, elle se disait que, tout compte fait, la vie n'était pas si déplaisante.

Au bout de la deuxième semaine, elle avait pris ses habitudes. Lors de ses deux jours de congé, une bénédiction, elle pouvait faire les courses, nettoyer la maison, dormir deux nuits dans son lit, s'asseoir près de tante Emma et l'écouter évoquer ses jeunes années ou demander à Finlay de lui raconter ses journées. Elle était satisfaite, même si elle n'osait pas trop se projeter dans l'avenir.

Elle travaillait pour Mme Kemp depuis presque trois semaines quand tante Emma dut se rendre à l'hôpital St Giles pour un bilan de santé. La convocation ne stipulait pas quel médecin la verrait, mais, craignant que ce soit le professeur, Franny persuada Finlay de prendre son après-midi pour accompagner leur tante.

Lorsque vint le tour de tante Emma, Marc prit son temps pour l'examiner et en profita pour lui poser quelques questions. Etait-elle contente d'être rentrée chez elle ? Suivait-elle ses conseils et menait-elle une vie tranquille ? Franny l'avait-elle accompagnée ?

— C'est Finlay qui m'a amenée, répondit la vieille dame. Franny est au lit.

— Elle est malade ? demanda vivement Marc.

— Non, non. Elle travaille la nuit. La chère enfant a choisi cette solution pour pouvoir être avec moi pendant la journée. Finlay passe ses nuits à la maison, bien sûr.

Marc leva les yeux de ses notes.

— Je croyais qu'elle travaillait chez lady Trumper.

— Elle est partie. Je crois qu'elle a irrité lady Trumper...

— Est-elle satisfaite de son emploi actuel ? demanda Marc, peu étonné par la nouvelle.

— Eh bien, elle ne dit pas grand-chose... La maison de retraite semble triste, et elle est souvent seule...

— J'espère que ce n'est pas trop loin de Fish Street ?

— Non, elle prend le bus. Elle s'occupe de dix-huit pensionnaires... des vieilles dames pas vraiment malades, qui sont là parce que ça arrange leur famille.

— Il m'arrive d'être appelé dans des maisons de retraite, mais je ne me rappelle pas avoir visité celle-ci...

— Elle se trouve à Pimlico et s'appelle « Le Refuge ».

— Un nom approprié, commenta Marc en lui souriant gentiment. Mais on est toujours mieux chez soi, n'est-ce pas ?

— Oh oui ! Puis-je savoir si je suis bien remise ? Pourrai-je en faire un peu plus ? Ce serait une grande aide pour Franny si je pouvais me charger des courses et d'un peu de ménage.

— Il est encore tôt, mais vous pouvez commencer à faire des petites choses dans la maison. Toutefois, ne forcez pas et reposez-vous autant que possible. Vous dormez bien ?

— Comme un loir.

Il se leva et lui serra la main.

— Je voudrais vous revoir. Passez à la réception, on

vous donnera le prochain rendez-vous. Finlay est en salle d'attente ?

Comme tante Emma acquiesçait, Marc alla voir Finlay et passa plusieurs minutes à discuter avec lui de ses études.

L'après-midi touchait à sa fin quand tante Emma et Finlay regagnèrent la maison. Franny, qui était levée, écouta avec attention leur compte rendu en évitant soigneusement toute question sur le professeur...

Marc n'oubliait jamais le moindre détail — notamment toutes les informations concernant le nouveau travail de Franny. Il comptait aller la voir, ne fût-ce que pour s'assurer qu'elle avait un bon emploi et pouvait prodiguer à Mme Blake, sa patiente, les soins dont elle avait besoin.

Un emploi du temps moins surchargé lui en donna l'opportunité quelques jours plus tard, et après son petit déjeuner matinal, il prit la direction du « Refuge ». Garé non loin de la maison, il vit trois femmes y entrer — l'équipe de jour, selon toute probabilité — puis une femme plus âgée en sortit, suivie un moment après de Franny.

S'approchant en voiture, il remarqua qu'elle était pâle et qu'elle avait maigri. Il ouvrit la portière.

— Montez, ordonna-t-il.

Prise de court, elle obéit, puis protesta :

— Non, je ne veux pas. Je rentre à la maison...

Il lui attacha sa ceinture de sécurité.

— Bonjour, Franny. Je vous dépose chez vous.

— Que faites-vous là ?

— Je voulais vous parler.

— Au sujet de tante Emma ? Que se passe-t-il ?

— Rien. Votre tante se remet bien. Je voulais juste m'assurer que vous arriviez à vous débrouiller.

— Tout va bien. J'ai un bon emploi et tout le temps nécessaire pour m'occuper de ma tante et de la maison. Je regrette d'avoir contrarié lady Trumper, mais, de toute façon, il fallait que je trouve un poste de nuit, expliqua-t-elle avec un sourire las. J'ai deux jours de repos par semaine et le salaire est correct.

— Combien de patientes avez-vous ?

— Dix-huit. Elles ne sont pas malades, juste âgées, et elles ont besoin de soins.

— Combien d'infirmières y a-t-il la nuit ?

— Eh bien, il y a Mme Payne et moi...

— Qui vous remplace quand vous êtes en congé ?

— Oh ! nous nous remplaçons mutuellement !

— Vous travaillez donc seule ces nuits-là ? demanda-t-il en traversant le pont qui menait à Fish Street. Vous procédez à la toilette des pensionnaires et vous les nourrissez ?

— Oui. Pourquoi cela vous intéresse-t-il tant ?

La Rolls-Royce s'arrêta silencieusement devant la maison.

— Je constate que vous êtes surmenée, Franny. Vous manquez de sommeil et d'exercice, et vous commencez à ressembler à un charmant épouvantail.

Elle se tourna vers lui, indignée.

— Un épouvantail, vraiment ! Moi qui commençais à vous trouver gentil... eh bien, je me trompais ! Je vous sais gré de ce que vous avez fait pour tante Emma, ajouta-t-elle avec raideur, mais je vous assure que je suis parfaitement capable de veiller sur elle et de gérer ma vie. Merci de m'avoir ramenée.

Marc descendit de voiture pour lui ouvrir la portière.

— Je regrette de vous avoir mise en colère. Ecoutez un conseil de médecin. Essayez de trouver un travail loin de Londres, si vous pouvez, quelque part où votre tante pourra profiter d'un jardin et où vous aurez l'occasion de rencontrer des gens et de profiter de la vie. Pour l'instant, vous menez une existence d'esclave. Au revoir, Franny.

Franny ne répondit pas. Soudain, elle avait envie de lui dire que ce travail était atroce, qu'elle n'en pouvait plus, que sa vie lui faisait horreur. Et elle brûlait de se jeter dans ses bras forts et réconfortants...

Elle se contenta de marmonner un « au revoir » sans le regarder, et entra avant de refermer doucement derrière elle.

Finlay n'était pas là, et tante Emma était couchée. Ravalant ses larmes, Franny attaqua ses tâches matinales : thé pour tante Emma et pour elle, préparation du petit déjeuner, ménage du salon, rangement de la cuisine, élaboration du déjeuner, courses... Un autre jour dans une succession de jours semblables s'étirant à l'infini...

En préparant le plateau de tante Emma, elle repensa aux paroles du professeur. Il avait dit que tante Emma serait mieux loin de Londres. Après tout, cela valait la peine d'y réfléchir.

Les jours qui suivirent, elle s'y employa. Quitter Londres représenterait un grand bouleversement. Il faudrait d'abord trouver un studio pour Finlay qui n'y verrait sans doute pas d'inconvénient car il disposerait ainsi de ses loisirs à sa guise et n'aurait plus à rester le soir pour aider à la maison. Quant à tante Emma, le premier choc passé, l'idée lui plairait sûrement. En province, les loyers des appartements étaient moins élevés et elle-même pourrait dénicher un emploi mieux rémunéré...

Elle commença à éplucher les annonces des magazines à la recherche de places de dame de compagnie, baby-sitter ou aide domestique, décidée à prendre son temps pour trouver exactement ce qu'il lui fallait — une petite ville pas trop loin de Londres et de Finlay, un emploi de préférence avec un logement de fonction.

Résolument optimiste, elle s'interdit de songer à son propre avenir...

Les semaines passèrent au cours desquelles Franny rechercha une situation en province, sans toutefois en souffler mot à Finlay et tante Emma. Il serait toujours temps d'en parler quand elle aurait trouvé ce qu'elle voulait. Elle avait déniché trois postes intéressants dans le Kent, le Sussex et le Surrey, et avait posé sa candidature pour les trois. Rien ne semblait pouvoir se mettre en travers de ses projets.

Néanmoins, il y eut un obstacle : tante Emma attrapa un rhume qui se transforma en bronchite. Le médecin affirma qu'il n'y avait rien d'alarmant, mais elle devrait rester au lit jusqu'à la fin de son traitement d'antibiotiques.

En rognant sur ses heures de sommeil, Franny réussit tant bien que mal à cumuler son travail, les courses et l'entretien de la maison. Elle s'inquiétait car il lui semblait de plus en plus évident que sa tante avait besoin de davantage de soins qu'elle ne pouvait lui en donner, faute de temps.

Tante Emma se remit doucement. Au bout de quelques jours, elle quitta sa chambre, pâle et encore faible.

— Ça ne peut pas continuer ainsi, Franny. Tu en fais trop, il faut que ça cesse. Je pourrais aller dans une maison...

— C'est hors de question. C'est ici, ta maison... Je vais très bien, et tu es plus forte de jour en jour.

— Il faut faire quelque chose, insista sa tante. Je ne veux pas...

Elle fut interrompue par un coup frappé à la porte, et Franny, heureuse de mettre un terme à cette conversation, alla ouvrir.

L'oncle William se tenait sur le seuil, soutenu par

des béquilles et par sa femme, la tante Edith. Petit et corpulent, il avait un visage rougeaud avec des sourcils broussailleux perpétuellement froncés qui lui donnaient l'air féroce.

— Eh bien, ma fille, ne reste pas plantée là. Fais-moi entrer, dit-il de sa voix tonitruante.

L'oncle William n'était aimé de personne, sauf peut-être de son épouse. Beaucoup plus âgé que ses deux sœurs, il était déjà à leur naissance un enfant gâté parfaitement insupportable et, encouragé par la faiblesse de ses parents, il avait pris un malin plaisir à les persécuter. Elles avaient vaillamment résisté et, une fois, elles l'avaient roué de coups. Dans la mêlée, il était tombé, ce qui lui avait valu un œil au beurre noir, un nez cassé et plusieurs dents ébréchées.

Les deux sœurs avaient été sévèrement punies, mais il avait été la risée de tous ses camarades et avait juré de se venger un jour.

L'opportunité s'était présentée plus tôt que prévu, quand leurs parents étaient morts à quelques semaines d'intervalle, le laissant tuteur de ses sœurs.

Tante Emma lui avait échappé la première en se mariant contre sa volonté, mais comme elle était majeure, il n'avait pas pu s'y opposer. Puis la mère de Franny avait eu la chance de tomber amoureuse à dix-neuf ans, et elle avait convolé, en dépit des efforts de William pour empêcher le mariage.

Envahie d'un sombre pressentiment, Franny dévisagea celui qu'elle avait toujours considéré comme l'ogre de la famille.

— Quelle surprise, oncle William... Bonjour, tante Edith.

Elle inclina la tête à l'adresse de sa tante, une petite femme maigre vêtue d'un élégant manteau de cachemire, puis les précéda dans le salon où tante Emma se reposait, enveloppée dans un châle défraîchi. Somnolente, elle écarquilla les yeux en voyant les nouveaux venus.

— Tante Emma, voici l'oncle William et la tante Edith. J'ignore la raison de cette visite, mais nous n'allons pas tarder à la connaître... Asseyez-vous.

— Tu ne ressembles pas à ta mère, commenta l'oncle William d'une voix de stentor. Tu n'as pas l'air en bonne santé.

— Je vais très bien. Si la question vous intéresse, tante Emma a été opérée du cœur récemment et elle se remet doucement. Pourquoi êtes-vous là, mon oncle, après nous avoir ignorés toutes ces années ? ajouta-t-elle en lui jetant un regard hostile.

— C'est vrai, renchérit tante Emma, bien réveillée à présent. Tu as été un drôle de frère, et tu ne t'es même pas soucié de tes neveux. Et vous ne valez pas mieux, Edith...

Celle-ci parut stupéfaite. Elle ouvrit la bouche pour répliquer, mais son mari la devança.

— C'est précisément la raison de cette visite, dit-il en s'efforçant d'adoucir sa voix. Nous venons nous racheter.

Il se tut, attendant un témoignage de gratitude. En vain.

— Edith et moi avons décidé de vous offrir un foyer, reprit-il. Visiblement, tu en as besoin, Emma. Cette maison est à toi ?

— Non, William. Je la loue, mais c'est mon foyer, et je ne souhaite nullement vivre avec toi et Edith.

— Comme je te prends de court, je te laisse le temps de réfléchir. Nous accueillerons aussi Francesca et, bien sûr, Finlay, quand il aura fini ses études.

— Et où habiterions-nous ? demanda Franny.

— Chez nous, dans le Dorset. Une délicieuse maison, sans me vanter, n'est-ce pas, Edith ? Avec une agréable vie sociale, le bon air de la campagne, une saine nourriture... On sera aux petits soins pour toi, Emma, et Francesca trouvera à s'occuper et pourra rencontrer des jeunes gens de son âge.

— Je suis sûre que vos intentions sont louables, mon oncle, dit Franny, mais vous arrivez un peu tard. Nous nous sommes fait une existence agréable ici. Finlay réussit bien, tante Emma se remet magnifiquement, et j'ai une bonne situation. Je vais préparer du thé. Vous en prendrez bien une tasse avant de partir ?

L'oncle but son thé en secouant tristement la tête de temps en temps pendant que tante Edith posait des questions indiscrètes auxquelles Franny répondait par des mensonges. Enfin, ils se levèrent pour prendre congé.

— Croyez-moi, vous ne pourrez que vous féliciter de ma générosité, dit l'oncle William. Je ne prends pas ombrage de votre refus et vous renouvellerai mon offre le moment venu.

Et sur ce discours pompeux, lui et sa femme regagnèrent la vieille Daimler avec chauffeur qui les attendait devant la maison.

— Quelle mouche le pique après toutes ces années ? commenta tante Emma. Tu ne crois pas que nous devrions accepter sa proposition, Franny ? Tu n'aurais plus besoin de travailler, tu aurais des amis de ton âge, des vêtements décents...

— Je suis très heureuse comme je suis, tante Emma, répondit Franny en débarrassant le service à thé. Tu ne veux pas aller chez lui, n'est-ce pas ?

— Non, ma chérie. Il faudrait que j'y sois contrainte...

Quatre jours plus tard, en rentrant chez elle après une nuit épuisante, Franny glissa sur une plaque de verglas. Le laitier, qui faisait sa tournée, s'arrêta pour lui venir en aide car sa cheville douloureuse l'empêchait de marcher et la raccompagna chez elle. Il téléphona aussi au médecin qui se présenta peu après. Le praticien examina la cheville enflée, l'immobilisa et prescrivit une radio, puis il appela une ambulance pour conduire Franny à l'hôpital. Là, on lui confirma qu'il s'agissait d'une simple entorse qui guérirait d'elle-même avec du repos, à condition qu'elle évite de s'appuyer sur son pied.

C'était le genre de cauchemar que Franny avait toujours refusé d'envisager. Même sous calmant, elle souffrait beaucoup, mais devait souvent désobéir aux ordres du médecin, tante Emma insistant pour faire quantité de choses qui lui étaient interdites. Et Franny fut soulagée quand le médecin lui donna la permission de reprendre une activité prudente.

Mais le pire était à venir. De retour de la consultation, elle trouva une lettre de Mme Kemp en réponse à celle qu'elle lui avait envoyée pour lui faire part de son invalidité provisoire. Avec les regrets d'usage, Mme Kemp l'informait qu'elle ne pouvait lui garder son poste plus longtemps, sa remplaçante se montrant disposée à rester. Elle joignait une semaine de salaire.

— Eh bien, les choses, qui ne peuvent guère être pires, vont s'améliorer..., commenta Franny avec une gaieté forcée.

Elle se trompait. Elle venait de poser la lettre sur la table de la cuisine quand on frappa à la porte. Elle alla ouvrir en boitillant.

C'était l'oncle William.

[illegible]

[illegible]

[illegible]

[illegible]

[illegible]

# 5.

Plongé dans son travail, Marc se rendit compte avec agacement que le charmant minois de Franny troublait sa concentration et qu'il n'arrivait pas à l'oublier. Il n'y avait qu'une solution à ce problème : il devait la revoir pour s'assurer qu'elle ne comptait pas pour lui.

Préparant son planning pour les prochains jours, il constata avec satisfaction que dans quarante-huit heures, il pourrait s'accorder un après-midi de repos...

Il dut cependant modifier ses projets, appelé en urgence à Bruxelles au chevet d'une personnalité victime d'une crise cardiaque. Il y resta trois jours, décida d'opérer une semaine plus tard, et reprit l'avion pour Londres où le travail s'était accumulé en son absence. Rendre visite à Franny était hors de question.

En fin de semaine, il retourna à Bruxelles opérer son patient et y resta jusqu'à ce qu'il soit en bonne voie de guérison. De retour à St Giles, il travailla d'arrache-pied pour venir à bout de ses engagements. Puis les choses se calmèrent, et ses pensées revinrent vers Franny.

Il s'était passé beaucoup de choses à Fish Street. L'oncle William avait pris la situation en main en dépit des efforts de Franny pour contrer ses plans.

Elle n'avait guère été soutenue par tante Emma qui

était soulagée que son frère leur offre un toit, mettant ainsi un terme à leur situation précaire. Aucun argument de Franny n'avait pu la persuader que tout s'arrangerait d'ici quelques semaines.

— Tu dis des sottises, ma chérie. Tu ne peux pas travailler tant que cette fichue cheville ne sera pas guérie, et encore moins t'occuper de moi et de la maison. Je sais que tu n'aimes pas ton oncle, et moi non plus. Mais il est de la famille et nous offre un foyer. Et puis, nous n'avons pas besoin d'y passer le reste de nos jours...

— Mais je ne peux pas laisser Finlay, objecta Franny. Où ira-t-il si tu quittes cette maison ?

Elle avait été très surprise que son frère prenne le parti de tante Emma.

— Nous ne pouvons pas continuer ainsi, Franny. Même si j'abandonnais mes études et trouvais du travail, cela ne suffirait pas à nous faire vivre, et tu ne peux pas te charger de tout. Tu as très mauvaise mine, tu sais, et tu devrais ménager ta cheville...

— Mais que vas-tu devenir ?

— J'ai de la chance..., répondit-il en souriant. Mon copain Josh et deux amis ont trouvé un appartement et ils cherchent un quatrième locataire. Ça ne coûtera pas cher, et je pourrai chercher un job de plongeur dans un hôtel...

— Pas question, intervint tante Emma. Je vais vendre mes meubles et tu prendras l'argent... Ce sera un prêt, ajouta-t-elle, prévenant ses protestations. Ça te permettra de vivre quelques mois en attendant d'obtenir une bourse plus élevée...

C'est ainsi que, malgré ses réserves, Franny céda. Elle n'avait aucune confiance en l'oncle William et ne croyait pas un instant qu'il souhaitait se racheter. Mais dans quel but, voulait-il prendre leur vie en main ?

L'oncle William ne perdit pas de temps, et ce avec une efficacité implacable, après leur avoir extorqué leur accord — le bail de la maison fut résilié et le départ pour le Dorset fixé une semaine plus tard, les factures furent réglées, et Finlay emménagea avec ses amis, nanti d'un pécule suffisant pour lui permettre de vivre confortablement pendant plusieurs mois.

— Nous n'aurons pas besoin de beaucoup d'argent, expliqua tante Emma à Franny. J'ai ma retraite, et j'espère que ton oncle te donnera quelque chose...

Franny ne répondit pas. Si l'oncle William s'avisait de lui donner de l'argent, elle le lui jetterait au visage. C'était déjà assez dur de vivre de sa charité... car il n'agissait pas par amour, elle en était sûre. Pourquoi les recueillait-il ?

Elle informa son oncle que tante Emma devait se rendre régulièrement en consultation à St Giles.

— Je vais prévenir l'hôpital de notre changement de situation. Mais il faudra l'emmener à ses check-ups...

L'oncle William, qui leur rendait une courte visite pour s'assurer qu'ils suivaient bien ses directives, sortit un carnet.

— Donne-moi le nom du service et ceux des médecins qui la soignent et je vais m'en occuper. Je leur communiquerai mon adresse pour qu'ils puissent convoquer ta tante. J'exposerai aussi la situation à notre médecin de famille qui prendra contact avec l'hôpital afin que ta tante reçoive les meilleurs soins.

Surprise par tant de sollicitude, Franny se dit que c'était trop beau pour être vrai.

Ce soir-là, comme chaque soir, elle éprouva une envie irrésistible de voir le professeur. Une envie si forte qu'elle se précipita à la cabine téléphonique du coin de la rue pour appeler l'hôpital. On lui apprit alors qu'il se trouvait en Belgique et qu'on ignorait la date de son retour.

Elle rentra lentement chez elle. Au fond, c'était peut-être mieux ainsi. S'il avait été là, que lui aurait-elle dit ? Leur déménagement n'avait aucun intérêt pour lui. Tante

Emma n'était que sa patiente, et l'essentiel pour lui était qu'elle ait un toit et quelqu'un pour prendre soin d'elle...

L'oncle William habitait un petit village du Dorset à quelques kilomètres au nord de Wimborne. Franny n'y avait jamais mis les pieds, mais l'endroit lui était familier car sa mère le lui avait souvent décrit, et tante Emma aimait évoquer l'enfance qu'elle y avait passée.

En emballant ses derniers vêtements, Franny se demanda de nouveau pourquoi l'oncle William avait changé d'avis à leur égard puisque, jusqu'ici, il s'était désintéressé de leur sort.

Elle avait le cœur serré en faisant ses adieux à Finlay, mais elle se dit qu'elle reviendrait de temps en temps à Londres quand elle accompagnerait tante Emma à ses consultations, et l'oncle William inviterait sûrement Finlay dans le Dorset.

L'oncle William leur envoya une voiture conduite par un homme renfrogné qui se contenta de se présenter — Hancock, chauffeur de sir William Meredith — avant de les inviter à prendre place à l'arrière et de démarrer.

Brinsleigh Court, belle demeure georgienne, se dressait fièrement à l'entrée du village de Brinsleigh.

— Jamais je n'aurais cru revoir ma maison, dit tante Emma, émue, comme ils franchissaient la grille d'entrée. Je me réjouis que tu viennes vivre ici, Franny. J'y ai tant d'heureux souvenirs...

Et quelques malheureux aussi, songea Franny.

Elles descendirent de voiture pendant que Hancock prenait leurs bagages dans le coffre. La lourde porte de la maison s'ouvrit et une grande femme robuste les invita à entrer d'une voix froide.

— Je suis Mme Beck, la gouvernante. Nous allons

vous montrer vos chambres. Le déjeuner a été retardé et sera servi dans une demi-heure dans la salle à manger.

Si tante Emma s'attendait à une réception chaleureuse, elle fut déçue.

— Lady Meredith n'est pas là ? demanda-t-elle.

— Elle vous rejoindra pour le déjeuner.

Un bras autour des épaules de sa tante, Franny gravit lentement l'escalier en évitant de regarder Mme Beck. Elle avait l'atroce certitude qu'elles avaient commis une erreur en venant ici. Mais, pour l'instant, elle devait garder cela pour elle.

Situées au premier étage, leurs chambres étaient séparées par une salle de bains commune. Celle de tante Emma disposait d'une petite table et d'un fauteuil installés devant un radiateur à gaz, et d'une bibliothèque. Plus sommaire, le mobilier de la chambre de Franny se limitait à un lit étroit et une vieille coiffeuse, avec pour tout chauffage un radiateur d'appoint.

Mme Beck les laissa et Hancock arriva avec leurs bagages.

— Voulez-vous demander qu'on nous monte du café, s'il vous plaît ? dit poliment Franny. Ma tante l'aurait sûrement souhaité.

Paraissant surpris, Hancock émit un grognement et s'en alla.

Assise dans son grand fauteuil, tante Emma semblait triste et perdue, et Franny la serra tendrement dans ses bras.

— Tu es fatiguée. Nous avons dû nous lever tôt ce matin.

Elle alluma le radiateur à gaz, puis entreprit de défaire les valises. Elle installait les petits trésors de sa tante sur la coiffeuse quand une jeune fille entra avec un plateau portant deux tasses de café et un sucrier. Elle leur sourit gentiment.

— Je suis Jenny, l'aide cuisinière. Et puis il y a Rose, la bonne, et M. Cox, le majordome.

— La maison semble telle que maman me l'a décrite, dit Franny lorsqu'elles furent seules. A-t-elle changé, tante Emma ?

La vieille dame jeta un regard autour d'elle.

— Le mobilier est différent. Nous avions de très beaux meubles anciens autrefois. Si je me rappelle bien, cette pièce était la chambre de notre gouvernante...

— Oh ! ils ont sans doute condamné des pièces ! L'entretien d'une telle demeure doit coûter cher...

Sa tante porta sa tasse à ses lèvres.

— Ton oncle a hérité de pas mal d'argent avec la maison et le titre.

Franny, qui jugea préférable de changer de sujet, regarda par la fenêtre.

— Tu pourras faire d'agréables promenades dans le jardin..., dit-elle. Je m'étonne que tante Edith ne t'ait pas donné une chambre au rez-de-chaussée pour que tu puisses entrer et sortir plus facilement.

Le tintement d'un gong annonça le déjeuner. Cox les attendait dans le hall pour les conduire à la salle à manger.

— Il est inutile de nous traiter en invitées, commenta tante Emma avec agacement. Je suis née et j'ai grandi ici. Je sais parfaitement où est la salle à manger.

Elles trouvèrent tante Edith trônant à table.

— Pardonnez-moi si je ne me lève pas, dit-elle. Je viens d'assister à une réunion du conseil paroissial et je suis épuisée. J'espère que vous avez fait bon voyage. Vos chambres vous conviennent-elles ?

« Elles sont parfaites pour des hôtes de passage, pas pour des parentes », songea Franny en contenant à grand-peine son indignation.

Elle aida tante Emma à s'asseoir et prit place à la table.

— N'est-il pas possible d'installer tante Emma dans une pièce du rez-de-chaussée ? Les escaliers sont très fatigants pour elle et une chambre donnant sur le jardin lui faciliterait la vie.

Tout en parlant, elle contemplait la maigre portion de potage qu'on servait dans son assiette.

— Si vous n'êtes pas satisfaite de votre chambre, vous n'avez qu'à le dire, Emma, répondit tante Edith. William et moi pensions que celle du premier vous conviendrait parfaitement. Peut-être reconsidérerons-nous la suggestion de Franny quand le temps sera meilleur. Nous avons votre bien-être à cœur, ajouta-t-elle avec un sourire pincé.

Franny n'en croyait pas un mot, mais elle s'abstint de tout commentaire.

— Où est oncle William? demanda-t-elle.

— Il a dû se rendre à Wimborne. Vous le verrez ce soir au dîner. Je suppose que vous voudrez vous reposer cet après-midi. Nous servons le thé à 4 h 30 dans le salon.

Franny raccompagna tante Emma à sa chambre, l'installa confortablement dans son lit et finit de déballer ses affaires avant de gagner sa chambre pour ranger sa modeste garde-robe. Quand elle eut fini, tante Emma dormait paisiblement. Descendant au rez-de-chaussée, elle enfila son vieil imperméable et sortit, espérant qu'une promenade au grand air lui remonterait le moral. En outre, elle avait besoin de réfléchir à la réception plutôt tiède de tante Edith. Elle leur avait fait sentir qu'elles n'étaient pas particulièrement les bienvenues et, à l'exception de Jenny, les domestiques s'étaient montrés polis, mais froids.

— Je regrette d'être venue, dit-elle à un rouge-gorge qui l'observait, perché sur une haie. Mais que pouvions-nous faire?

Oncle William était arrivé à un moment où elles ne pouvaient pas se permettre de dédaigner son offre.

Franny poussa un soupir. Pour l'instant, en tout cas, elles n'avaient d'autre choix que de s'accommoder de la situation. Et, qui sait, peut-être l'oncle William leur réserverait-il un meilleur accueil que tante Edith?

⁂

L'accueil de l'oncle William prit la forme d'un discours ampoulé où, insistant lourdement sur la générosité dont il faisait preuve en leur offrant un toit, il leur assura qu'elles pourraient rester le temps qu'elles voudraient et que tante Emma recevrait les meilleurs soins.

— Quant à toi, Francesca, dit-il en guise de conclusion, nous trouverons quelque chose pour t'occuper agréablement. J'en ai déjà touché un mot au pasteur. Son vicaire a justement besoin de bénévoles pour le catéchisme et les œuvres de bienfaisance.

Franny se garda de répliquer car tante Emma semblait malheureuse et elle ne voulait pas ajouter à sa détresse.

Pendant le dîner, elles n'eurent pas à faire d'efforts de conversation car l'oncle William la monopolisa en se lançant dans une description fastidieuse des travaux à réaliser dans une aile de la maison.

— Une dépense colossale, remarqua-t-il. Mais je me dois de préserver à tout prix la demeure de mes ancêtres. J'ai dû me priver de beaucoup de choses pour pouvoir faire face et, maintenant, bien sûr, j'ai un surcroît de frais...

— Nous n'avons pas demandé à venir, observa sèchement Franny. C'est gentil de nous offrir un foyer, mon oncle, mais dès que je pourrai de nouveau travailler, tante Emma et moi vous soulagerons de ce fardeau supplémentaire.

L'oncle William vira au violet et faillit s'étouffer.

— Francesca ! Je suppose que ton insolence est le résultat de tes mauvaises fréquentations...

— J'énonçais juste une vérité, mon oncle. J'aurais cru que tante Edith et vous seriez contents de savoir que vous n'aurez pas à nous héberger éternellement.

— Je suis choqué et ta tante aussi. Tant d'ingratitude...

— Nous vous sommes reconnaissantes, bien sûr. Mais je me demande pourquoi vous ne nous avez pas aidés à la mort de nos parents, vous contentant de nous tourner le dos. Sans tante Emma, qui sait ce que nous serions devenus, mon frère et moi, dit-elle avec un tendre sourire à l'adresse de la vieille dame.

— Je suis consterné, Francesca...

— Nous aussi, nous l'avons été, coupa Franny. J'espère que vous aviez vos raisons d'agir ainsi, mais vous avez très mal traité mon père et ma mère...

Elle s'interrompit en voyant l'expression peinée de tante Emma.

— Mais je parle trop. C'est mon gros défaut. En tout cas, ça a le mérite de clarifier les choses, n'est-ce pas ?

L'oncle William observa ensuite un silence pesant, et ce fut à tante Edith qu'incomba la tâche ardue d'entretenir la conversation en ignorant soigneusement Franny.

Le dîner terminé, elle précisa que le petit déjeuner était servi à 8 h 30 et leur souhaita une bonne nuit. L'oncle William ne desserra pas les dents.

— Je n'aurais pas dû parler comme je l'ai fait, remarqua Franny en aidant sa tante à se coucher. Pardon si cela t'a contrariée... Je pense que quand ils seront habitués à notre présence, la vie ici sera plutôt agréable.

Elle n'en croyait pas un mot, bien entendu, mais il fallait remonter le moral de tante Emma. Quand celle-ci fut installée pour la nuit, Franny regagna sa chambre et écrivit à Finlay une lettre enjouée. Il ne devait surtout pas soupçonner que les choses ne se passaient pas comme elles l'avaient espéré.

Elle prit un bain chaud, songeuse. Où était le professeur ? Le reverrait-elle un jour ? Et, dans l'affirmative, se souviendrait-il d'elle ? Elle en doutait. Il devait avoir des tas d'amis et une vie sociale bien remplie.

En refroidissant, l'eau du bain mit un terme à ses méditations, et elle alla se coucher.

Elle se réveilla au milieu de la nuit, alertée par un bruit insolite. Dans la chambre, de l'autre côté de la salle de bains ouverte, tante Emma pleurait. Repoussant ses couvertures, Franny se précipita.

Après avoir allumé la lampe de chevet, elle s'assit sur le lit et prit la main de la vieille dame.

— Tu es épuisée, dit-elle tendrement. Ça ira mieux demain matin. Ce n'est pas tout à fait la réception que tu attendais, n'est-ce pas ? Mais nous devons apprendre à mieux nous connaître les uns les autres après toutes ces années, tu ne crois pas ?

— Je ne suis pas sûre d'avoir confiance en ton oncle, mon enfant. C'était un jeune homme vindicatif et il n'a jamais eu la moindre affection pour nous. Je me demande pourquoi il est venu nous chercher après toutes ces années. Cela me préoccupe.

— Rassure-toi, dit Franny d'un ton apaisant. Tout ira bien.

Elle lui parla de leurs futures promenades au village, des courses qu'elles feraient pour Edith, des amies qu'elle aurait en s'inscrivant au club de bridge local...

— Et toi, ma chérie ? demanda tante Emma, soucieuse. Tu as besoin de rencontrer des gens de ton âge, de construire ta vie. Tu ne peux pas passer tes journées avec des vieilles dames...

— Ne te fais pas de souci pour moi. Oncle William me trouvera bien une occupation. Et maintenant dors, ma tante. Tout s'arrangera, tu verras.

Tante Emma avait de bonnes raisons de s'inquiéter. Pendant longtemps, l'oncle William avait ressassé jusqu'à l'obsession l'insubordination de ses sœurs, et se venger était devenu le but de sa vie. Voyant ses plans contrariés par la disparition de sa cadette, il avait alors reporté la haine qui l'étouffait sur ses enfants.

Retrouver leur trace après la mort de leurs parents avait été un jeu d'enfant et l'adresse de Fish Street l'avait parfaitement renseigné sur leur gêne matérielle. Aussi avait-il pris tout son temps pour ourdir son plan. Il les persuaderait d'abord d'accepter son hospitalité, puis les ferait payer pour les humiliations que ses sœurs lui avaient infligées.

Jusque-là, tout avait marché comme sur des roulettes.

Emma, malade, pouvait mourir à tout moment, et, pour lui, le plus tôt serait le mieux. Quant à Francesca, aussi insoumise sinon pire que sa mère, son avenir était tout tracé. Elle deviendrait leur dame de compagnie — à titre bénévole — et finirait vieille fille, à leur service.

Il était riche, mais elle n'aurait pas un sou de lui.

Les jours suivants, la situation ne s'arrangea pas. Et il ne fallut pas longtemps à Franny pour comprendre qu'elle et sa tante étaient traitées en parentes pauvres. Pour commencer, on conseilla fortement à la vieille dame de passer ses journées dans sa chambre.

— Il est essentiel que tu te reposes, lui dit son frère. Descends pour les repas, bien sûr, mais je te suggère de demeurer dans ta chambre le reste du temps.

— Tante Emma doit faire de l'exercice, protesta Franny. Si vous pouviez l'installer au rez-de-chaussée, elle pourrait aller dans le jardin sans avoir à emprunter l'escalier. Et pouvez-vous faire venir votre médecin pour qu'il l'examine ?

— Ça ne me paraît pas nécessaire...

— Alors, j'irai le chercher moi-même !

— Certainement pas. Je m'en charge. A l'évidence, tu n'as rien de mieux à faire que critiquer les arrangements que nous avons pris. Tu ressembles décidément beaucoup à ton père...

— Je vous interdis de parler ainsi de mon père ! Il valait dix fois mieux que vous, oncle William !

Il quitta la pièce, glacial, et s'il se montra poli quand

ils se retrouvèrent pour le déjeuner, elle perçut sa franche hostilité. En osant contester ses décisions, elle avait fait preuve d'une grossièreté inqualifiable, et sans doute ne lui pardonnerait-il pas de sitôt.

Deux jours plus tard, Rose, la bonne, partit en vacances, et tante Edith suggéra à Franny de donner un petit coup de main dans la maison.

— Je suis sûre que tu seras ravie de t'occuper. Tu peux te charger de tâches mineures comme mettre la table, faire de petites courses pour Mme Beck...

Mais, en l'espace de quelques jours, le travail de Franny ne se limita pas à « de petites courses ». C'était à elle d'ouvrir la porte aux visiteurs quand Cox était occupé ailleurs, de faire les lits parce que Mme Beck avait besoin de Jenny dans la cuisine, de charger la machine à laver, de suspendre le linge à sécher et, puisqu'il semblait n'y avoir personne pour s'en charger, le repasser.

— Quand Rose rentre-t-elle ? demanda-t-elle un matin à sa tante en débarrassant la table du petit déjeuner.

— J'ai reçu une lettre d'elle. Sa mère est souffrante, et je crains qu'elle ne puisse revenir pour l'instant. Heureusement tu es là, et je n'ai pas besoin d'engager quelqu'un jusqu'à son retour.

— Je suis votre nièce, tante Edith, pas la bonne.

— Je me vois dans l'obligation de te rappeler que ta tante et toi êtes ici grâce à la générosité de ton oncle. Si tu n'es pas contente, tu peux t'en aller et emmener ta tante avec toi.

Mais elles n'avaient aucun endroit où aller et presque pas d'argent. Pas de toit, pas d'amis. Et on était en février et il faisait froid. Seule, Franny se serait empressée de quitter cette maison, mais tante Emma avait besoin d'être nourrie, logée, au chaud. Elles n'avaient pas le choix, elles devaient rester.

Franny ne répondit pas, mais une idée germa dans son

esprit quand elle se rappela que tante Emma devait se rendre à une consultation dans une huitaine de jours. Elle l'accompagnerait et demanderait au médecin qui l'examinerait si sa tante pouvait avoir une place dans une maison de repos, le temps qu'elle trouve un travail et un logement et, dès qu'elle pourrait, elle reprendrait sa tante avec elle. Le plan n'était pas sans faille, mais pour l'instant, elle n'avait pas mieux.

Le lendemain, elle évoqua le sujet devant sa tante.

— Tu dois retourner à St Giles dans une semaine, et j'imagine qu'oncle William nous laissera prendre sa voiture. Tu as de l'argent, tante Emma ? Tu as touché ta retraite ? Tu as prévenu qu'on t'envoie le chèque ici, n'est-ce pas ?

— William s'en est occupé. Il m'a demandé de signer un papier l'y autorisant.

— Et tu l'as signé ?

— Eh bien, oui, ma chérie. Tu sais comme ton oncle est convaincant. Il a parlé d'ouvrir un compte...

— C'est une très bonne idée, coupa en hâte Franny, voyant sa mine soucieuse. Je suis sûre qu'il n'oubliera pas de te le donner. Mais je dois y aller. C'est bientôt l'heure du thé.

— Je ne te vois pas beaucoup. J'espère que tu sors un peu et que tu rencontres des gens.

— Quand il fera meilleur, nous irons nous promener dans le jardin, promit Franny. La bonne a dû prolonger son absence et je dois donner un petit coup de main. Mais je viendrai prendre le thé avec toi dans un moment.

— Je suis sûre que William croit bien faire, mais il est si strict, commenta tante Emma d'un air préoccupé. Je n'ai aucune envie de finir mes jours enfermée dans cette pièce. Quant à toi, Franny, je crois qu'on t'exploite. Si seulement je pouvais parler à William ou Edith. Mais je les vois rarement, et toujours en coup de vent. Evidemment, Edith est très occupée avec ses œuvres de charité...

Franny formula une réponse adaptée pour rassurer tante Emma.

Celle-ci avait toujours été une personne dynamique, et si vivre à Fish Street ne lui plaisait guère, elle en avait gaiement pris son parti. Mais depuis quelque temps, elle était devenue indolente et apathique, une victime de choix pour l'oncle William. Franny ne cessait de se répéter qu'il fallait faire quelque chose. Le professeur, lui, aurait trouvé la solution et il aurait réagi.

Tout en préparant le thé pour les invitées de tante Edith venues jouer au bridge, Franny se demanda ce qu'il devenait...

Pour l'heure, Marc venait de terminer ses consultations externes et, installé dans le bureau de la surveillante, il étudiait les dossiers de la semaine suivante. Il était rentré de Belgique depuis quelque temps et commençait seulement à y voir plus clair dans son travail. Tante Emma devait venir à St Giles dans quelques jours pour son check-up, il verrait donc bientôt Franny...

— Je ne vois pas le dossier de Mme Blake, dit-il à la surveillante. Elle doit bien venir la semaine prochaine ?

— On ne vous l'a pas dit ? répondit son assistante d'un air surpris. Nous avons été prévenus par téléphone qu'elle quittait Londres et serait désormais suivie par un autre médecin. C'est un membre de sa famille qui a appelé. Il a dit qu'il nous donnerait son adresse et le nom du praticien pour que nous puissions lui envoyer son dossier, mais nous n'avons pas eu de nouvelles depuis.

Il fronça les sourcils.

— Vous n'avez aucune idée de l'endroit où Mme Blake peut être ?

— Aucune, monsieur.

— Sa nièce travaillait dans une maison de retraite de Pimlico, « Le Refuge »...

Il décrocha le téléphone et appela sur-le-champ. Mlle Bowen ne travaillait plus là, lui dit-on. Elle s'était foulé la cheville et, dans ces conditions, il n'avait pas été possible de lui garder son emploi.

Après avoir raccroché, il décida de se rendre à Fish Street.

C'était bien de Franny de se fouler bêtement la cheville, songea-t-il avec colère. Où était-elle maintenant ? Mais les voisins pourraient peut-être le renseigner...

La petite maison était vide et triste, et il n'y avait aucun signe de vie dans les habitations. Regagnant sa voiture, il composa un numéro sur son portable.

Sans hésiter, Marc frappa à la porte de bois sombre qui s'ouvrit presque instantanément. Un jeune homme le regarda d'un air étonné.

— Puis-je voir Finlay Bowen, s'il vous plaît ?

— Euh... oui, bien sûr, il est dans sa chambre. Suivez-moi.

A sa suite, Marc enfila un long couloir peu éclairé dont le sol était recouvert d'une moquette grise un peu élimée pour s'arrêter devant une porte. Son guide frappa et s'effaça.

— Fin... Quelqu'un pour toi, dit-il avant de s'esquiver.

Marc vit Finlay, assis à un bureau, se lever d'un bond.

— Professeur... monsieur... comment avez-vous su où j'étais ?

— J'ai mené ma petite enquête, répondit Marc en souriant. Dites-moi, où se trouvent votre tante et votre sœur ?

Finlay débarrassa l'unique fauteuil du fatras de livres qui l'encombraient.

— C'est une longue histoire, monsieur !

— J'ai tout mon temps, commenta Marc en s'asseyant. N'omettez aucun détail. Je m'inquiète pour votre tante...

— Mais oncle William a prétendu...

— Commencez au début, Finlay.

— Eh bien, Franny s'est foulé la cheville...

Il raconta toute l'histoire et Marc l'écouta sans l'interrompre.

— Vous croyez qu'elles sont heureuses chez votre oncle ? demanda-t-il quand il eut terminé.

— Non. Franny m'écrit une fois par semaine, mais elle ne dit pas grand-chose, et il y a une gaieté forcée dans ses lettres...

— Nous devons agir... Venez avec moi... Oubliez vos devoirs, je parlerai à vos professeurs. Nous allons élaborer un plan d'action en dînant.

— Vraiment, monsieur ? commenta Finlay, ravi.

— Vraiment. Laissez un mot à vos amis.

A Wimpole Street, ils furent accueillis par Crisp.

— Bonsoir, Crisp. Finlay, Crisp dirige ma maison. M. Bowen est étudiant en médecine, Crisp.

— Une noble profession, monsieur, commenta le majordome. Voulez-vous dîner maintenant ?

— Dans dix minutes, Crisp. Nous mourons de faim.

Le professeur entraîna Finlay dans une belle pièce donnant sur la rue.

— Asseyez-vous. Nous avons le temps de prendre l'apéritif.

Un peu intimidé, Finlay regarda autour de lui le magnifique salon avec ses murs lambrissés et son parquet luisant de cire recouvert de tapis précieux. Le mobilier se composait d'un harmonieux mélange de fauteuils confortables et de beaux meubles anciens, et un vase de tulipes fraîches apportait une note charmante à l'ensemble. Un bon feu crépitait dans la splendide cheminée de marbre devant laquelle un chat somnolait.

Le temps qu'ils passent à table, Finlay avait recouvré son assurance, et il fit honneur au potage de potiron, aux côtelettes d'agneau et leurs légumes, et à la savoureuse tarte aux pommes.

— C'est Crisp qui cuisine ? demanda-t-il.

— Oui, il est doué, n'est-ce pas ? Allons prendre le café dans le salon. J'ai une ou deux idées à vous soumettre. Voilà ce que nous allons faire...

# 6.

Franny était soucieuse. Elle n'avait reçu aucune lettre de St Giles pour confirmer le rendez-vous de tante Emma, et quand elle avait demandé à son oncle la permission d'appeler l'hôpital, il lui avait froidement répondu qu'il s'en chargerait lui-même.

— Et elle devrait voir votre généraliste, insista-t-elle. Elle ne se sent pas très bien.

— Tu fais des histoires pour rien, Francesca. J'ai prévenu notre médecin que ta tante vivait chez nous et lui ai parlé de son opération. Il viendra la voir s'il le juge nécessaire.

— Mais *c'est* nécessaire ! insista Franny. Elle doit être suivie de près par un thérapeute pendant plusieurs mois. Lui avez-vous remis la lettre de notre médecin ?

L'oncle William baissa son journal et la foudroya du regard.

— Ton manque de confiance me désole... Cesse cette stupide ingérence et va plutôt te rendre utile à ta tante.

— Je le fais déjà en effectuant le travail de Rose. Dites-moi, mon oncle, comptez-vous me faire jouer les bonnes longtemps, sans le moindre salaire, bien entendu ?

— Mais oui, Francesca, j'y compte bien, en échange des soins et de l'attention que reçoit ma sœur, répliqua-t-il durement. Croyais-tu donc être traitée comme la fille de la maison ? Avec une nouvelle garde-robe, de l'argent de poche, une vie sociale ?

Il ricana avant d'ajouter :

— Ma sœur en pâtira si tu essaies de te mettre en travers de mes plans.

Cette petite conversation, qui eut le mérite de mettre les choses au clair, accrut l'inquiétude de Franny.

Chargée par la gouvernante de faire des courses au village, elle en profita pour appeler Finlay d'une cabine publique, mais personne ne répondit. Elle téléphona à l'hôpital et fut mise en attente pendant qu'on essayait d'obtenir le service de cardiologie. Puis une voix lui demanda ce qu'elle voulait juste avant que la communication soit coupée. Et elle n'avait plus de pièces...

Elle regagna la maison sous une pluie glaciale en s'efforçant de refouler ses larmes.

Que faire, sinon tenir le rôle de bonne à tout faire qu'on lui avait attribué ? Pendant quelque temps, en tout cas. Mais elle allait écrire à l'hôpital pour savoir pourquoi tante Emma n'avait pas été convoquée à sa consultation. Et, d'une manière ou d'une autre, elle irait voir le médecin traitant de l'oncle William pour lui parler de sa tante.

Le lendemain matin, elle se leva tôt à la requête de tante Edith, Mme Beck prenant quelques jours de congé.

— Je suis sûre que tu ne verras pas d'inconvénient à nous préparer notre petit déjeuner, Francesca, lui avait-elle dit, la veille. Ton oncle aime ses œufs au bacon avec des champignons et, personnellement, je prends de simples œufs brouillés. A 8 h 30, je te prie.

Après avoir apporté une tasse de thé à tante Emma qui ne se sentait pas bien parce qu'elle avait mal dormi, et lui avoir promis de revenir avec un petit déjeuner léger, Franny s'empressa de regagner la cuisine. Elle y trouva Cox, de fort mauvaise humeur, qui attendait son petit déjeuner.

— La maison est sens dessus dessous depuis votre arrivée, mademoiselle, dit-il à Franny en jetant un regard dédaigneux au plateau qu'elle préparait pour son oncle.

Monsieur aime son bacon très croustillant. Je doute qu'il aime *ça*...

— Eh bien, il n'a qu'à le cuire lui-même, riposta Franny.

Elle envoya Jenny porter un plateau à tante Emma, fit griller d'autre bacon pour Cox, puis s'assit pour grignoter un toast en buvant une tasse de thé. Avec Mme Beck absente, elle devrait probablement préparer le déjeuner ainsi que le dîner, et elle aurait du mal à quitter la maison pour aller au village se renseigner sur l'adresse du médecin...

— Monsieur n'a pas voulu de son bacon, déclara Cox d'un air supérieur en revenant au bout d'un moment. Il vous attend dans la salle à manger, mademoiselle.

Agacée, Franny finit son thé avant de s'exécuter. Elle traversait le hall d'entrée quand on sonna à la porte.

Elle alla ouvrir pour découvrir le professeur et Finlay sur le seuil. Elle s'effaça machinalement pour les laisser entrer.

Si ce n'était pas un miracle, cela y ressemblait beaucoup, songea-t-elle en refermant.

— Bonjour, Franny, dit Finlay. Tu n'as pas bonne mine.

Silencieux, Marc contemplait Franny, furieux de voir à quel point son visage était creusé, son corps amaigri.

— Il m'a fallu un moment pour découvrir où vous étiez, dit-il d'une voix calme, néanmoins. Pouvons-nous parler quelque part ?

— Oncle William a dû entendre la sonnette, balbutia-t-elle avec un sourire forcé. Je suis contente que vous soyez venus. Je m'inquiète pour tante Emma...

— Pourquoi portez-vous un tablier ?

— La cuisinière est en vacances.

— Tu as l'air d'une domestique, dit Finlay, indigné.

— Si je refuse mon aide, tante Emma en pâtira...

— J'aimerais parler à votre oncle, dit le professeur.

— Il termine son petit déjeuner.

— Eh bien, allons lui couper l'appétit, répliqua le professeur d'une voix féroce que Franny ne lui connaissait pas.

Ils se dirigeaient vers la salle à manger quand la porte de celle-ci s'ouvrit à toute volée.

— Qui a sonné? tonna l'oncle William. Viens ici, Francesca!

Il s'arrêta net en voyant les nouveaux venus.

— Ton frère? Que fait-il là? Il n'imagine quand même pas que je vais l'entretenir aussi!

— Dieu m'en préserve, commenta Finlay. Oncle William, je vous présente le Pr van der Kettener.

— Sir William, j'ai cru comprendre que vous aviez délibérément caché des informations concernant ma patiente, Mme Blake, dit le professeur d'une voix froide. Elle doit être régulièrement examinée par moi-même ou un médecin. Vous vous êtes engagé à donner ses nouvelles coordonnées à St Giles quand vous avez emmené Mme Blake. En outre, vous lui avez fait croire qu'elle serait la bienvenue chez vous et serait bien soignée. Et vous avez aussi offert un foyer à Francesca.

Il tourna son regard vers Franny.

— Mais je vois que vous l'utilisez comme bonne à tout faire. Je vais emmener Mme Blake maintenant, et Francesca aussi, bien sûr.

— Vous ne pouvez pas faire ça, fulmina l'oncle William.

— Ah oui? Dites-moi, avez-vous contacté votre médecin traitant pour qu'il suive Mme Blake? Avez-vous tenté de joindre l'hôpital?

— C'était inutile. Ma sœur va très bien...

— Vous mentez, intervint Franny. Je n'ai cessé de vous demander de prévenir votre médecin et d'appeler St Giles, mais vous n'en avez rien fait.

— Franny, allez avec Finlay, dit doucement le professeur. Habillez chaudement tante Emma et faites vos bagages.

Il se tourna vers l'oncle William qui écumait de rage.

— Pouvons-nous parler en tête à tête ?

— Emmenez ma sœur si vous voulez, mais Francesca reste ici ! Elle est ma nièce, vous n'avez aucun droit sur elle.

— Oh ! mais si... Voyez-vous, nous allons nous marier.

Dans l'escalier, Franny trébucha en étouffant un cri, mais Finlay la poussa en avant.

— Tais-toi et laisse faire le professeur, murmura-t-il.

Elle se retrouva propulsée dans la chambre de tante Emma.

Celle-ci était en larmes, et ils durent tout lui raconter pour la rassurer, puis ils l'habillèrent, et elle patienta dans son fauteuil pendant que Franny préparait ses valises. Quand elle eut fini, elle la laissa avec Finlay pour aller rassembler ses propres affaires. Sur le palier, elle tendit l'oreille. Tout était calme dans le hall, mais elle perçut un murmure de voix venant du bureau de son oncle. Gagnant alors sa chambre, elle en eut terminé en moins de dix minutes et alla retrouver sa tante.

Le professeur était auprès d'elle, avec tante Edith. Penché vers tante Emma, il lui parlait d'une voix apaisante.

En voyant Franny, il se redressa et lui sourit.

— Prête ? Finlay, prenez les valises, je porterai Mme Blake dans la voiture. Je suppose que vous voulez faire vos adieux à votre oncle et votre tante, Franny...

— Oui. Et j'espère ne jamais les revoir !

— Espèce de petite ingrate..., marmonna tante Edith d'une voix tremblante de fureur. Après tout ce que nous avons fait pour toi... Je me réjouis que tu t'en ailles. Et je ne veux plus jamais entendre parler de toi, ni de ta tante.

— Ça tombe bien, moi aussi, répliqua Franny en descendant l'escalier derrière Finlay.

Dans le hall, Cox ouvrit la porte au professeur et à Finlay pendant que Franny se dirigeait vers le bureau de son oncle. Elle le trouva en train de fumer un cigare devant la cheminée.

— Adieu, mon oncle, dit-elle avant de refermer la porte derrière elle sans attendre sa réponse.

Elle rejoignit le professeur qui l'invita à monter devant, Finlay et sa tante étant déjà installés à l'arrière.

— A présent, racontez-moi ce qui s'est passé, Franny, demanda le professeur en démarrant.

S'il lui avait témoigné la moindre sympathie, elle aurait fondu en larmes, vaincue par les angoisses de ces dernières semaines. Mais il regardait droit devant lui, l'air impassible.

Se ressaisissant, elle lui relata ce qui leur était arrivé d'un ton aussi naturel que possible. Puis elle le remercia poliment du mal qu'il s'était donné pour les retrouver.

— Je vais m'arrêter à la prochaine station-service, dit-il. Nous avons tous besoin d'un bon café. Puis je conduirai directement tante Emma à St Giles. Je veux qu'elle subisse un check-up complet, et elle a besoin de repos.

A la station-service, il porta tante Emma jusqu'à la salle de restaurant et la déposa sur une chaise près d'une table ronde puis ils s'installèrent tous.

— Nous avons quitté Londres à 6 heures et le petit déjeuner est loin, commenta Finlay en se jetant sur les appétissants sandwichs commandés par le professeur. Je suppose que vous allez tout raconter à Franny, monsieur ?

— Oui, en temps voulu. Quand nous aurons bien installé tante Emma, nous irons déjeuner chez moi, puis vous retournerez à vos études, Finlay.

— Oui, monsieur. Vous nous avez beaucoup aidés et je vous en remercie. Jamais je ne pourrai m'acquitter de notre dette envers vous, sinon en travaillant dur et en obtenant mon diplôme.

Le professeur échangea avec lui une poignée de main virile.

— Jamais je n'aurais réussi sans vous, Finlay.

Ils ne s'attardèrent pas. Tante Emma avait recouvré sa gaieté, mais toutes ces émotions l'avaient épuisée. Ils reprirent leur route en silence pour ne pas déranger la vieille dame assoupie. Comme ils approchaient de St Giles, le professeur prit son portable pour prévenir l'hôpital de leur arrivée, et quand ils s'arrêtèrent devant les urgences, une petite équipe médicale les attendait avec un chariot sur lequel tante Emma fut allongée.

— Je viendrai te voir très vite, lui promit Franny.

Elle ignorait complètement ce que lui réservaient les prochains jours. Peut-être pourrait-elle rester avec Finlay un jour ou deux, le temps de trouver du travail...

— Finlay, prenez un taxi et allez à Wimpole Street, tous les deux, dit le professeur en lui glissant quelques billets dans la main. Je vous rejoins dès que possible. Crisp vous attend.

— Où allons-nous ? demanda Franny, dans le taxi. Et qui est Crisp ?

— Le majordome du professeur. Il a un appartement au-dessus de son cabinet à Wimpole Street. J'y suis allé hier soir, et nous avons dîné pendant qu'il concoctait un plan pour vous sortir des griffes d'oncle William. Ça a été pénible, n'est-ce pas, Franny ?

— Oui. Mais je te raconterai plus tard...

Crisp les accueillit avec une gentillesse toute paternelle.

— Voulez-vous vous rafraîchir, mademoiselle ?

Il lui désigna une porte qu'elle poussa. Véritable paradis pour dames, le cabinet de toilette était équipé de tout ce dont une femme pouvait rêver : produits cosmétiques, brosses à cheveux, flacons d'eau de toilette, serviettes épaisses, savonnettes parfumées, et même brosses à dents neuves dans leur enveloppe de Cellophane, à côté d'un assortiment de dentifrices.

Dix minutes plus tard, elle rejoignit Finlay dans le

salon, recoiffée et légèrement maquillée, ce qui lui donnait meilleure mine. Même Finlay le remarqua.

Marc les rejoignit une demi-heure plus tard. Il observa discrètement Franny. Elle était trop mince, trop pâle, mais son regard avait recouvré toute sa combativité.

— Pouvons-nous parler ? demanda-t-elle.

— Certainement. Mais pouvons-nous déjeuner d'abord ? Finlay meurt de faim, moi aussi, et vous également, sans doute.

Il la vit s'empourprer.

— Je vous demande pardon, je ne voulais pas me montrer grossière. Mais il y a tant de questions à régler. Et nous vous avons suffisamment dérangé. Je vais repartir avec Finlay.

— Commençons par déjeuner, dit Marc en riant.

Crisp avait réalisé des prouesses en cuisine — délicat velouté de champignons, pavés de saumon à la crème et délicieuse marquise au chocolat. Ils prirent leur café à table pendant que le professeur leur parlait de leur tante.

— Je voudrais la garder à St Giles une semaine. Elle n'est pas malade, rassurez-vous, seulement affaiblie par l'immobilité et un régime non adapté. Un kinésithérapeute lui fera faire un peu d'exercice tous les jours. Elle m'a dit que vous aviez tenté de la faire installer au rez-de-chaussée, mais que votre oncle avait refusé. Il n'a pas voulu non plus qu'elle voie un médecin, n'est-ce pas ? Un vrai despote, ma parole...

— Il ne peut pas nous forcer à revenir, n'est-ce pas ?

— Non, Franny. Il pourrait essayer de vous y contraindre par la menace, mais je ne pense pas qu'il le fera. Passons dans le salon...

— Je dois trouver un emploi aussi loin que possible pour que tante Emma soit en sécurité, dit-elle. Je commencerai à chercher dès demain matin.

— Vous n'en aurez pas besoin. Votre tante viendra ici.

— Ici ? Que voulez-vous dire ? Et bien sûr que je dois travailler...

— Elle habitera ici, avec nous, et quand nous irons en Hollande, je trouverai quelqu'un pour lui tenir compagnie.

— Quand nous irons en Hollande ? Mais je n'irai pas en Hollande...

— J'espérais qu'étant ma femme, vous m'accompagneriez.

— Votre femme ? répéta-t-elle faiblement.

— Oui. Vous m'avez bien entendu dire à votre oncle que nous allions nous marier ?

— Euh... oui, mais je croyais que c'était pour le faire taire, que vous ne le pensiez pas vraiment...

— Je suis sûr que votre oncle va vérifier, et s'il découvre qu'il s'agit d'un mensonge, il s'empressera de vous retrouver, toutes les deux. Il ne pourra peut-être pas vous obliger à revenir, mais il peut vous rendre la vie très désagréable. Et il faut éviter tout désagrément à votre tante.

Il parlait avec une assurance tranquille et, bouleversée par les sentiments contradictoires qui l'agitaient, Franny n'arrivait pas à trouver une faille dans son raisonnement.

— Bon, je vais raccompagner Finlay maintenant, dit-il en se levant. Nous continuerons cette discussion à mon retour.

Finlay était déjà debout. Il aimait l'idée d'avoir le professeur comme beau-frère, et il ne doutait pas qu'il ferait un bon mari pour Franny — si elle acceptait son offre, ce qu'il espérait. Bien sûr, cela avait dû lui causer un choc, mais ce mariage serait une merveilleuse solution pour leur avenir.

— Merci pour ce délicieux déjeuner, dit-il. Donne-moi des nouvelles, Franny. J'appellerai l'hôpital demain matin.

Il lui tapota maladroitement l'épaule.

— On t'a fait une belle surprise, n'est-ce pas ?

— Oui. J'étais si heureuse de vous voir... je n'arrive toujours pas à y croire. Je t'appellerai, Finlay.

Tandis qu'ils roulaient vers l'appartement, Finlay s'éclaircit la gorge avant de parler.

— Vous voulez vraiment épouser Franny, monsieur? demanda-t-il timidement.

— Mais oui, Finlay. Un médecin a besoin d'une épouse.

Comme il ne semblait pas vouloir s'étendre sur le sujet, Finlay n'insista pas.

Pour sa part, Franny était assise devant le feu, Lucifer sur les genoux, l'esprit confus. Cette proposition de mariage semblait absurde, pourtant le professeur n'était pas homme à proférer des inepties. Il n'était quand même pas obligé de l'épouser pour la protéger de l'oncle William !

— Je ne sais rien de lui, dit-elle à Lucifer. Cette idée est complètement ridicule.

Pour toute réponse, le chat bâilla avant de refermer les yeux.

Le soir tombait quand le professeur revint, suivi de près par Crisp avec le plateau du thé. Il s'assit dans un fauteuil et pria Franny de servir le thé.

De style georgien, la théière était en argent massif, et les tasses en porcelaine d'une finesse exquise. Aussi, remplit-elle les tasses avec précaution, terrifiée à l'idée d'en casser une.

— Je sais que vous avez beaucoup de questions à me poser, dit le professeur en lui tendant une assiette d'exquis petits sandwichs. Ne soyez pas trop longue car je dois retourner à l'hôpital ce soir. Ma secrétaire viendra vous tenir compagnie, elle passera la nuit ici.

— Pourquoi ?

— J'ai des idées très démodées, Franny. Vous ne devez pas dormir sous mon toit sans chaperon.

— Votre réputation ?

— Non, la vôtre. Et ne discutez pas, je vous en prie.

— Non, pas maintenant, du moins... Mais vous parlez comme si nous allions nous marier. C'était une bonne idée pour remettre mon oncle à sa place, mais vous ne le pensiez pas sérieusement ?

— Mais si... Réfléchissez, Franny. C'est le seul moyen pour couper l'herbe sous le pied de votre oncle s'il voulait s'immiscer dans votre vie. Je vais demander une licence spéciale et nous nous marierons dès que possible. Il ne pourra plus rien vous faire quand vous serez ma femme.

— C'est très bien, mais voulez-vous vraiment une épouse ?

— Comme je l'ai dit à Finlay, un médecin a besoin d'une femme. Mais je n'ai jamais eu le temps de tomber amoureux... Je crois que nous nous entendrons bien, et je promets de ne pas vous bousculer. Nous nous connaissons à peine, mais nous pourrons remédier à cela après le mariage.

Il semblait tranquille, sûr de lui.

Si c'était une demande en mariage, songea Franny, elle était unique en son genre.

— J'aimerais y réfléchir, dit-elle finalement. Je doute d'être l'épouse qu'il vous faut. Je viens de Fish Street...

— J'ai le sentiment que vous êtes plus dans votre élément dans les beaux quartiers qu'à Fish Street, répondit-il.

— C'est très gentil à vous, balbutia-t-elle, gênée, mais je ne peux vraiment pas vous épouser. Vous oubliez tante Emma.

— Je n'oublie rien du tout. Je vous l'ai dit, votre tante restera ici jusqu'à ce qu'elle ait envie d'être de nouveau chez elle. Et je connais la gouvernante idéale pour lui tenir sa maison.

— Vous avez pensé à tout..., commenta-t-elle en le considérant d'un air songeur.

Une pensée lui traversa alors l'esprit.

— Nous pourrions tomber amoureux de quelqu'un d'autre, dit-elle.

— Alors, il faudra en parler ensemble, répondit-il, paraissant amusé. Bon, je dois y aller. Je ramènerai Mme Willett avec moi. Elle est veuve et c'est une femme charmante. Elle vous plaira.

Il se leva et se dirigea vers la porte.

— Vous voulez sans doute déballer vos affaires. Crisp vous montrera votre chambre. Appelez l'hôpital si vous vous inquiétez pour votre tante.

Quand il partit, elle resta assise à réfléchir à l'avenir qu'il lui offrait. Elle se rendait compte que sa présence ne modifierait en rien la vie du professeur car seul son travail comptait pour lui. Elle ne doutait pas qu'il se montrerait un mari dévoué, à condition qu'elle n'exige rien de lui. En somme, il s'agissait d'un contrat entre deux personnes qui avaient de l'estime l'une pour l'autre, estime qui pouvait se transformer en un sentiment plus tendre avec le temps. Et tante Emma serait définitivement en sécurité...

Crisp interrompit le cours de ses pensées pour la conduire à sa chambre, une belle pièce donnant sur un petit jardin, pleine de charme avec ses lampes aux abat-jour roses, son lit et sa coiffeuse en noyer, ses deux petits fauteuils recouverts de cretonne fleurie et sa commode en marquetterie. Les rideaux étaient de la même cretonne que les fauteuils et un dessus-de-lit rose recouvrait le lit.

— Je vous laisse défaire vos bagages, mademoiselle, dit Crisp. La salle de bains se trouve à côté. Si je peux vous être utile, n'hésitez pas à faire appel à moi.

Elle jeta un coup d'œil dans la salle de bains : carrelage blanc, moelleuses serviettes roses, étagères avec savonnettes, crèmes de beauté, lotions et parfums. Une pièce féminine par excellence...

Elle prit tout son temps pour déballer ses affaires, se recoiffa, retoucha légèrement son maquillage et, jugeant inutile de se changer pour mettre la seule robe décente qu'elle possédât, elle regagna le salon.

Le professeur arriva peu après avec Mme Willett, une femme d'un certain âge au visage avenant et à la voix douce, que Crisp conduisit à sa chambre.

Le dîner n'étant pas servi avant une demi-heure, le professeur offrit un verre à Franny, s'en prépara un, et s'assit.

— J'ai vu votre tante. Elle est ravie, et son état général est bon. Elle vous embrasse.

Il parla de choses et d'autres, comme pour la mettre à l'aise, et quand Mme Willett vint les rejoindre, Franny se sentait de nouveau elle-même.

Après le dîner, le professeur alla dans son bureau et elle resta devant la cheminée à bavarder avec Mme Willett. La secrétaire lui prêtant une oreille attentive, elle se surprit à lui raconter la pénible aventure dont elle et sa tante avaient été les victimes.

— Vous avez connu bien des malheurs, ma chère, lui dit Mme Willett avec sympathie, mais un avenir heureux s'ouvre devant vous. Le Pr van der Kettener m'a dit que vous alliez vous marier. Il sera un bon époux, j'en suis sûre. Je travaille pour lui depuis des années, et il n'y a pas meilleur homme.

Il ne tarda pas à les rejoindre pour participer à la conversation et, au bout d'un moment, il suggéra à Franny d'aller se coucher.

— Vous devez être lasse, et vous avez besoin de repos. Crisp vous réveillera demain matin. Je vous verrai au petit déjeuner.

Franny souhaita une bonne nuit à Mme Willett, et le professeur lui ouvrit la porte.

— Dormez bien, lui dit-elle.

La chambre était accueillante à la douce lueur des

lampes. Franny prit un long bain chaud avant de se glisser entre les draps moelleux. Délicate attention, on avait posé sur la table de chevet un verre de lait chaud qu'elle but jusqu'à la dernière goutte...

Le matin, ils prirent leur petit déjeuner ensemble, puis Mme Willett regagna sa chambre.

— Crisp vous conduira à St Giles quand vous voudrez, Franny, dit le professeur. Voulez-vous faire quelques courses ensuite ? J'ai un compte chez Harrods, allez-y acheter ce qu'il vous faut, je les préviendrai. Avant tout, vous avez besoin d'une robe de mariée..., ajouta-t-il en souriant.

— Oh ! oui... Que dois-je acheter d'autre ? Je ne veux pas que vous ayez honte de moi, dit-elle, s'efforçant d'adopter le même ton naturel que lui. Mais je peux très bien acheter mes vêtements chez Marks et Spencer...

— Non, prenez tout chez Harrods. Si je vous dis combien vous pouvez dépenser, cela vous facilitera-t-il les choses ?

Il cita un chiffre qui la laissa pantoise.

— Mais c'est trop... je ne peux pas...

— Pour une fois, vous pouvez vous montrer un peu extravagante, vous ne croyez pas, Franny ?

— Eh bien, ce serait merveilleux d'acheter sans regarder les prix... il n'y aura que nous au mariage ?

— Oui. Avec votre tante Emma et Finlay, bien sûr.

— Nous nous marierons à l'église ?

— Bien sûr. Je m'occupe de la licence dès aujourd'hui, dit-il en se préparant à partir. Vous avez une préférence pour le jour ?

— Non... Vous savez, je doute toujours d'être l'épouse qui vous convienne, dit-elle, les sourcils froncés. Je sais qu'il s'agit juste d'un arrangement amical... je veux dire, nous ne nous aimons pas... et je ne connais rien de vous.

— Mais vous m'aimez un petit peu, maintenant, et vous avez confiance en moi ?

— Oui. Je ne vous aimais pas beaucoup au début, mais ce n'est plus le cas. Vous vous êtes donné beaucoup de mal pour nous.

— Alors, laissez-moi m'occuper de tout, Franny.

Passant près d'elle, il se pencha pour déposer un baiser léger sur sa joue.

— Je serai de retour vers 5 heures, mais je dois ressortir ce soir.

Il posa des billets de banque pliés près de son assiette et sortit avant qu'elle ait pu le remercier.

Mme Willett vint la saluer avant de partir.

— Je reviendrai ce soir, Franny. Passez une bonne journée à courir les magasins ! J'espère que vous me montrerez vos emplettes !

Restée seule, Franny se rassit à la table que Crisp vint bientôt débarrasser.

— Je vous conduirai à l'hôpital quand vous voudrez, mademoiselle. Et le professeur m'a chargé de vous dire de prendre un taxi pour vous rendre chez Harrods quand vous quitterez St Giles.

Comme il était doux d'être dorlotée ! Après des années à faire des économies de bouts de chandelle et à tirer le diable par la queue, avoir carte blanche chez Harrods ressemblait à un rêve. Tout comme les dernières vingt-quatre heures ressemblaient à un rêve...

Elle se mit en quête de Crisp pour lui demander de l'emmener à l'hôpital. Il était encore tôt, mais elle avait pris conscience avec ravissement qu'elle avait beaucoup d'achats à faire...

# 7.

Tout habillée, tante Emma attendait de partir à sa séance de physiothérapie.

— Je suis si bien ici ! dit-elle joyeusement à Franny. Marc vient de passer me voir. Il dit que je serai vite sur pied. Il veut que j'habite chez lui jusqu'à ce que je décide de me trouver un logement avec Finlay. Il paraît que vous allez vous marier ? Je n'arrive pas à le croire !

— Moi non plus... Je vais faire des courses en repartant. Le prof... Marc veut que je m'offre une nouvelle garde-robe. Chez Harrods, pas moins ! précisa-t-elle avec un grand sourire.

— Tu le mérites bien, ma chérie. Tu crois que nous entendrons encore parler de ton oncle William ?

— S'il se manifeste, il faudra prévenir Marc. Il saura quoi faire. Alors, ne t'inquiète pas. Finlay t'a appelée ?

— Oui. Il m'a chargée de te dire que tout allait bien. Il te téléphonera ce soir. Oh ! ma chérie, tu imagines comme ce serait merveilleux si je pouvais de nouveau avoir une maison à moi ? Avec Finlay qui va et vient, et toi tout près ?

Elle posa sur sa nièce un regard songeur.

— Tu seras heureuse avec Marc ? Tout cela a été si soudain... J'ignorais qu'il était amoureux de toi.

Franny s'abstint de répondre. Après tout, les idées romantiques de tante Emma ne nuisaient à personne.

Suivant les instructions de Marc, elle prit un taxi pour se rendre chez Harrods, gratifia le chauffeur d'un pourboire royal et pénétra dans l'élégant magasin, se sentant un peu gênée parmi les clientes chic qui déambulaient. Elle explora le rayon femme un moment, consciente du regard des vendeuses, puis se dirigea vers l'une d'elles.

— Je m'appelle Francesca Bowen. Le Pr van der Kettener m'a dit de faire mettre tous mes achats sur le compte qu'il possède chez vous. Voulez-vous vérifier ?

La vendeuse parut surprise, mais elle la pria de s'asseoir pendant qu'elle allait se renseigner. Franny songea que ce serait vraiment affreux s'il avait oublié de prévenir le magasin...

Elle aurait dû se douter que le professeur n'oubliait jamais rien. Une dame s'approcha d'elle en souriant, et malgré son maquillage outrancier et sa coupe de cheveux bizarre, elle se montra très serviable.

— Vous cherchez juste une tenue ou une garde-robe complète ? demanda-t-elle.

— Je veux une tenue pour me marier dans l'intimité, facile à porter ensuite. Une robe et la veste assortie, peut-être ? J'aurai aussi besoin de chaussures, de gants, d'un sac à main et d'un chapeau. Et il me faut également des vêtements pour tous les jours, une robe en jersey, peut-être, des jupes et des chemisiers, un ou deux pull-overs. Une robe habillée pour le soir.. oh ! et un imperméable ! Des souliers, une robe de chambre, et de la lingerie.

— Un manteau d'hiver ?

— Oh ! oui, et un plus habillé pour le soir !

— Venez avec moi, s'il vous plaît...

Quand Franny quitta le magasin deux heures plus tard, elle ne portait qu'un sac au célèbre logo de Harrods contenant un assortiment de produits de beauté, tous ses achats devant être livrés directement à Wimpole Street. Marc ne l'aimait peut-être pas, mais il n'y avait aucune raison pour qu'il ne soit pas fier d'elle.

Elle prit un taxi pour regagner Wimpole Street et fit honneur au délicieux repas préparé par Crisp. Quand ses paquets arrivèrent, elle les monta dans sa chambre et passa une heure délicieuse à admirer ses emplettes. Elle avait dépensé beaucoup d'argent — encore avait-elle à peine entamé le crédit autorisé par le professeur —, mais cela en valait la peine.

La robe et le manteau en fin lainage bleu-gris seraient parfaits pour le mariage. Le manteau avait un col de renard argenté assorti à l'élégant chapeau qui complétait la tenue. Elle avait aussi acheté une robe en jersey vert sapin qu'elle porterait avec une veste en cachemire dans les mêmes tons. C'était une petite folie, mais quand elle avait essayé l'ensemble, elle n'avait pas pu résister... Elle s'était montrée plus raisonnable pour les jupes, les pulls et les chemisiers, ce qui lui avait permis d'acheter une magnifique robe de chambre matelassée ainsi qu'un assortiment de ravissants sous-vêtements.

Plus tard, comme elle prenait le thé devant la cheminée en compagnie de Lucifer, Crisp vint la prévenir que le professeur serait retardé, mais qu'il espérait être rentré pour le dîner.

Franny ravala sa déception. Elle aurait tant aimé lui parler de ses emplettes ! S'il rentrait tard, il serait trop fatigué pour l'écouter. Fort heureusement, Mme Willett arriva peu après. Elle lui confirma que Marc était retourné à l'hôpital pour une urgence.

— Il s'est rappelé que vous alliez faire des courses et il a pensé que vous aimeriez me raconter votre journée.

Etait-ce une façon polie de lui faire savoir qu'il n'était pas intéressé ? Quoi qu'il en soit, Franny se réjouit de montrer ses achats à Mme Willett qui les admira avec un enthousiasme non feint.

Leur hôte n'étant toujours pas de retour au moment de passer à table, elles dînèrent ensemble puis l'attendirent un moment, mais, comme il ne rentrait pas, elles allèrent se coucher.

Franny resta un long moment à guetter son retour, puis elle finit par s'endormir. Elle n'entendit pas ses pas feutrés passer devant sa chambre au petit matin.

Elle le retrouva pour le petit déjeuner, impeccable dans son costume de flanelle grise, malgré ses traits tirés. Elle attendit que Mme Willett ait quitté la table pour lui montrer la facture de Harrods.

— Je leur ai demandé de tout inscrire pour que vous sachiez combien j'ai dépensé. J'ai acheté des...

— Ce n'est pas nécessaire, coupa-t-il impatiemment. Achetez ce que vous voulez. Inutile de m'ennuyer avec les détails. Je vous ai dit que je vous ai ouvert un crédit et je m'arrangerai avec Harrods si vous le dépassez.

Puis il se plongea dans la lecture de son courrier, la laissant ressasser sa déception.

— J'imagine que vous êtes fatigué après cette mauvaise nuit, dit-elle au bout d'un moment. Vous devez essayer de rentrer plus tôt ce soir pour vous coucher tôt.

Il reposa la lettre qu'il tenait.

— Quand je voudrai votre opinion sur mon mode de vie, Franny, je vous la demanderai.

— Oh ! bien... Je ne voulais pas me mêler de vos affaires. Ce sera dur, sans doute, mais j'essayerai de m'en souvenir.

— Je vous le conseille, dit-il en se levant.

Il la salua d'un signe de tête et sortit. Elle l'entendit parler à Mme Willett, dans le hall, puis ils quittèrent la maison. Tandis qu'elle restait assise à la table, regardant sans le voir Crisp qui la débarrassait, elle ne pouvait se défaire de l'impression qu'elle commettait une erreur en épousant Marc. Cette solution paraissait logique et raisonnable : il voulait une épouse, elle avait besoin d'un foyer pour elle et sa tante. Mais ce mariage n'était-il pas voué à l'échec ? Soucieuse, elle fit néanmoins bonne figure à Crisp quand il lui demanda s'il pouvait la conduire quelque part.

— J'ai encore des courses à faire, Crisp, mais je me rendrai chez Harrods en taxi, et je déjeunerai dehors. Je rentrerai dans l'après-midi.

— Je serai là, mademoiselle. Vous aurez besoin d'un bon thé pour vous remettre après cette épuisante journée.

Elle repartit donc compléter sa garde-robe. Chez Harrods, elle fut accueillie par la charmante vendeuse de la veille et passa un long moment à examiner les ensembles. Elle finit par choisir un élégant tailleur de tweed dans des tons d'automne, trouva un chemisier blanc cassé à porter dessous, ainsi que de beaux mocassins, un sac de cuir et des gants assortis.

On lui promit de livrer le tout dans la journée, et elle quitta le magasin d'un pas allègre, le moral en hausse, après ces nouveaux achats. Elle s'arrêta dans un salon de thé pour manger un sandwich et boire un café, puis repartit faire du lèche-vitrine. Elle trouva une chemise et une cravate pour Finlay et une jolie liseuse pour tante Emma qu'elle comptait aller voir en rentrant à Wimpole Street. Quand elle irait mieux, elle l'emmènerait avec elle dans les magasins.

A l'hôpital, elle trouva sa tante particulièrement en forme et impatiente de retrouver une vie normale. Et en regagnant Wimpole Street, elle se dit qu'elle avait vraiment passé une merveilleuse journée, préférant oublier la froideur que Marc lui avait témoignée au petit déjeuner. Sans doute avait-il mauvais caractère, et elle devrait apprendre à s'en accommoder. Dédaignant ses instructions, elle avait pris le bus pour rentrer, et maintenant, elle remontait à pied Wimpole Street...

Immobile devant la fenêtre de son cabinet de consultation, Marc attendait pendant que son assistante préparait son prochain patient. En bas, dans la rue calme, presque déserte, il repéra immédiatement Franny. Elle marchait d'un pas vif, comme si elle voulait conquérir le monde. Il sourit, puis fronça les sourcils. Elle semblait différente. Il étudia le tailleur à la mode, les souliers raffinés, les sacs de boutiques chic qu'elle tenait à la main. Quelques vêtements avaient suffi pour métamorphoser la discrète petite souris en une belle jeune femme élégante et sûre d'elle...

Plus tard, roulant vers l'hôpital, il pensait encore à elle. Quand il s'était rendu à Brinsleigh avec Finlay, il n'avait aucune intention de l'épouser. Elle l'intriguait, elle l'amusait même, et il admirait sa faculté de voir toujours le côté positif des choses, mais de là à l'épouser... Pourtant, quand il l'avait vue, misérable, mal fagotée dans son tablier trop grand pour elle, l'idée lui était venue tout naturellement. Et il ne regrettait rien.

Comme tout un chacun, il avait eu des aventures amoureuses et, au fond, il savait qu'il se marierait un jour — à son heure, avec une femme soigneusement choisie qui s'adapterait à son mode de vie. Il ignorait bien des choses sur Franny, mais elle avait des origines tout à fait respectables et saurait parfaitement tenir son rôle d'épouse de médecin.

Il continuerait à travailler d'arrache-pied pendant qu'elle occuperait ses journées comme toutes les épouses. Ils se retrouveraient le soir, passeraient une heure ou deux ensemble et, s'il avait du travail, elle ne protesterait pas. En outre, ils s'appréciaient, tous les deux, et pour ce qui le concernait, c'était amplement suffisant.

Un peu plus tard, il retourna à son cabinet étudier avec Mme Willett les dossiers des patients du lendemain, puis ils montèrent à son appartement.

⁂

Quand il lui parut évident que Marc ne serait pas là pour le thé, Franny se changea et enfila une robe de cachemire gris perle à laquelle elle n'avait pas pu résister. D'une élégante simplicité, elle était d'un toucher exquis, et une très belle ceinture de cuir la complétait. La coupe droite mettait en valeur sa silhouette gracieuse et la finesse de sa taille, et quand elle se fut coiffée et maquillée avec soin, l'image que lui renvoya le miroir lui plut.

Marc s'était montré plus que généreux, et elle s'était efforcée de choisir des vêtements convenant à l'épouse d'un éminent professeur.

Jamais elle ne pourrait le dédommager, bien sûr, mais elle ferait l'impossible pour être l'épouse qu'il souhaitait. Et, tout compte fait, leur mariage avait des chances de réussite. Elle devait surtout veiller à ne pas l'ennuyer avec les détails insignifiants de ses journées, comme ce matin.

Décidée à ne pas le décevoir, elle entra immédiatement dans la peau de son nouveau personnage, lors du dîner, et prit soin de rester à sa place, se contentant de répondre aimablement quand on lui adressait la parole.

Déjà troublé par la nouvelle Franny, si belle et élégante, Marc en demeura perplexe. Il voulait travailler après le repas, mais, intrigué par le nouveau comportement de la jeune femme, il décida de la questionner. Il attendit que Mme Willett fût partie se coucher.

— Dites-moi, Franny, pourquoi êtes-vous devenue aussi silencieuse ? Auriez-vous perdu votre langue ?

Elle croisa les mains sur ses genoux et le regarda.

— Je sais que vous me trouvez trop bavarde et j'ai décidé de m'amender pour être l'épouse que vous attendez. Vous n'avez pas envie de m'entendre discourir sur mes achats, mes dépenses, le mauvais rhume de Crisp, les engelures de sa sœur, ou le fils de la vendeuse de chez Harrods qui a été pris à la manécanterie de la cathédrale... vous voyez ce que je veux dire ?

Il réprima un sourire.

— Oui, je vois, Franny, mais je vous en supplie, ne changez pas. Je trouve votre silence... terrifiant. J'aime votre babillage. Oubliez ma mauvaise humeur et restez vous-même, et vous serez le genre d'épouse que tout homme souhaite avoir. Pardonnez-moi, et racontez-moi vos emplettes.

— Eh bien, j'ai acheté un tailleur...

— Ah oui. Je l'ai vu de la fenêtre de mon cabinet quand vous êtes rentrée cet après-midi.

— Vraiment ? Vous le trouvez bien ? Vous me le direz si vous n'aimez pas quelque chose ?

— Je vous le dirai immédiatement et nous irons ensemble choisir autre chose.

— Ce serait bien, mais vous n'aurez jamais le temps. Vous avez peu de loisirs, et vous avez beaucoup mieux à faire...

— Je vois que vous serez une épouse idéale, commenta-t-il, pince-sans-rire.

— Je ferai de mon mieux.

— Savez-vous quelle femme il me faut ? demanda-t-il en l'observant sans en avoir l'air.

— Je crois. Elle ne devra pas vous distraire de votre travail... car si vous épousiez une beauté dont vous seriez follement épris, vous n'auriez pas autant de temps à consacrer à vos patients, non ? Moi, vous ne me voyez pas vraiment. Je veux dire, vous ne me contemplez pas en vous extasiant sur ma beauté. Je crois que je peux m'occuper de votre maison et être une compagne quand vous le souhaitez... en retrait, en quelque sorte.

— Est-ce ainsi que vous me voyez, Franny ? demanda-t-il lentement. Un être au cœur froid ? Absorbé par son travail, incapable d'aimer ?

— Non, non. Simplement, vous n'avez pas eu la chance de rencontrer l'âme sœur, mais j'espère que ça vous arrivera un jour. Il faudra me le dire, alors. Je ne veux pas être un obstacle. Après tout, notre mariage n'est qu'un arrangement amical, non ?

— Franny, je crois qu'il faut mettre certaines choses au point...

Il fut interrompu par la sonnerie du téléphone. Il décrocha et écouta son interlocuteur.

— Très bien, j'arrive, dit-il en se levant. Je dois me rendre à l'hôpital, Franny. Nous reprendrons cette discussion plus tard.

Franny alla donc se coucher, mais elle ne ferma pas l'œil de la nuit. Car en regardant le professeur quitter la pièce, elle avait pris conscience d'une chose. Elle était amoureuse de lui. Depuis quand, elle l'ignorait. Mais elle l'aimait. Eperdument.

Cela compliquait la situation. Elle allait avoir du mal à dissimuler ses sentiments. Heureusement qu'elle ne le voyait pas beaucoup...

Le lendemain, elle se sentait fatiguée. Après sa douche, elle mit son tailleur de tweed, et se présenta dans la salle à manger soigneusement coiffée et maquillée. Occupés à passer en revue les rendez-vous de la journée, le professeur et Mme Willett la saluèrent aimablement avant de se replonger dans leur agenda.

— Vous aurez juste le temps de prendre un sandwich avant vos consultations à St Giles, dit Mme Willett. Puis vous avez un rendez-vous à 16 heures et deux patients ici à 18 heures. La réunion du *Royal College of Surgeons* est à 20 heures.

— Serez-vous là pour dîner ? demanda Franny.

— Le temps d'un autre sandwich, Franny. Je dois ressortir après cette réunion...

— Vous êtes obligé ? Vous...

Son froncement de sourcils l'arrêta net, et elle se concentra sur son œuf à la coque. La voix du professeur lui fit relever la tête.

— Vous n'avez pas l'air dans votre assiette, Franny... Vous avez des projets pour aujourd'hui ?

— Oh oui ! C'est agréable de sortir quand il ne pleut pas...

Elle beurra son toast, lui adressa un sourire vague, et demanda à Mme Willett si elle avait bien dormi.

Quand ils furent partis, Franny alla prendre des nouvelles du rhume de Crisp, puis elle enfila son nouveau manteau, un superbe pardessus camel en pure laine, et sortit faire une longue promenade. Elle avait prévenu Crisp qu'elle ne rentrerait pas déjeuner. Etourdie par la révélation de son amour tout neuf, elle avait besoin de se retrouver seule pour réfléchir.

Ignorant bus et taxis, elle marcha jusqu'à Marble Arch, et pénétra dans Hyde Park. Il était encore tôt et il n'y avait pas beaucoup de promeneurs dans le parc. Elle marchait d'un bon pas sans faire attention où elle allait, et finit par se retrouver à Kensington. Entrant dans un salon de thé, elle commanda un café.

La journée était encore loin d'être terminée, mais elle avait eu le temps de réfléchir, et elle s'était ressaisie.

Ses pas la conduisirent alors au Victoria and Albert Museum. Elle déambula dans les salles, insensiblement apaisée par la beauté des œuvres exposées. Elle déjeuna au restaurant du musée, et quand elle reprit la direction de Wimpole Street, elle commençait à ressentir les effets de la fatigue.

C'était étrange de penser qu'il y avait peu de temps encore, elle et sa tante étaient si malheureuses chez l'oncle William. Comme quoi on ne pouvait jamais savoir ce que réservait l'avenir. Elle se surprit à imaginer que Marc découvrait qu'il l'aimait aussi et qu'ils vivaient heureux...

Elle secoua vigoureusement la tête comme pour chasser ces stupides idées.

Un thé copieux l'attendait, avec des toasts chauds, d'exquis petits sandwichs, et des gâteaux maison préparés par Crisp.

— Le professeur sera absent ce soir, mademoiselle, dit-il. Mme Willett et vous désirez-vous dîner à l'heure habituelle ?

— S'il vous plaît, Crisp. Le professeur devra se contenter de sandwichs entre deux rendez-vous. Pouvez-vous lui en préparer ?

— Certainement. J'attendrai son retour.

— C'est inutile. Vous avez besoin de dormir. Je resterai debout pour le cas où il aurait besoin de quelque chose...

Franny et Mme Willett bavardaient tranquillement dans le salon quand le professeur termina ses consultations. Il était 19 heures et il semblait fatigué. Franny lui demanda s'il voulait manger quelque chose.

— S'il vous plaît. Des sandwichs et un café feront l'affaire. Voulez-vous demander à Crisp de me les apporter dans ma chambre ? Je mangerai en me changeant.

— Voulez-vous un vrai repas en rentrant ce soir ? demanda-t-elle. Crisp peut vous garder quelque chose au chaud...

— Inutile. La réunion devrait s'achever vers 9 heures et j'ai prévu de dîner en ville.

— Passez une bonne soirée, dit-elle d'un ton enjoué.

Elle se demanda où il dînait, et avec qui. Mais pourquoi le lui aurait-il dit ? Elle ne devait pas se montrer indiscrète en s'intéressant de trop près à sa vie privée. Leur union était un mariage de convenance, et l'intimité n'entrait pas dans le contrat.

Elle bavardait avec tante Emma au téléphone quand il revint chercher quelque chose. Il avait troqué son costume pour un smoking et il était magnifique. Quand il lui sourit, elle n'écouta plus le babillage de sa tante et dut faire un effort pour reprendre le fil de la conversation...

Le lendemain matin, elle descendit déjeuner, bien décidée à ne poser aucune question et à garder le silence pendant qu'il lisait son courrier, ou à bavarder avec Mme Willett. Mais celle-ci n'était pas là car elle prenait son petit déjeuner au lit, lui annonça Marc, le visage impassible.

— J'ai la licence, ajouta-t-il. Je suis très ami avec notre pasteur et j'ai passé la soirée chez lui. Je ne vous ai pas demandé de m'accompagner car je ne savais pas s'il pouvait nous marier immédiatement, mais cela est possible. Nous n'avons qu'à convenir ensemble de la date.

Franny ouvrit la bouche pour dire quelque chose, mais jugea plus sage de se taire.

— Il y a un problème, cependant, reprit-il. Je dois me rendre en Hollande dans trois jours pour voir des patients. Si vous êtes d'accord, nous pouvons nous marier après-demain et partir directement pour la Hollande ensuite. J'aimerais que vous veniez, mais si vous ne vous sentez pas prête, dites-le. Je partirai comme prévu, et nous nous marierons à mon retour.

— Quand rentrez-vous ?

— Dans environ une semaine.

— Et où habiterais-je pendant votre absence ?

— Ici, bien sûr. Votre tante sera rentrée d'ici là.

— Je crois que j'aimerais vous épouser avant de partir en Hollande, dit-elle après un silence. Mais tante Emma ?

— Elle nous attendra ici, et l'une de mes amies qui est infirmière lui tiendra compagnie. Et, bien sûr, Crisp veillera sur elle comme à la prunelle de ses yeux.

Franny hocha la tête. Elle n'en doutait pas un instant.

— Vous voulez vraiment que je vienne avec vous ?

— Absolument, dit-il en souriant. Tante Emma sera rentrée à temps pour le mariage. Et il faut prévenir Finlay.

— Où nous marions-nous ?

— Dans une petite chapelle derrière Wimpole Street. Il y aura tante Emma, Finlay, et Crisp, bien sûr, et je pense que Mme Willett aimerait être présente.

— Très bien. Quels vêtements dois-je emporter en Hollande ?

— Prenez ce tailleur, un manteau chaud, et une tenue de soirée. Vous pourrez acheter tout ce que vous voudrez là-bas.

— Je ne sais même pas où vous habitez.

— Dans un tout petit village entre La Haye et Leyde. C'est pratique pour moi car je travaille dans des hôpitaux des deux villes. Mais revenons à tante Emma...

— Elle va vouloir un nouveau chapeau pour la cérémonie.

Il sourit.

— Bien entendu. Pouvez-vous aller la chercher à St Giles demain après-midi ? Prenez un taxi, et allez chez Harrods lui acheter un chapeau et une tenue complète, pendant que vous y êtes. Faites mettre le tout sur mon compte.

— Je ne crois pas que tante Emma...

— Rappelez-lui que nous allons être parents. Les cadeaux sont parfaitement admissibles entre parents.

— Vous êtes très généreux.

— Pas du tout. La générosité implique qu'on se prive. Et je peux vous assurer que ce n'est pas mon cas.

— Vous êtes difficile à remercier..., commenta-t-elle.

— Alors, n'essayez pas.

Oui, c'était un homme difficile, songea-t-elle, avec des sentiments si profondément enfouis au fond de lui-même qu'il avait oublié jusqu'à leur existence. Etre marié avec lui ne serait pas facile non plus. Elle aurait peut-être encore pu changer d'avis, mais maintenant qu'elle savait qu'elle l'aimait, c'était impossible...

Ragaillardie par la perspective du mariage, tante Emma s'était promptement rétablie. Rassurée sur son avenir et escortée de Franny, elle passa plus d'une heure chez Harrods à choisir un manteau et, sur l'insistance de sa nièce, une fine robe de lainage. Le choix du chapeau exigea encore plus de temps, mais elle finit par trouver son bonheur et, satisfaite de ses achats, elle consentit à regagner Wimpole Street.

De retour à l'appartement, elles se jetèrent sur les petits fours de Crisp accompagnés d'un délicieux Earl Grey, puis Franny installa sa tante dans la jolie chambre qui lui était destinée.

La laissant se reposer, elle gagna sa propre chambre. Assise devant la coiffeuse, elle scruta son visage dans la glace. Ses cheveux brillaient, son teint était lumineux et ses grands yeux avaient un éclat qu'elle ne leur avait jamais vu. Etait-ce l'amour qui l'avait métamorphosée ainsi ?

Mme Willett et Finlay venant dîner ce soir-là, elle mit sa robe verte et, satisfaite de l'image que lui renvoyait le miroir, elle alla voir si tante Emma était prête.

Crisp s'était surpassé, et tout le monde fit honneur au savoureux repas arrosé de champagne. Les conversations allèrent bon train, mais personne ne parla du mariage, jusqu'à ce que Mme Willett prenne congé.

— La prochaine fois que nous nous verrons, ce sera pour la cérémonie nuptiale, dit-elle en embrassant affectueusement Franny. Je vous souhaite beaucoup de bonheur à tous les deux !

Franny la remercia, consciente de la présence silencieuse de Marc. Peut-être seraient-ils heureux, songea-t-elle avec défi. En tout cas, elle ferait l'impossible pour cela.

Tante Emma ne tarda pas à aller se coucher, et Finlay, à qui on avait donné une petite chambre près de la sienne, la suivit quelques minutes plus tard. Franny se retrouva seule avec Marc.

C'était peut-être le moment de se parler pour apprendre à mieux se connaître, se dit-elle avec espoir. Hélas ! il lui suggéra d'aller se reposer.

— J'ai un travail à finir ce soir. Dormez bien, Franny, murmura-t-il en lui effleurant la joue d'une caresse.

— Je dors toujours bien, mentit-elle effrontément. Bonne nuit, Marc.

Elle prit tout son temps pour se coucher, persuadée de ne pas trouver le sommeil, mais la fatigue eut raison d'elle. Sa dernière pensée fut qu'il ne lui avait pas offert de bague de fiançailles...

— C'est dommage, murmura-t-elle avant de s'endormir.

Avec le matin, ses doutes et sa déception s'envolèrent. Ce mariage n'était peut-être pas l'union rêvée, mais, au moins, elle aimait Marc, et c'était un premier pas.

La cérémonie devait être célébrée à 11 heures, puis ils déjeuneraient légèrement avant de partir pour la Hollande. Escortés de Crisp, Finlay et tante Emma étaient déjà en route pour l'église quand Franny quitta sa chambre. Marc la rejoignit dans le hall.

— Prête ? demanda-t-il.

Son regard glissa sur elle avec admiration.

— Vous êtes ravissante, Franny... Nerveuse ?

— Pas du tout.

Lui aussi était superbe avec son élégant costume gris et sa cravate de soie.

— Marc, je ferai tout pour être une bonne épouse, je vous le promets.

Il lui prit la main et la baisa doucement.

— Je n'en doute pas, ma chère. Je crois que nous nous entendrons très bien.

Ce n'était pas de l'amour, mais pour le moment, elle saurait s'en contenter.

Très ancienne, la petite chapelle semblait écrasée par les immeubles qui l'entouraient, mais à l'intérieur régnait une indicible atmosphère de paix et de recueillement. Les vitraux se reflétaient sur les murs gris et les bancs sombres, et des brassées de fleurs printanières ornaient le petit chœur.

Sous le porche, Marc tendit un charmant bouquet de violettes et de roses à Franny qui se sentit rougir. Et tandis qu'ils remontaient lentement la nef, elle sut avec une certitude absolue que tout irait bien.

Comme dans un brouillard, elle vit tante Emma et Finlay, Crisp et Mme Willett, entendit la voix du pasteur, un homme jeune au visage rubicond, celle de Marc, la sienne qu'elle eut du mal à reconnaître. Puis Marc glissa un anneau d'or à son doigt. Alors, seulement, elle prit conscience qu'ils étaient mariés.

Ils signèrent le registre, s'embrassèrent, et sortirent de l'église. Rien ne semblait tout à fait réel, mais elle savait qu'aussi longtemps qu'elle vivrait, elle se rappellerait chacun de ces instants...

# 8.

De retour à l'appartement, le champagne coula à flots puis tout le monde se retrouva autour de la table de la salle à manger pour déguster l'excellent déjeuner préparé par Crisp : potage de cresson à la crème, filets de canard farcis au foie gras, sorbet à la pêche et pièce montée, le tout généreusement arrosé de champagne.

Après le café, le maître de maison se leva.

— Je vous épargnerai un discours, mais Franny et moi tenons à vous remercier de votre présence, et j'espère que nous nous retrouverons tous à cette table à notre retour.

Le moment du départ était venu. On échangea baisers et poignées de main puis Franny se retrouva dans la Rolls avec Marc. Comme il démarrait, elle se sentit brusquement prise de panique.

« Je dois être folle de l'avoir épousé ! Je ne sais rien de lui. Nous aurions dû attendre, apprendre à mieux nous connaître pour être sûrs... » Mais elle était sûre de ses sentiments, non ?

— Cessez de vous tracasser, Franny, dit Marc, très calme. Profitez du moment et prenez les choses comme elles viennent.

— J'ai l'impression de me noyer..., murmura-t-elle.

— Vous allez vite vous ressaisir, et considérer cette aventure comme un des aléas de la vie.

— Vous parlez de notre mariage ?
— Oui, répondit-il en riant. Quoique je ne pense pas qu'on puisse le qualifier d'aventure aléatoire... Voulez-vous que je vous parle de la Hollande, pour vous changer les idées ?

Ils atteignirent Douvres, empruntèrent l'aéroglisseur qui les laissa à Calais puis la Rolls dévora les kilomètres avec aisance, traversant le nord de la France, puis la Belgique. En Hollande, ils s'arrêtèrent dans un petit café du bord de la route et prirent un thé accompagné de *sprits*, de délicieux biscuits croustillants que Franny dégusta avec plaisir.

Quand ils repartirent, il faisait nuit, et une brume légère flottait au-dessus du plat pays qui s'étendait à perte de vue. Bientôt, les lumières d'une grande ville apparurent à l'horizon.

— La Haye, dit Marc avec un plaisir non dissimulé.

Ils quittèrent l'autoroute pour s'enfoncer dans la campagne. La route étroite longea un canal pendant un moment, puis se dirigea vers un petit bois. Des lumières scintillaient entre les arbres, indiquant la présence d'habitations.

Bientôt, les maisons du village apparurent, regroupées autour de l'église austère. Franny aperçut des arbres, un haut mur de brique, puis un grand portail ouvert que le professeur franchit. L'allée courait entre des haies bien entretenues jusqu'à une grande demeure dont toutes les fenêtres étaient illuminées.

— C'est ici ? demanda Franny, impressionnée.
— Votre... notre maison, Franny.

Quand ils gravirent les marches de l'escalier de pierre qui menait au porche, la porte s'ouvrit et un homme d'un certain âge apparut.

— Manfred ! s'écria affectueusement le professeur.

Il échangea quelques mots avec l'homme dans sa langue natale, puis :

— Je vous présente Manfred, Franny. Il est dans la famille depuis plus longtemps que moi. Il s'occupe de la maison avec son épouse et parle anglais. Manfred, voici ma femme.

Franny serra la main du vieux domestique.

— Je suis ravi de vous connaître, *mevrouw*, dit-il. Voici Bertha, qui va vous conduire à votre chambre. Nous dînerons dans un moment.

Bertha avait surgi silencieusement auprès de son époux et Marc l'embrassa affectueusement. Puis elle sourit à Franny.

— Nous sommes très heureux de vous voir. Suivez-moi, *mevrouw*.

— Descendez quand vous serez prête, nous prendrons un verre avant le dîner, dit Marc. Ah ! te voilà, Biddy, ma belle !

Il tendit les bras à un chien qui fonçait sur lui en aboyant joyeusement. Franny les laissa à leurs retrouvailles et suivit Bertha dans l'imposant escalier. Au premier, le palier se séparait en deux galeries qui surplombaient le hall d'entrée. Bertha prit celle de gauche et Franny constata avec surprise qu'elle ouvrait sur plusieurs petits passages.

Bertha poussa une porte et elles pénétrèrent dans une vaste pièce aux hautes fenêtres drapées de brocart blanc cassé, de même teinte que le tapis. Sur le grand lit à baldaquin, un couvre-lit ancien rappelait le tissu rose de la méridienne et des deux petits fauteuils. Entre les fenêtres, il y avait une commode et une longue coiffeuse avec un triple miroir. C'était une chambre magnifique.

Bertha ouvrit la porte de la salle de bains, une pièce immense et chaude dans de délicats tons de rose et de blanc cassé. On y trouvait tout ce dont une femme pouvait rêver, et Franny contempla la grande baignoire avec envie. Elle brûlait de s'y prélasser, mais peut-être Marc souhaiterait-il sa compagnie après le dîner. Après tout, c'était le jour de leur mariage...

Quand Bertha la laissa, elle se rafraîchit et se remaquilla légèrement puis elle descendit, un peu intimidée.

— J'espère que je ne vous ai pas fait attendre, dit-elle à Marc qui arpentait le hall.

— Non, non. Venez...

Elle ne chercha pas à dissimuler son enchantement en découvrant le salon avec ses murs lambrissés, ses tentures de brocart bleu roi aux fenêtres, ses canapés et ses fauteuils tapissés de chintz bleu et miel. Un bon feu de bois brûlait dans la grande cheminée, et de petites tables d'acajou encaustiquées étaient disséminées aux quatre coins de la pièce.

— Quelle belle pièce ! Oh ! il y a même un chat...

— Nous avons Cat depuis des années. Il est arrivé un jour de pluie et ne nous a plus quittés. Asseyez-vous. Que buvez-vous ?

— Un sherry sec, s'il vous plaît.

Elle prit place sur un canapé, mais si elle espérait le voir s'asseoir près d'elle, elle fut déçue. Son verre à la main, il s'installa dans un fauteuil devant la cheminée, Biddy à ses pieds. Il n'évoqua pas non plus leur mariage, mais lui résuma brièvement ses engagements pendant leur séjour en Hollande. Comme il serait libre le lendemain, il lui montrerait la maison et le parc, et ils pourraient aller au village rendre visite au pasteur, le *dominee*.

— Mes trois sœurs et mon frère meurent d'envie de vous connaître. Ils sont tous mariés, et j'ai perdu le compte de mes neveux et nièces...

Franny se rembrunit. Et si elle ne leur plaisait pas ? Si elle ne les aimait pas ? Elle ferait un effort, par amour pour Marc.

— Et vos parents ?

— Mon père est mort d'une crise cardiaque il y a deux ans, et ma mère l'a suivi peu après. Elle souffrait d'une mauvaise grippe compliquée d'une pneumonie et avait perdu le goût de vivre. Ils étaient très attachés l'un à l'autre.

— Je suis navrée. Votre père était chirurgien, lui aussi ?

— Oui, et son père avant lui. Mon frère cadet est généraliste à Leyde. Une de mes sœurs, mariée à un avocat, vit à La Haye. Une autre a épousé un vétérinaire et habite la Frise, et la cadette s'est mariée l'an dernier au plus jeune fils d'un propriétaire terrien de Limbourg. Nous essayons de nous voir le plus souvent possible.

Manfred entra pour annoncer que le dîner était servi, et ils traversèrent le vaste hall pour gagner la salle à manger.

Bertha leur avait préparé un faisan rôti au chou et un succulent gâteau à la crème fouettée, le tout arrosé de champagne. Impressionnée par les splendeurs de la salle à manger, Franny n'en mangea pas moins de bon appétit, savourant chaque instant de cette soirée en l'agréable compagnie de Marc.

Ils prirent leur café dans le salon et bavardèrent agréablement jusqu'à ce que le professeur remarque qu'elle devait être fatiguée et souhaitait certainement aller se coucher.

Elle allait protester quand elle surprit son expression. Etait-il impatient de se débarrasser d'elle ?

— Très bien, répondit-elle. La journée a été fatigante, effectivement. A quelle heure sert-on le petit déjeuner ?

— 8 heures. Ne préférez-vous pas le prendre au lit ?

— Au lit ? répéta-t-elle, incapable de se rappeler quand elle avait connu ce luxe. Non merci. Bonne nuit, Marc.

— Bonne nuit, Franny. Dormez bien.

Un bref instant, elle espéra qu'il allait l'embrasser, mais il n'en fit rien. Passant devant lui, elle traversa le hall et gravit l'escalier sans se retourner.

Elle se déshabilla et se fit couler un bain. Elle resta longtemps dans la baignoire, à pleurer toutes les larmes de son corps sur sa triste nuit de noces...

Marc regagna son fauteuil. Il devait admettre qu'il avait passé une très agréable journée. Franny était charmante, et lorsqu'ils se connaîtraient mieux, il ne doutait pas qu'ils s'entendraient parfaitement.

Il l'aimait bien. Il devait même reconnaître qu'il tenait à elle. Il avait déjà été amoureux, mais il ne se rappelait pas avoir jamais apprécié une femme autant qu'il appréciait Franny. Droite et franche, elle possédait une générosité naturelle qui lui attirait les confidences. Comme celles de Crisp. Lui-même n'avait même pas remarqué que son majordome avait un rhume...

En outre, elle avait affronté avec courage les épreuves que la vie lui avait réservées, tenant tête à son horrible oncle William. Il avait eu raison de l'épouser pour lui assurer un futur paisible et serein. Et lui qui organisait sa vie exactement comme il le voulait depuis des années se mit à échafauder des projets d'avenir...

Le lendemain, Franny prit soin d'effacer les effets de sa crise de larmes à grand renfort d'eau froide et d'anticerne. Et quand elle descendit déjeuner, bien décidée à prendre chaque jour comme il viendrait, elle avait recouvré sa bonne humeur. En voyant Marc pénétrer dans le hall en costume de tweed, Biddy sur ses talons, elle sentit les battements de son cœur s'accélérer et s'immobilisa dans l'escalier. Il leva les yeux et lui sourit.

— Bonjour ! Vous avez bien dormi ? Il fait un froid sec, idéal pour une balade. Mais allons d'abord prendre notre petit déjeuner.

Ils déjeunèrent dans une petite pièce confortable et intime. Un feu brûlait dans la cheminée, et sur la petite table nappée de lin blanc, Franny remarqua la faïence de Delft aux exquis décors bleus. Manfred entra avec du café et du thé, des toasts chauds et des œufs dans de ravissants coquetiers. Il apporta une corbeille de petits pains croustillants et de la marmelade d'oranges dans un confiturier d'argent, puis se retira.

Si Franny aspirait à se retrouver seule avec Marc, elle n'en était pas moins nerveuse de le revoir. Mais elle ne tarda pas à se détendre en l'écoutant lui parler du village et de sa famille.

— J'ai téléphoné à tante Emma et Finlay hier soir, ajouta-t-il. Ils vous embrassent. Je leur ai dit que vous les appelleriez plus tard. Il y a un téléphone dans votre chambre, un autre ici, et je vais vous donner un portable.

— Je téléphonerai après 6 heures, c'est moins cher. Mais peut-être pas en Hollande ?

Il lui assura que la Hollande bénéficiait aussi de tarifs téléphoniques réduits, mais qu'elle pouvait se servir du téléphone quand elle le désirait.

— C'est stupide de ma part..., balbutia-t-elle. Mais je suis tellement habituée aux économies de bouts de chandelle...

— Il faudra perdre cette habitude de trop compter, dit-il en souriant.

Après le petit déjeuner, ils sortirent se promener dans le parc qui était un régal pour les yeux, même en cette fin d'hiver. Derrière la maison, une terrasse donnait sur une vaste pelouse toute givrée par le frimas nocturne.

Des sentiers conduisaient à un jardin d'agrément soigné, avec une fontaine au centre et des allées abritées dont les arceaux devaient ployer sous les roses en été. Plus loin, une porte étroite percée dans le haut mur de brique donnait sur le jardin potager.

Marc poussa une autre porte sur le côté.

— Vous montez à cheval ? Non ? Si vous voulez apprendre, j'ai une jument très douce qui vous conviendrait parfaitement. Venez...

Ils traversèrent une cour pavée pour accéder aux écuries.

— Voici Beauté, dit-il en tendant un morceau de pomme au cheval qui les observait par la porte de son box.

— Oh ! elle est adorable...

— Et lui, c'est Tonnerre.

— Votre cheval ? Il a l'air ombrageux...

— Il est un peu fougueux, mais c'est un parfait gentleman.

Tonnerre reçut sa pomme avec un hennissement satisfait, et ils le quittèrent pour s'avancer jusqu'au dernier box.

— Et voilà Punch, dit le professeur.

— Il est énorme ! C'est un cheval de trait, non ?

— Oui. Nous l'utilisons à la ferme. Il est doux comme un agneau.

Ils laissèrent Punch mâchonner sa pomme et, traversant la cour, franchirent le portail qui donnait sur les champs.

— Un raccourci jusqu'au village, expliqua-t-il.

— Vous devez adorer votre maison, Marc. N'aimeriez-vous pas l'habiter tout le temps ?

— Si, mais mon travail compte beaucoup pour moi — c'est la chose la plus importante de ma vie, en fait — et il m'éloigne de chez moi. Mais j'ai le meilleur des deux mondes, non ? Un métier que j'adore et une magnifique demeure.

Elle s'arrêta brusquement.

— Je ne sais même pas quel âge vous avez...

— J'ai trente-cinq ans. Douze ans de plus que vous, Franny.

— Quand avez-vous commencé votre spécialisation en chirurgie cardiaque ?

— Il y a huit ans.

— Et vous n'avez jamais voulu vous marier ?

— Je n'en ai jamais éprouvé le besoin.

— M'avez-vous épousée parce que j'avais des ennuis et que j'avais besoin de votre aide ?

Il baissa les yeux vers elle.

— Oui. Ceci dit, je ne le regretterai jamais.

— Vous pourriez tomber amoureux...

— Il faudrait que j'en aie le temps et l'envie. Et c'est si improbable que je ne vois pas l'intérêt d'en parler.

Il lui prit la main et la glissa sous son bras.

— Mais nous voilà devenus bien sérieux... Allons au village rendre visite au *dominee*.

Le pasteur, un homme charmant, avait une épouse à peine plus âgée que Franny, d'adorables jumeaux et une fillette de quelques mois. Ils prirent le café en bavardant. Le pasteur parlait bien l'anglais, et sa femme en savait assez pour converser agréablement avec Franny.

— Il faudra que vous appreniez le néerlandais, lui dit-elle.

Curieusement, Franny n'y avait jamais pensé avant cet instant. Bien sûr qu'elle devrait l'apprendre, même si Marc ne vivait pas tout le temps en Hollande. Ils s'installeraient sans doute ici définitivement lorsqu'il ne travaillerait plus. D'ici là, il l'aimerait peut-être...

Ils traversèrent le village pour rentrer, et elle eut l'impression que Marc connaissait tout le monde. Elle serra de nombreuses mains et sourit en échangeant avec les villageois des murmures polis.

Ils passèrent l'après-midi à visiter la maison, s'arrêtant de temps à autre devant les portraits de famille qui ornaient les murs. Franny s'attarda devant les portraits des parents de Marc accrochés dans le hall. Son père était une version plus âgée de Marc, et sa mère avait un visage rond et avenant. Elle regretta de ne pas les avoir connus.

Ce soir-là, Marc lui annonça qu'il devait se rendre à La Haye le lendemain et lui proposa de l'accompagner.

— Je passerai toute la journée à l'hôpital, mais vous ne vous ennuierez pas. Il y a de beaux magasins où vous trouverez sûrement votre bonheur. Nous devrons partir tôt, vers 8 heures.

— Je serai ravie de venir. Je ne vous dérangerai pas ?

— Pas du tout. Je vous déposerai près des rues commerçantes. Je vous donnerai le nom et l'adresse de l'hôpital, et vous n'aurez qu'à demander à un taxi de vous y conduire. Je devrais avoir fini vers 5 heures. Si je suis retardé, présentez-vous à la réception et on me préviendra de votre présence.

Pour l'occasion, Franny mit son élégant ensemble en cachemire vert et se coiffa d'un coquet petit feutre assorti, se réjouissant à la perspective de faire les magasins et de découvrir les musées et les galeries de peinture.

C'est en regardant la Rolls disparaître dans les encombrements, debout sur le trottoir du *Ridderszaal*, qu'elle se rendit compte avec effroi qu'elle n'avait pas un sou... Elle fouilla son sac et n'y trouva qu'une poignée de pièces anglaises et un billet de dix livres. Elle envisagea d'aller à l'hôpital demander de l'argent à Marc, puis y renonça. Il serait probablement en salle d'opération ou en consultation avec un malade, et elle le dérangerait. Tant pis. Elle allait changer ses dix livres et garderait l'argent pour déjeuner et prendre un taxi.

Il était encore tôt et elle déambula dans les rues peu fréquentées en contemplant les vitrines des élégantes boutiques. Elle vit plusieurs articles qu'elle aurait aimé s'offrir, mais se consola en se disant qu'elle reviendrait. Elle s'arrêta boire un café dans un joli petit établissement et réfléchit à la manière dont elle pourrait employer cette journée qui promettait d'être longue. C'est alors qu'elle aperçut l'office du tourisme, de l'autre côté de la rue. Munie d'un plan de la ville et de quelques informations, elle pourrait passer la matinée à faire du lèche-vitrine, se contenter d'un déjeuner frugal, et occuper son après-midi à visiter un musée avant de prendre un taxi pour aller retrouver Marc.

Quand la serveuse lui tendit l'addition en souriant, Franny faillit s'étrangler. C'était sûrement une erreur. Une si petite tasse de café, plus de deux livres ? Elle régla le montant avec les *gulden* obtenus à la banque et ajouta un pourboire. Son déjeuner devrait se réduire au strict minimum...

Il y avait plusieurs grands magasins dans le quartier, et elle y passa un long moment car il y faisait chaud et les rayons regorgaient d'articles intéressants. Mais vers midi, affamée et les pieds meurtris, elle se mit en quête d'un café.

Elle s'installa à une petite table et prit tout son temps pour déguster son sandwich au fromage et son café. Elle aurait aimé boire une autre tasse de café, mais après le musée, elle aurait besoin de ses derniers *gulden* pour se rendre à l'hôpital.

L'office du tourisme lui avait recommandé le musée *Mauritshuis* dont l'entrée était modique, semblait-il. Erreur, car il lui coûta finalement presque tout l'argent qui lui restait. Tant pis... Il y avait les tramways. L'un d'eux devait desservir le quartier de l'hôpital. S'efforçant de maîtriser son inquiétude, elle passa les heures qui suivirent à admirer les superbes tableaux qu'abritait le musée. En sortant, elle demanda son chemin au gardien et se mit en quête du tramway.

C'était l'heure de pointe, et elle dut faire la queue pour attendre le tram. Quand il arriva, tout le monde se précipita dans un désordre indescriptible. Propulsée à l'intérieur, Franny sortit son porte-monnaie.

Mais elle n'avait pas assez d'argent. Les sourcils froncés, le receveur secoua la tête. Ne comprenant pas un mot de ce qu'il disait, elle lui montrait le papier de Marc quand un vieux monsieur vint à sa rescousse. Il parla au receveur qui prit l'argent qu'elle avait et lui remit un billet.

— Vous pouvez faire une partie du trajet, lui expliqua le vieil homme en anglais. Vous devrez descendre quand le receveur vous le dira. Vous n'aurez pas beaucoup à marcher.

Franny le remercia et, peu après, obéissant à l'injonction du receveur, elle descendit. Il lui fit signe de continuer droit devant elle. Le quartier était très différent, et la rue bordée de bâtiments sombres grouillait d'ouvriers qui rentraient du travail. Elle passa devant des usines et des immeubles de bureaux aux fenêtres aveugles. Arrêtant une femme qui venait vers elle, elle lui montra son papier.

— L'hôpital, s'il vous plaît ?

La passante agita la main derrière elle et poursuivit son chemin. Franny se remit en route, certaine que l'hôpital ne pouvait plus être très loin maintenant. Il lui fallut pourtant marcher encore un bon quart d'heure avant de l'apercevoir.

Traversant la cour, elle pénétra dans le vaste hall de réception et vit immédiatement Marc. Il s'avança vers elle, le visage impassible, puis regarda ostensiblement sa montre.

— Je commençais à m'inquiéter... qu'est-ce qui vous a retardée ?

Franny n'avait qu'une envie : se jeter dans ses bras pour qu'il la réconforte. Elle se ressaisit à grand-peine.

— Le manque d'argent, répondit-elle.

La consternation se peignit sur son visage.

— Le manque d... Seigneur, je vous ai laissée passer la journée sans un *gulden* ! Vous devez m'en vouloir terriblement... Vous n'aviez pas d'argent du tout ?

— J'avais dix livres, que j'ai changées en *gulden*, et je ne vous en veux pas, non. Il m'arrive aussi d'oublier des choses, personne n'est infaillible. Et vous aviez tant à penser.

— Ne soyez pas aussi indulgente, Franny. Je suis vraiment désolé. Venez avec moi, dit-il en lui prenant le bras. Allons boire une tasse de thé et vous me raconterez comment vous vous êtes débrouillée.

Il l'entraîna dans une petite pièce meublée de fauteuils de cuir. Il décrocha un téléphone et, quelques instants plus tard, on leur apporta du thé.

— Je verrai mon banquier dès demain pour vous obtenir un chéquier, dit-il en lui tendant une tasse.

Il prit son sac à main posé sur la table et y glissa une poignée de billets de banque.

— Ça devrait aller pour commencer. Me pardonnez-vous, Franny ?

— Bien sûr que je vous pardonne...

— Comment avez-vous fait pour tenir toute la journée avec ces dix livres ? Seigneur, c'est à peine suffisant pour un café dans cette ville !

— Oui, j'ai remarqué que la vie était chère, ici. Mais les magasins sont magnifiques.

— Je vous promets que cela ne se reproduira plus, Franny, dit-il. Vous n'avez pas pensé à m'appeler ici ?

— Si, bien sûr, mais je vous savais occupé et je ne voulais pas vous déranger. Je ne m'y serais résolue qu'en cas d'urgence.

Marc contempla son joli visage, enjoué à présent. Il savait qu'elle ne se laissait pas démonter par les difficultés. Pleine de bon sens, elle affrontait les épreuves avec un sang-froid et un pragmatisme dignes d'admiration. Et il devait admettre qu'elle commençait à lui être très chère.

Le lendemain matin, Marc repartit à l'hôpital, mais rentra pour le déjeuner, puis emmena Franny à La Haye pour la présenter à Elsa, sa sœur aînée. Très grande, elle avait les yeux bleus et le nez de son frère, et Franny reçut un accueil chaleureux.

— Nous sommes tous ravis que Marc se soit marié, avoua-t-elle à Franny tandis qu'elles visitaient la maison. C'est un homme merveilleux — mais vous le savez déjà — et il adore les enfants. Nous venons déjeuner chez vous samedi. C'est drôle, Suzy, ma sœur cadette, a dit à Noël qu'elle espérait que la prochaine fois que nous serions tous réunis, Marc aurait une épouse. Et vous voilà ! Papa et maman vous auraient adorée, ajouta-t-elle en souriant.

Comme Marc devait retourner à l'hôpital le lendemain, il fut convenu qu'il déposerait Franny chez Elsa et reviendrait la chercher quand il aurait fini.

Franny passa une délicieuse journée. Munie d'un chéquier et d'une somme substantielle en liquide, elle parcourut les boutiques avec sa belle-sœur, et craqua pour deux nouvelles robes, une paire de chaussures, et un très beau sac de cuir.

Quand Marc passa la prendre, ils prirent le thé avec Elsa avant de rentrer. Le soir, il se retira dans son bureau pour travailler, mais rien n'aurait pu ternir le bonheur de Franny. Ils apprenaient peu à peu à se connaître et c'était merveilleux...

*
**

Le samedi, Franny mit une nouvelle robe d'un beau rouge foncé, simple et élégante, pour recevoir sa belle-famille. Puis elle descendit dans le salon rejoindre Marc qui l'attendait.

Contre toute attente, il glissa à son doigt une magnifique bague en diamant et saphirs.

— La bague de fiançailles de ma mère, murmura-t-il.

Puis il ouvrit un coffret et en sortit un collier de perles.

— Un cadeau de mariage un peu tardif...

Il le lui passa autour du cou et déposa un baiser sur sa nuque.

— Je suis un très mauvais mari. Vous auriez dû avoir tout cela le jour de notre mariage.

Ne sachant que répondre, elle se contenta de le remercier et accueillit avec soulagement l'arrivée de leurs invités.

Au début, elle se sentit un peu dépassée par le nombre, mais ils lui souhaitèrent la bienvenue dans la famille avec tant de gentillesse qu'elle ne tarda pas à se détendre.

Assise en face de Marc à la grande table de la salle à manger magnifiquement décorée pour l'occasion, elle se surprit pour la première fois à espérer leur bonheur. Peut-être ne partageaient-ils pas la folle passion des amoureux, mais elle savait pouvoir compter sur son affection durable, et elle l'aimait... même s'il ne devait jamais l'apprendre.

Le dernier invité s'en alla peu après minuit, et ils retournèrent dans le salon se détendre un moment.

— Lors de notre prochain voyage — à la fin du printemps, je pense —, nous rendrons visite à ma famille. Dommage que je sois pris les prochains jours.

— Encore à l'hôpital de La Haye ?

— Non, à Utrecht, puis Rotterdam. Je ne vous demande pas de m'accompagner, vous seriez seule la plupart du temps. Ça ne vous ennuie pas de rester ici ?

Elle lui assura qu'elle serait très bien, puisque c'était la réponse qu'il attendait. Mais, finalement, elle ne s'ennuya pas le moins du monde pendant son absence — longues promenades avec Biddy, visites au village, déjeuner chez le *dominee* et son épouse qu'elle invita en retour à prendre le thé. Les jours passèrent agréablement, le meilleur moment étant le soir, quand Marc l'appelait pour avoir de ses nouvelles.

A son retour, craignant de trahir ses sentiments, elle l'accueillit avec un plaisir réservé. Il lui annonça qu'ils regagnaient Londres deux jours plus tard.

— Voulez-vous visiter un peu le pays ? Et nous pourrions aller dîner et danser un soir. Qu'en dites-vous ?

Pendant une heure délicieuse, ils élaborèrent un programme pour la fin de leur séjour, puis Franny se leva pour aller se coucher.

— J'avais hâte de rentrer pour vous retrouver, Franny...

Il l'embrassa sur le front, et elle leva les yeux vers lui.

— C'est la plus gentille chose qu'on m'ait jamais dite.

Elle descendit déjeuner après une nuit paisible. La vie était merveilleuse... enfin, presque. Les choses allaient s'arranger, elle le sentait.

En fait, elle se trompait. La chaise de Marc était vide. Un message près de son assiette l'informait qu'il avait dû s'envoler en urgence pour la Belgique au chevet d'un de ses patients.

Il téléphona le soir. Il resterait à Bruxelles encore

une journée, puis il viendrait la chercher et ils prendraient le ferry à Harwich pour regagner l'Angleterre.

La déception était amère, mais elle avait assez de bon sens pour comprendre qu'une femme de médecin devait s'habituer à ces impondérables.

Quand il rentra le lendemain soir, elle était prête à partir. Ils dînèrent légèrement, puis ils prirent congé de Manfred et Bertha.

Marc n'exprima aucun regret de l'avoir laissée seule, mais elle s'y attendait. Il avait été clair sur ce point : son travail passait avant tout. Elle se consola en évoquant l'émotion de leurs retrouvailles. Il n'était pas démonstratif, mais il l'avait brièvement serrée dans ses bras, comme s'il était heureux de la revoir...

# 9.

Il pleuvait à verse quand Marc quitta Harwich pour prendre la route de Londres. Il était prévu qu'ils arrivent à destination en milieu de matinée.

— Je dois me rendre à St Giles après le déjeuner, et j'ai plusieurs consultations dans la soirée, dit Marc. Vous devez être contente de revoir votre tante, et j'espère que Finlay pourra se libérer un peu.

— Je l'ai appelé quand vous étiez à Bruxelles. Il a beaucoup de travail, mais il a promis de téléphoner un de ces soirs.

Crisp les attendait, un grand sourire aux lèvres.

— J'ai préparé du café, et Mme Blake est dans le salon. Je vais chercher vos bagages. Aurez-vous encore besoin de la voiture, monsieur ?

— Après le déjeuner, oui, inutile de la conduire au garage. Tout va bien, Crisp ?

— Aucun problème, monsieur. Votre courrier vous attend dans votre bureau, et j'ai noté les appels téléphoniques.

— Très bien. Allons voir tante Emma...

Il posa son manteau et celui de Franny sur un fauteuil et, lui prenant le bras, il poussa la porte du salon.

— Mes chers enfants ! s'écria tante Emma en se levant d'un bond. Comme je suis heureuse de vous revoir ! Votre séjour en Hollande s'est bien passé ? Crisp a été adorable avec moi, et cette gentille dame, Mlle Jenkins, quelle charmante personne ! J'ai fait mes exercices et j'ai marché tous les jours. Et Finlay est venu me voir...

L'arrivée de Crisp avec un plateau mit un terme à son babillage. Ils dégustèrent leur café, puis Marc alla consulter son courrier, pendant que Franny défaisait ses bagages en racontant son voyage à sa tante.

— Es-tu heureuse, ma chérie ?

— Oui, tante Emma. Marc est charmant et très attentionné. Mais il travaille trop, ajouta-t-elle avec un soupir.

— Maintenant qu'il est marié, il va devoir penser à toi et, plus tard, à vos enfants ! Il travaillera encore dur, mais son métier ne sera plus le but de son existence.

Si seulement c'était possible..., songea Franny.

— Marc veut que je t'emmène chez Harrods pour renouveler ta garde-robe. On y va demain ? Il sera occupé toute la journée.

— Harrods ? Mais c'est un magasin hors de prix, ma chérie...

— Il a dit Harrods, et c'est là que nous irons.

Marc semblait distant depuis leur retour à Londres. En Hollande, Franny avait eu l'impression qu'ils s'étaient rapprochés et que, peut-être, ils pouvaient devenir plus que des amis, mais elle n'en était plus aussi sûre. Craignant de trahir ses sentiments, elle devint plus froide avec lui tout en s'efforçant de se comporter en épouse modèle.

Mais ce n'était pas facile, et elle surprit plusieurs fois sur elle le regard perplexe de tante Emma. Elles avaient effectué leur petite expédition chez Harrods et la vieille dame, d'abord réticente, puis avec un plaisir croissant, avait choisi des tenues qu'elle pensait ne plus jamais pouvoir s'offrir. Dans le taxi qui les ramenait à Wimpole Street, elle avait confié à sa nièce que Marc était l'homme le plus gentil qu'elle ait connu.

— A part mon mari, bien sûr... Et il t'est si dévoué, ma chérie.

Si cela signifiait la gâter comme une princesse et la complimenter occasionnellement d'un air absent, alors oui, il lui était dévoué, songea Franny.

Une semaine après leur retour, il lui annonça qu'ils étaient invités à dîner chez lady Trumper.

— Non, dit-elle impulsivement. Je n'irai pas.

Il haussa les sourcils.

— Vous êtes ma femme, Francesca. Je n'ai pas honte de vous. Pourquoi seriez-vous embarrassée ?

— Je ne suis pas embarrassée... Mais je n'aime pas lady Trumper, et elle ne m'aime pas non plus.

— Je crains que vous deviez pourtant rencontrer et même recevoir nombre de gens que vous n'aimez pas, ma chère. Le dîner est prévu pour jeudi soir. Faites-vous très belle.

Il lui sourit et s'en alla, la laissant furieuse.

— Qu'est-ce qui t'a mise dans cet état ? lui demanda tante Emma devant une tasse de thé.

Franny lui raconta tout, mais si elle espérait s'attirer sa sympathie, elle fut déçue.

— Ma chère enfant, c'est l'opportunité rêvée de montrer à lady Trumper que tu vaux autant qu'elle, sinon mieux. Après tout, notre famille, qui remonte à Guillaume le Conquérant, est bien plus illustre que la sienne, dit la vieille dame avec un reniflement dédaigneux. Son mari a dû être anobli pour avoir fabriqué des pièces de char, ou quelque chose comme ça. Des nouveaux riches... Et cette femme est une snob. Demain, nous irons chez Harrods et tu t'offriras une robe magnifique pour l'occasion !

Elles retournèrent donc chez Harrods et furent reçues par la charmante vendeuse que Franny commençait à considérer comme une amie. Une robe élégante pour un dîner ? Elle avait exactement ce qu'il lui fallait.

Simple mousseline chatoyante de soie ambre sur les bras de la vendeuse, la robe se révéla une splendeur sur le corps de Franny. Elle lui allait à la perfection, épousant ses formes harmonieuses comme une seconde peau. Son prix lui causa un choc, mais elle se rappela que Marc voulait qu'elle porte quelque chose de beau pour l'occasion, et cette robe exquise faisait d'elle une autre femme, attirante, sûre de son pouvoir de séduction...

Le soir du dîner, Marc rentra tard de l'hôpital. Assise dans le salon dont l'éclairage tamisé mettait en valeur la beauté de sa robe, Franny éprouva une immense déception quand il passa la tête par la porte, se contentant d'un tranquille :

— Bonsoir. Vous êtes prête ? Je ne serai pas long...

Mortifiée, elle l'attendit dans le hall, enveloppée de sa longue cape de soirée.

La circulation étant fluide, ils ne mirent que quelques minutes pour arriver chez lady Trumper. Barker leur ouvrit la porte d'un air compassé et Franny le salua gentiment avant de lui confier sa cape.

Se débarrassant de son manteau, Marc se tourna vers elle pour la rassurer et s'immobilisa, pétrifié.

Comment n'avait-il pas remarqué combien elle était belle ? Et cette robe mettait merveilleusement en valeur les courbes de son corps charmant. Soudain, il éprouva une envie irrésistible de la prendre dans ses bras. La présence de Barker l'en dissuada, mais il lui adressa un sourire qui en disait long, et fut récompensé par un sourire radieux de Franny.

C'est alors qu'ils virent leur hôtesse, majestueuse dans une robe de satin noire un peu étriquée, s'avancer vers eux.

Marc l'embrassa sur les joues.

— Vous connaissez ma femme, Francesca...

Souriante, Franny serra la main de lady Trumper avec un murmure poli, comme si elle ne l'avait jamais vue de sa vie.

Un peu plus tard dans la soirée, lady Trumper attira Marc à l'écart.

— Qui aurait pensé que tu l'épouserais ? dit-elle tout en observant Franny.

— Qui, en effet ? répliqua-t-il froidement.

— Alors, elle a réussi à te mettre le grappin dessus...

— Je préfère ignorer cette remarque, commenta-t-il, glacial.

Il la laissa pour se joindre au petit groupe qui entourait Franny puis, sans se faire remarquer, il quitta la pièce pour aller téléphoner dans le hall. Sa communication fut brève.

Barker annonçait que le dîner était servi quand une jeune fille en stricte robe noire et petit tablier blanc traversa le salon pour parler à l'oreille de Marc.

Alors que tout le monde se dirigeait vers la salle à manger, il posa la main sur l'épaule de Franny.

— Désolé, Franny, un appel urgent. Je dois partir immédiatement. Vous voulez rester ?

Elle lui lança un regard si éloquent qu'il faillit éclater de rire.

— Si lady Trumper n'y voit pas d'inconvénient, je viens avec vous.

— Parfait... Allons lui dire au revoir.

Tous les invités exprimèrent leurs regrets de les voir partir, à l'instar de lady Trumper qui arborait néanmoins un air un peu pincé.

— Vous allez directement à l'hôpital, Marc ? demanda Franny alors que la Rolls roulait silencieusement dans la nuit. Je pourrai aisément appeler un taxi de là-bas.

— Nous rentrons à la maison...

— Oh ! mon Dieu, il est arrivé quelque chose à tante Emma...

— Tante Emma se porte comme un charme. J'ai quelque chose à dire à Crisp, puis nous irons dîner quelque part, tous les deux.

— Je ne comprends pas... Vous n'avez pas un patient à voir ?

— Non.

— Mais pourquoi sommes-nous partis ?

— Je ne reste pas sous le toit de quelqu'un qui m'insulte, dit-il d'un ton froid.

— Lady Trumper ? Ne s'en est-elle pas plutôt prise à moi ? demanda-t-elle, les sourcils froncés.

— Qui vous insulte m'insulte, Francesca, dit-il en la regardant.

— Oh ! je suis désolée ! J'ai gâché votre soirée... Je regrette d'avoir acheté cette robe. Elle était si chère...

— Je suis très content que vous l'ayez achetée. C'est une robe magnifique qui vous va à ravir. Vous allez pouvoir vous faire admirer sur la piste de danse.

— Moi qui pensais que vous ne remarquiez jamais ce que je portais...

Elle se tut pour mieux savourer le compliment. Il ne le pensait pas vraiment, bien sûr, mais c'était si agréable à entendre...

A l'appartement, elle raconta ce qui s'était passé à tante Emma pendant que Marc se mettait à la recherche de Crisp.

Il revint quelques instants plus tard, s'excusant auprès de tante Emma de lui enveler sa nière, et l'emmena dans un restaurant très chic où on leur donna la meilleure table. Un peu gênée par les regards admiratifs dont elle était l'objet, Franny accepta une coupe de champagne et se plongea dans l'étude du menu. Sur les conseils de Marc, elle choisit des darioles de saumon à la moscovite, du canard à l'orange et un soufflé à la milanaise.

Entre l'entrée et le plat de résistance, Marc l'invita à danser. Pour découvrir que, maintenant qu'il la tenait dans ses bras, il n'avait plus du tout envie de la laisser partir...

Ils passèrent la soirée à danser, et dansèrent encore après le café.

— Devez-vous aller à l'hôpital demain? demanda-t-elle en renversant la tête en arrière pour le regarder.

— Oui, j'ai des opérations dès 9 heures, des consultations l'après-midi, et un patient à voir en rentrant.

— Je suis vraiment navrée pour lady Trumper, dit Franny, songeuse. Ça a dû être très déplaisant pour vous...

— Je ne pensais même plus à elle.

Un pieux mensonge, car il aurait volontiers tordu le cou de son odieuse marraine...

— Merci pour cette délicieuse soirée, Marc.

— C'est moi qui vous remercie, Franny. Nous recommencerons.

Sur le chemin du retour, ils discutèrent de leur soirée, une conversation presque chuchotée dans l'habitacle confortable et luxueux, et quand ils arrivèrent, Franny lui souhaita une bonne nuit avant de monter se coucher, devinant qu'il avait envie d'être seul.

Elle resta un long moment devant la glace à étudier son reflet. L'image d'une nouvelle femme, belle et désirable. Et Marc l'avait désirée ce soir...

Rentrant tard après une journée chargée, Marc lui annonça qu'il partait dans quelques jours pour une tournée de conférences.

— Vous serez absent longtemps? demanda-t-elle d'une voix qu'elle voulait détachée.

— Une dizaine de jours. Je vais en Israël.

— Mais c'est dangereux, là-bas ! s'écria-t-elle impulsivement. Oh ! faites attention... Vous êtes vraiment obligé d'y aller ?

— Oui, j'ai pris cet engagement depuis longtemps. Tout ira bien, Franny, dit-il en la regardant dans les yeux.

— Vous n'aimeriez pas que je vienne avec vous ?

— Si, beaucoup, mais il vaut mieux que j'y aille seul.

— Bon... Vous me téléphonerez, alors, dit-elle avec une gaieté forcée.

— Oh ! oui... Vais-je vous manquer, Franny ?

Elle baissa les yeux, pour ôter un fil imaginaire de sa jupe.

— Oh oui ! bien sûr. Vous allez nous manquer à tous...

— Pendant mon absence, j'aimerais que vous fassiez une chose. J'ai acheté la petite habitation voisine du garage derrière la maison. Je crois qu'elle plairait à tante Emma. Voulez-vous l'y emmener pour voir ce qu'elle en pense ?

— Marc, elle va l'adorer ! Elle a tellement envie d'avoir une maison à elle. Désirez-vous lui en parler ?

— Pas avant mon départ, je serai très pris d'ici là.

Une fois de plus, il la mettait à l'écart. Il n'attendait pas d'elle qu'elle lui prépare sa valise, lui rappelle de penser à son passeport, le supplie de prendre soin de lui. Ce serait Crisp qui ferait ses bagages, et Marc laisserait un mot sur son bureau avec ses cordonnées et un numéro où elle pourrait le joindre en cas de nécessité...

Marc s'envolait pour Israël très tôt ce matin-là. Descendant à la salle à manger en robe de chambre, Franny le trouva en train de déjeuner. Elle s'assit à la table et, prenant le café qu'il lui offrait, elle remarqua que la journée promettait d'être belle.

Une réflexion présomptueuse, le soleil étant à peine levé, mais il fallait bien dire quelque chose. Elle aurait aimé le supplier de revenir vite et de faire attention à lui parce qu'elle l'aimait et que son absence lui était intolérable, mais, bien sûr, c'était impossible.

— C'est dommage qu'on ne puisse dire exactement ce qu'on pense, observa-t-elle, songeuse. Toutes ces pensées qu'on a en tête et qu'on ne peut exprimer...

Marc posa sa tasse, soudain conscient que tous ses efforts pour ne pas tomber amoureux de Franny avaient été vains.

— Francesca...

Trop tard. Crisp entra pour annoncer que la voiture était sortie du garage et qu'il ne devait pas perdre de temps s'il ne voulait pas manquer son vol.

En contemplant Franny encore toute rose de sommeil, les cheveux ébouriffés, Marc comprit que certaines choses comptaient infiniment plus que le travail. Comme l'amour... Malheureusement, il n'avait pas le temps de le lui dire. Il se leva, se pencha pour lui donner un baiser fougueux puis s'en alla.

Franny resta assise, un peu hébétée. On ne l'avait pas souvent embrassée, et jamais ainsi. Quand Marc serait de retour, dans dix jours, peut-être l'embrasserait-il encore... Mais elle devait garder les pieds sur terre, songea-t-elle. Il pouvait avoir eu un moment d'égarement.

Un peu plus tard, elle parla à tante Emma de la petite maison et, malgré sa réticence à accepter un tel cadeau, la vieille dame consentit à la visiter.

— Mais je refuse d'être redevable à ce cher homme. Il a déjà tant fait pour nous...

— Alors, tu vas rester avec nous ? s'enquit Franny avec malice.

— Grands dieux, non... Je suis votre invitée, et seulement pour quelque temps.

— Pourtant, quand Marc a parlé de t'installer près de chez nous, tu semblais contente.

— Je n'étais pas tout à fait moi-même. Après tout, j'ai ma retraite. Je peux me trouver un petit studio.

Il y eut un silence, puis Franny reprit :

— Tante Emma, Marc se sentira profondément blessé si tu refuses son offre. Il te considère comme sa parente, et il t'a sauvé la vie, n'est-ce pas ? A présent, il veut te voir en profiter. Si tu vas vivre seule dans ton coin, il va s'inquiéter pour toi. Il a suffisamment de soucis avec ses patients sans avoir à se préoccuper de nous aussi... Nous sommes sa famille, c'est nous qui faisons de sa maison un vrai foyer, pas seulement un endroit où il rentre manger et dormir...

Tante Emma se redressa de toute sa taille.

— Tu as raison, je suis un monstre d'égoïsme. Je serais ravie d'habiter une petite maison près de chez vous.

Franny la serra dans ses bras.

— Allons la voir. C'est à deux minutes à pied.

La maison était charmante. Elles pénétrèrent dans un petit vestibule qui donnait sur un beau salon et une minuscule cuisine. Un escalier desservait deux chambres et une salle de bains à l'étage, le tout en parfait état.

— Marc a dit que tu devais choisir la décoration et les meubles. Crisp fera venir un décorateur avec des échantillons de papier peint et de peinture...

— Tu veux dire que je peux m'y mettre tout de suite ?

Franny acquiesça.

— Je n'arrive pas à le croire ! s'écria sa tante, les larmes aux yeux. Jamais je n'aurais cru être aussi heureuse après Fish Street, ma maladie et les tracasseries de ce vaurien de William...

— Et tu vas rendre Marc très heureux aussi, dit Franny.

Malgré les travaux d'aménagement de la petite maison, les journées s'écoulaient avec une lenteur intolérable pour Franny. Marc avait téléphoné d'Israël pour dire qu'il avait fait un bon voyage et était descendu dans un hôtel confortable de Tel-Aviv où il resterait trois jours avant d'entreprendre sa tournée. Il avait rappelé plus tard pour l'informer que ses conférences se passaient bien et qu'il espérait rentrer dans quelques jours.

Comme une enfant, Franny rayait les jours sur le calendrier de la cuisine.

Le jour de son retour, elle appela l'aéroport pour vérifier l'heure de son arrivée. Le vol avait été retardé, lui dit-on, et, pour l'instant, on ne pouvait préciser à quelle heure l'avion de Tel-Aviv atterrirait. A minuit, toujours sans nouvelles, Franny alla se coucher non sans avoir fait promettre à Crisp de la réveiller quand le professeur arriverait. Elle sombra dans un lourd sommeil, et il faisait grand jour quand elle ouvrit les yeux. Elle enfila précipitamment son peignoir avant de se ruer dans le hall.

— Il est rentré ? demanda-t-elle à Crisp.

— Oui, madame. A 4 heures du matin. Il vous a laissé un message sur la table de la salle à manger.

— Vous aviez promis de me réveiller !

— Le professeur me l'a interdit, madame. Il ne voulait pas troubler votre sommeil.

— Mais où est-il ?

— A l'hôpital. Il est parti à 6 heures, pour une urgence.

— Mais il n'a même pas dormi, il doit être épuisé...

— Il m'a dit qu'il avait dormi pendant le vol, et je lui ai servi un solide petit déjeuner.

— Vous êtes une perle, Crisp, merci. A-t-il précisé quand il rentrerait ?

— Tout dépend de ce qu'il trouvera à l'hôpital.

— J'aimerais l'appeler, mais je ne veux pas le déranger. Je vais m'habiller. Vous devez être fatigué, Crisp, allez donc vous reposer un moment, je peux m'ocuper de mon petit déjeuner.

— J'ai assez dormi, madame, je vous remercie. Je

ferai une petite sieste cet après-midi. Je vous prépare des œufs brouillés ?

Franny emporta le mot de Marc dans sa chambre pour le lire. Il était court et concis. Il avait été appelé à St Giles en urgence et risquait d'être retardé. C'était tout. Elle le lut plusieurs fois en tentant d'y trouver un peu de chaleur. En vain.

Elle passa la matinée à aider sa tante à choisir le tissu de ses rideaux et eut une longue conversation avec Finlay au téléphone. Il avait une petite amie et la vie lui souriait.

— J'ai parlé d'elle à Marc et il m'a dit de l'amener un soir. Elle te plaira.

— J'en suis sûre, répondit Franny avec conviction. Vous vous connaissez depuis longtemps ?

— Une semaine. Elle est étudiante, comme moi.

— Mais comment Marc est-il au courant ?

— Je lui en ai parlé ce matin, à St Giles. Il sortait du bloc.

— Oui, bien sûr... Il a dû partir tôt et n'a pas fermé l'œil de la nuit.

— Il semblait aux anges.

Franny repensa à cette conversation un peu plus tard. Quelle raison Marc pouvait-il avoir d'être *aux anges* ?

Elle toucha à peine à son déjeuner. Quand tante Emma gagna sa chambre pour sa sieste, elle alla regarder par la fenêtre et vit la Rolls garée dans la rue. Marc était en consultation à son cabinet. Il viendrait dès qu'il aurait fini.

Crisp était allé se reposer, et, pour s'occuper, elle alla dans la cuisine préparer un plateau de sandwichs et de petits fours. Puis, incapable de tenir en place, elle retourna à la fenêtre. La Rolls était toujours là. Regagnant sa chambre, elle rectifia son maquillage, se recoiffa avec soin, et alla jeter un nouveau coup d'œil par la fenêtre.

C'était vraiment ridicule. Agacée contre elle-même, elle s'assit aussi loin que possible de la fenêtre et feuilleta un magazine jusqu'à ce que Crisp vienne lui demander à quelle heure il devait servir le thé.

— Eh bien, le professeur est à son cabinet. Nous pourrions l'attendre, au cas où il viendrait... Crisp, j'ai préparé des sandwichs... J'espère que ça ne vous dérange pas ?

Il lui sourit d'un air paternel.

— Au contraire, madame. Ils seront sûrement les bienvenus après la nourriture orientale que le professeur a dû avaler.

Tante Emma ne tarda pas à se lever.

— Marc est venu ? demanda-t-elle.

— Pas ici, non. Il est resté à son cabinet tout l'après-midi. Il ne devrait plus tarder...

Mais quand l'horloge sonna 5 heures, il n'y avait toujours aucun signe de Marc. Aussi, prirent-elles leur thé et, à défaut du professeur, ce fut tante Emma qui se régala des petits sandwichs amoureusement préparés par Franny.

Pour la centième fois au moins, la jeune femme regarda par la fenêtre. Mme Willett quittait le cabinet, ce qui signifiait que les consultations étaient terminées. Avec un soupir de soulagement, Franny se rassit, guettant le bruit de la clé dans la serrure.

Mais Marc ne vint pas. Au bout d'une demi-heure, n'y tenant plus, elle retourna à la fenêtre. La Rolls n'avait pas bougé...

— Je descends au cabinet de Marc, dit-elle. Il est temps qu'il prenne son thé.

A l'étage inférieur, la porte de la salle d'attente était poussée, mais pas fermée à clé. Elle traversa la pièce vide, hésita un instant, puis ouvrit la porte de la salle de consultation.

Assis à son bureau encombré de papiers, Marc écrivait. Il redressa la tête et se leva en la voyant.

— Franny, quelque chose ne va pas ?

Elle prit un des fauteuils réservés aux patients et croisa les mains sur ses genoux.

— Oui, Marc... Vous êtes arrivé tôt ce matin et vous n'avez pas voulu que Crisp me réveille malgré la promesse qu'il m'avait faite. Vous avez dû aller à St Giles, mais vous êtes rentré depuis midi, et Mme Willett est partie depuis des heures. Je sais que vous êtes occupé, mais je pense... non, je suis sûre, que vous m'évitez. Finlay vous a vu ce matin et il vous a trouvé aux anges, ce sont ses termes. S'est-il passé quelque chose pendant votre absence ?

Elle scruta son visage apparemment calme et, comme il se taisait, poursuivit :

— Avez-vous rencontré quelqu'un... une femme... et êtes-vous tombé amoureux ? Parce que si c'est le cas, vous pouvez me l'avouer. Je comprendrais, je vous le promets, et j'en serais très heureuse pour vous.

Elle s'adossa à son siège.

— Voilà, je l'ai dit... Il faut parfois exprimer ce qu'on a sur le cœur. J'ai pu le faire parce que nous sommes amis...

— Pourquoi seriez-vous heureuse que je rencontre une femme, Francesca ?

— Je vais répondre à cette question, même si je n'en ai pas envie... Voyez-vous, Marc, je vous aime, mais je désire votre bonheur plus que tout au monde.

Marc sourit. Se levant, il contourna son bureau et attira tendrement la jeune femme à lui.

— Vous voulez savoir pourquoi j'étais aux anges ? Parce que j'allais vous retrouver, ma chérie. Je ne pensais pas tomber amoureux de vous, et j'ai eu du mal à l'accepter, je vous assure... Je croyais avoir tout ce dont j'avais besoin, et puis vous avez investi ma vie et mon cœur...

— Mais... pourquoi ne pas l'avoir dit ? balbutia-t-elle.

Il resserra l'étreinte de ses bras autour d'elle.

— La différence d'âge, sans doute... Il me semblait si improbable que vous m'aimiez en retour, alors j'avais peur de vous revoir, même si j'en mourais d'envie. J'étais décidé à vous avouer mes sentiments et je réfléchissais à la manière de procéder...

— Je vais vous dire comment faire. Il suffit de se lancer et tout devient facile.

— Mon amour, vous êtes adorable...

Il s'empara de sa bouche pour un tendre baiser et, cette fois, il prit tout son temps.

— Vous êtes sûr que vous m'aimez ? demanda Franny lorsqu'il s'écarta. Je ne suis pas particulièrement jolie ni intelligente, et je parle trop.

Il lui prit le menton et la contempla avec tendresse.

— Vous êtes belle, intelligente, généreuse, et le jour où vous cesserez de parler, j'en mourrai, mon amour.

Elle se hissa sur la pointe des pieds et noua les bras autour de son cou.

— Nous serons très heureux, Marc. Vous ne verrez pas d'inconvénient à ce que notre petite fille soit aussi bavarde que moi, j'espère ?

— Cela m'enchantera, à condition de compenser avec un ou deux garçons...

— Deux de chaque, ainsi ils pourront jouer en double au tennis.

Marc éclata de rire.

— Le tennis ! Parfait... J'avoue que j'aurais été un peu effrayé si vous aviez voulu une équipe de foot !

Puis il prit ses lèvres pour un baiser passionné.

HARLEQUIN

Collection Blanche

PROCHAINS RENDEZ-VOUS LE

# Août 2001

*UNE VOLUME DOUBLE SPÉCIAL de Meredith Webber* • N° 562
*Quand les frères Hudson, Tom et Grant, parfait jumeaux et médecins brillants, découvrent que la médecine n'est pas tout dans la vie...*

DANGEREUSE AMNÉSIE
L'infirmière Samantha Abbot recueille un homme blessé et amnésique dans la forêt équatoriale australienne. S'il la trouble à plus d'un titre, il porte hélas une alliance. Un petit détail qui change tout...

L'ERREUR DU DR HUDSON
Grant vit un véritable enfer quand il prend conscience que le Dr Sally Cochrane serait capable de lui faire transgresser sa propre règle: ne jamais regarder une collègue avec les yeux d'un homme!

LES CICATRICES DU PASSÉ, *de Kristi Gold • N° 563*
Après une nuit de passion dans les bras d'un séduisant joueur de saxo, Randi découvre, le matin suivant, en prenant son service à la clinique de Dallas où elle est infirmière, que l'inconnu d'un soir n'est autre que son patron, le Dr Rick Jansen!

LES AVEUX D'UN CHIRURGIEN, *de Lucy Clark*
Le Dr Mallory Newman était sur le point de se marier avec le brillant chirurgien Nicolas Sterling quand il avait épousé la meilleure amie de la jeune femme, enceinte de lui. Aujourd'hui, cinq ans plus tard, il est de retour à Appleton, et semble décidé à reconquérir Mallory...

PROBLÈMES À LA MATERNITÉ, *de Fiona McArthur • N° 564*
Gynécologue-obstétricien à l'hôpital de Sydney, le Dr Iain McCloud mène une agréable vie de célibataire quand il apprend, stupéfait, qu'il a une fille dix-sept ans. Quel n'est pas son désarroi ensuite lorsqu'il se retrouve face à une adolescente hostile, agressive et... enceinte!

UN SECRET À PARTAGER, *de Alison Roberts*
Comprenant que son amour pour le Dr Josh Cooper est sans espoir, Tonie, sa fidèle assistante depuis dix ans, songe à quitter le centre médical St David, mais le changement de comportement du médecin l'inquiète : aurait-il de graves problèmes de santé?

MISSION DE SAUVETAGE, *de Jennifer Taylor • N° 565*
Sharon tombe immédiatement sous le charme du Dr Matt Dempster, le médecin du service médical aérien. Mais il a placé des barrières autour de lui et de son enfant handicapée. Des barrières si hautes que Sharon doute de pouvoir les franchir un jour.

UN RÊVE ENTRE PARENTHÈSES, *de Abigail Gordon*
Lorsqu'elle apprend que sa belle-mère est atteinte d'un cancer, le Dr Nina Lombard repousse ses projets exaltants pour s'installer dans le bourg perdu où vivent ses parents, et commence sa carrière de médecin dans le petit cabinet médical de Rob Carslake... en attendant mieux!

# À vous de jouer

**1) Quel est le nom du clan qui a autrefois humilié John dans *Le piège de la vengeance*** (volume double Azur, du 15 juin 2001) ?

❐ Drummond ❐ Lassiter ❐ Mckelley

**2) Comment se prénomment les trois héroïnes de la nouvelle saga *Les sœurs Kennedy*** (collection Horizon, n° 1766, du 15 juillet 2001) ?

------------------------ ------------------------ ------------------------

**3) Quel est l'auteur de *Stella*** (collection Rouge Passion, n°1069, du 1er juillet 2001) ?

❐ Erica Spindler ❐ Nora Roberts ❐ Penny Jordan

**4) Où se situe la succursale de la famille DeWilde dans *Menace sur le clan*** (collection Amours d'Aujourd'hui, n°736 du 1er juillet 2001) ?

❐ Sydney ❐ New York ❐ Londres

**5) Quel est le nom de l'auteur du Harlequin d'Or n°3** (15 juin 2001) ?

--------------------------------------------------------------------------------

Nom ______________________ Prénom ______________________

Adresse ______________________________________________

Code Postal |_|_|_|_|_| Ville ______________________

Date de naissance |_|_|_|_|_|_|_|_|

Êtes-vous abonné(e) : ❐ non ❐ oui, n° : |_| |_|_|_|_|_|_|_|

Extrait de règlement : Jeu gratuit sans obligation d'achat valable en France et en Suisse jusqu'au 31/08/01 doté d'un chèque d'une valeur de 50 000 FF (soit SFr. 11 647.3*), de 100 draps de plage signés Paloma Picasso d'une valeur de 400 FF TTC (soit SFr. 93.17*) et de 200 vaporisateurs de sac argentés d'une valeur de 40 FF TTC (soit SFr.9.31*). Une seule participation et un seul gagnant par foyer (même prénom, même nom, même adresse). Un tirage au sort parmi les bonnes réponses déterminera les gagnants. Règlement complet déposé chez Maître Lesage, Huissier de justice à Paris. Règlement du jeu, bulletin de participation, remboursement du timbre (au tarif lent en vigueur) sur simple demande à l'adresse du jeu. Une demande de règlement et de bulletin, un remboursement par foyer (même prénom, même nom, même adresse). Pour des raisons juridiques, les lectrices belges ne peuvent participer à ce jeu.

*au cours du 04/04/2001

Conformément à la loi Informatique et Libertés du 6/01/78, vous disposez d'un droit d'accès et de rectification aux données personnelles vous concernant.

# Vive les vacances !

A vous le farniente, le soleil, la plage, les longues soirées entre amis...
Pour parfaire cet été idyllique, nous avons choisi pour vous un programme éblouissant avec des nouveautés, des promotions exceptionnelles, et des cadeaux grâce à notre grand jeu.

## Découvrez

### Le 1er juillet

#### Romans Coup de Cœur Spécial été

Moment privilégié de liberté et d'évasion, l'été est souvent propice à de très belles rencontres et de brûlantes passions... Fancy, Eva et Christy, les héroïnes de ces romans Coup de Cœur, n'oublieront pas , quant à elles ce merveilleux été...

#### Coffret Tendre papa

Devenir papa est un apprentissage difficile. D'autant plus difficile que nos trois héros de ce coffret plein de tendresse n'y étaient pas préparés. Comment s'improviser père idéal du jour au lendemain ? Challenge à relever dès le 1er juillet.

### Le 15 août

#### Coffret "3 romans pour le prix de 2"

Ne manquez pas notre coffret "3 romans pour le prix de 2", composé de 2 romans inédits de la collection Désirs et d'un roman de la collection Amours d'Aujourd'hui, spécialement réédité pour vous et gracieusement offert.

#### Harlequin d'Or n°4

Auteur star dans le monde entier, Charlotte Lamb puise dans son imagination débordante des histoires aussi passionnantes qu'émouvantes. Dans ce Harlequin d'Or, Charlotte Lamb signe pour vous, deux de ses plus grands succès qui vous captiveront jusqu'à la dernière page... Un rendez-vous exceptionnel à ne pas manquer !

**VOTRE PROCHAIN RENDEZ-VOUS AVEC LES BEST-SELLERS HARLEQUIN**

## Ce mois-ci :
## 3 romans inédits + 1 roman réédité

**La dernière cible**, de Erica Spindler • N°133

Le sergent Melanie May a la conviction que les drames qui se succèdent dans sa petite ville de Caroline du Nord ne sont pas des accidents. Derrière les morts atroces, elle devine l'œuvre d'un assassin assoiffé de justice. Une thèse que le profiler du FBI, Connor Parks, ne peut que confirmer, à la satisfaction de la jeune femme. Hélas, peu à peu, l'enquête révèle un profil qui pourrait bien correspondre à quelqu'un de l'entourage de Melanie, quelqu'un qui ne semble reculer devant rien avant d'avoir tout détruit sur son passage. Y compris Melanie et Connor eux-mêmes...

**Le testament du cœur**, *de Sherryl Woods • N°134*

Depuis qu'elle a quitté son Wyoming natal et la ferme de son grand-père, Megan O'Rourke s'est imposée comme une vraie *self-made-woman* à New York : presse, télévision, édition, elle accumule les succès dans tous les domaines de la communication. Aussi, grande est sa stupeur lorsqu'elle apprend que son grand-père, avant de mourir, l'a contrainte par testament à retourner vivre à la campagne. Et de réfléchir à cette question, obsédante entre toutes : pourquoi diable son grand-père l'oblige-t-il à tout lâcher pour s'occuper d'une petite fille de huit ans et composer avec un homme qu'elle a presque oublié ?

**(suite page suivante)**

**L'INCONNUE DU DELTA**, *de R.J. Kaiser • N°135*

Parce que Frank Keegan s'est réveillé avec la gueule de bois, une entaille sur la joue, et sans aucun souvenir de la nuit passée, il est soupçonné d'avoir tué une adolescente dans le delta du Sacramento.
Récemment nommée chef de la police, Abby Hooper ne croit pas à la culpabilité de cet homme, persuadée que les indices qui l'accusent sont trop nombreux pour être vrais. Mais elle sait aussi qu'elle risque de payer cher son indulgence. Car le suspect lui plaît...

***L'amour blessé***, *de Penny Jordan • N°44*

***Réédition***

Depuis vingt-sept ans, le jeune Jay enferme son père, Bram Soames, dans une passion exigeante et jalouse, profitant de la culpabilité qu'éprouve ce dernier à l'avoir eu à quatorze ans dans des circonstances honteuses. Aussi, quand une femme sensible et mystérieuse, Taylor Fielding, vient menacer l'équilibre instable de leur relation, Jay décide-t-il d'écarter l'intruse de leur chemin, par tous les moyens. Sans se douter que sa jalousie maladive va lever le voile de vérités intimes, fatales à plus d'un...

Composé sur le serveur d'EURONUMÉRIQUE, À MONTROUGE
PAR LES ÉDITIONS HARLEQUIN
Achevé d'imprimer en juin 2001

BUSSIÈRE

GROUPE CPI

à Saint-Amand-Montrond (Cher)
Dépôt légal : juillet 2001
N° d'imprimeur : 13269 — N° d'éditeur : 8838

*Imprimé en France*